この手を離さない

孤独になった令嬢とワケあり軍人の偽装結婚

平瀬ほづみ

JN099818

24161

角川ビーンズ文庫

Contents

セシア・ヴァル・ドワーズ
ドワーズ侯爵の孫娘。
過去のある出来事から、
結婚しないことを心に決めていた。
ルイ（クロード）
コードネーム／黒。
工作員として
アレンに仕えている。
フェルトンを追うため、
ルイ・トレヴァーに
なりすまして
セシアに接近する。

Characters

ジャン・フェルトン

東方軍の研究員。
開発中の薬を持って、
軍事研究所から逃げ出した。

アレン・ディ・クレーメル

バルティカ王国の第二王子。
東方軍司令部の司令官。

モーリス・ラング・ドワーズ

セシアの祖父で、
侯爵家当主。

ジョスラン・イル・ドワーズ

セシアの叔父。
金遣いが荒く、社交界で
煙たがられている。

カロリーナ

ジョスランの妻。

この手を離さない

「孤独になった令嬢とワケあり軍人の偽装結婚」

本文イラスト／ねぎしきょうこ

序章

大陸暦《れき》一八九七年、五月下旬《げじゅん》。

バルティカ王国東部、グレンバー。そこにある東方軍司令部の薄暗《うすぐら》い廊下《ろうか》を抜《ぬ》け、司令官室の前で立ち止まる。軍服姿の黒髪《くろかみ》の青年のことを気に留める者はいない。

司令部を約一年ぶりに訪れたのは、体調の報告と今後の相談のためだった。

一呼吸おいてノックをすると、すぐに「入れ」という声。

「失礼します」

ドアを開けて中に入ると、大きな執務《しつむ》机の向こう側、奥の椅子《いす》に腰《こし》をかけて新聞を眺《なが》めていた軍服姿の司令官が、青年に気付いて視線を上げる。

「久しぶりだな、黒。相変わらず、何を考えているのかわからないツラだね」

「ご無沙汰《ぶさた》しております、アレン殿下《でんか》」

黒と呼ばれた青年の挨拶《あいさつ》に、アレンは新聞を雑にたたんで机に置き、向き直る。

「けがの具合はどうだ？　おまえがいないとやっぱり不便だよ。そろそろ復帰を願いたいところだが」

濡羽《ぬれば》色《いろ》の髪の毛に真紅の瞳《ひとみ》、整った中性的な顔立ち。黙《だま》っていると精巧《せいこう》な作りの人形のようにも見える彼の名はアレン・ディ・クレーメル。ここバルティカ王国の第二王子にして東方軍司令部の司令官だ。

現在二十九歳のアレンが司令官として着任したのは、士官学校を卒業してすぐの九年前のこと。王族はお飾《かざ》りのことも多いが、アレンは五年前に停戦協定を破って侵攻《しんこう》してきたロディニア帝国《ていこく》からリーズ半島を奪還《だっかん》した、本物の若き司令官である。

リーズ半島はバルティカ王国東部にある小さな半島で、ずいぶん昔から隣《となり》のロディニア帝国と領有権をめぐって争ってきた場所だ。

黒と呼ばれた青年がアレンの身代わりになって負傷したのが約一年前。生きているのが不思議なほどの大けがだった。その直後に両国は再び停戦の合意に至り、現在は平穏《へいおん》を取り戻《もど》しつつある。

「その件ですが……。自分の右腕《みぎうで》はもう使い物になりません」

そう言いながら黒は、腰から下げていたサーベルを外すとアレンの机の上に置いた。

「なんのつもりだ？」

アレンが怪訝《けげん》そうに黒を見る。

「殿下から賜《たまわ》っていたものです。お返しします」

「これをオレに返す意味がわかっているのか？」

「この一年、右腕の回復に努めてきましたが、残念ながらこれ以上は無理のようです。握《あく》力《りょく》が弱く、細かい作業もできない。武器が使えない人間に工作員は務まりません。自分はどういう扱《あつか》いになっても構わないので、母のことはよろしく頼《たの》みます」

工作員は、工作員になる時に死亡扱いになる。その代わり、軍は工作員の家族の生活を保障する。家族は人質だ。工作員が裏切らないための。そして工作員は自分から辞めることはできない。工作員が特殊《とくしゅ》任務から解放されるのは、軍に使い物にならなくなったと判断された時のみだ。

「……。実は、フェルトンが逃《に》げた。研究所につけていた見張りが軒並《のきな》みやられて病院送りになった」

黒が置いたサーベルを眺めつつ、アレンが切り出す。

「フェルトンが？」

「よっぽどオレの決定が気に入らなかったんだな。例の試験薬のサンプルをいくつかと菌《きん》を持って、行方《ゆくえ》をくらましやがった」

アレンが忌《い》ま忌ましげに言う。

ジャン・フェルトンは、東方軍の軍事研究所にいる研究員の一人だ。リーズ半島で見つかった特殊な菌を利用した、新しいタイプの薬を開発中だったのだが、アレンが研究中止を言い渡《わた》したことに相当な不満を抱《いだ》いている、とは聞いていた。

ただ、アレンも理由なく中止の指示を出したわけではない。

五年前、停戦協定を破って攻め入ってきたロディニア帝国からリーズ半島を奪《うば》い返す作戦中、半島の鬱蒼《うっそう》とした森の中で未知の遺跡《いせき》が見つかった。そしてこの遺跡付近で部隊の人間の様子がおかしくなる報告が次々と上がってきたのだ。いわく、「このあたりに近づくと、そのあと最初に聞いた人間の指示に従ってしまう」。

この原因解明を任されたのがフェルトンだった。調査の結果、遺跡内部にびっしり生えているカビが作り出す毒素を摂取《せっしゅ》すると「最初に聞いた人間の指示に従う」が「摂取した人間はほぼ間違《まちが》いなく死亡する」、「効果の出方は人による」ことがわかった。だがこのカビは遺跡内部にしか存在せず、遺跡の外で培養《ばいよう》すると無毒化する。また、熱にも弱い。人を言いなりにする成分を作り出すには、いくつもの条件があるらしい。

いろいろと問題が多い菌だが、人を操れるというのは魅力《みりょく》的だ。これを兵器として研究開発したいという申請《しんせい》が上がってきたのが、菌が見つかって半年後の二年ほど前のこと。

一度は申請を認めたアレンだが、薬が完成に近づくにつれて懸念《けねん》も膨《ふく》らんできたらしく、四か月ほど前の今年の初め、フェルトンに対し薬の開発中止の決定を下した。その理由は二つ。一つは、特定の人物の指示ではなく「摂取後、最初に聞いた指示に従う」ということは、誰《だれ》にでも悪用が可能であること。もう一つは、現在リーズ半島の領有権はバルティカ王国にあるが、今後、遺跡がロディニア帝国に奪われる可能性も否定できないことである。

アレンの決定から数日内に件《くだん》の遺跡は爆破《ばくは》され、フェルトンにも保有する研究材料をすべて破棄《はき》する指示が下ったのだが……。

「フェルトンはもともと中央の研究施設《しせつ》に入りたがっていました。それが叶《かな》わずに東方軍に配属され、待遇《たいぐう》の不満や中央への憧《あこが》れを口にして周囲から煙《けむ》たがられていた。そこにこの薬の開発を任され、うまくいけば中央にいけるかもと期待していたようです。完成間近で開発中止なんて、フェルトンでなくてもキレるでしょう」

言いながら、かつて遺跡付近で捕虜《ほりょ》にしたロディニア人兵士に嬉々《きき》として人体実験を繰《く》り返していたフェルトンを思い出す。あれは本当に胸糞《むなくそ》が悪かった。

「まあな。だが、あれは悪魔《あくま》の薬だ。もっと早くに中止の決定をするべきだった。フェルトンの逃げ足の鮮《あざ》やかさから、以前から逃走《とうそう》を検討していたんだろう。……面倒《めんどう》なことになったなあ」

アレンが背もたれに体を預け、大きく息を吐《は》く。

「これは完全にオレの落ち度だ。誰にも知られることなくフェルトンを確保したい。右腕が使えなくても、ネズミ一匹《いっぴき》追うくらいはできるだろう？　これが最後の任務だ」

「最後？」

訝《いぶか》しげに聞き返す黒にアレンが頷《うなず》く。

「これを最後に、おまえを内勤に切り替《か》える。青が喜ぶぞ」

「お優しいですね。一生、日陰《ひかげ》を這《は》いずり回ることになるのかと思っていたのに」

「だろう？　オレ自身もそう思うよ。だからこの件を頼みたい。すでに何人かあとを追わせているが、フェルトンの足取りはさっぱりつかめない」

アレンがじっとこちらを見つめる。

「見つけたらどうしますか？」

追うだけなら、右腕を理由に断ることはできなそうだ。観念してアレンに次の句を促《うなが》す。

「すぐには殺すな。少し泳がせたい。……なあ黒、フェルトンは誰とつながりたいんだと思う？」

「アレン殿下を快く思っていませんから、ジェラール殿下でしょうか」

アレンと対立している異母兄の名を出す。

「うん。オレもそう思う。またとない機会だから二人を結託《けったく》させてまとめて消そう。おまえはフェルトンを追い、兄上に近づけさせろ。そこまでが任務だ」

何が「追うだけ」だ。あっさりととんでもないことを口にするアレンに、「この人はこういう人だった」ことを思い出した。

麗《うるわ》しい見た目とは裏腹に、アレンの性格はえげつないのだ。

この国には二人の王子がいる。身分の低い寵姫《ちょうき》から生まれた第一王子ジェラールと、身分が高い正妃《せいひ》から生まれた第二王子アレン。王宮内にはこの二人のそれぞれに派閥《はばつ》が作られている。そして派閥の対立をより激しくしているのが、「次期国王にふさわしい実績を作ったものに王位を譲《ゆず》る」という国王の宣言だ。どちらを指名しても揉《も》めるから自分たちで決めろ、というわけである。

アレンが真面目《まじめ》に司令官の仕事をしているのはそのためだ。もっとも、アレンが東方軍の司令官になったのは、兄ジェラールとその一派による嫌《いや》がらせ以外の何物でもない。

「フェルトンを追うために、おまえに新しい名前をやるよ」

そのアレンが机の引き出しを開いて何かを取り出し、机の上に置いた。

目をやるとそれは一冊の軍人手帳だった。

自由に動く左手を伸《の》ばし、中を開くと、自分の写真。

「ルイ・トレヴァー少尉《しょうい》？」

「リーズ戦争で行方不明になっている男だ。部隊は橋の爆破で半島に取り残され、消息を絶っている。北部のトレヴァー子爵《ししゃく》の婚外子《こんがいし》……まあ、愛人の子だよ。残っている記録を見る限りは、真面目な男だったようだ」

アレンから指令が出るたびに、実在する「誰か」になりすますことには慣れている。

今回は「ルイ・トレヴァー」になるらしい。

爆破された橋の向こうに取り残された人物と知り、黒は目を伏《ふ》せた。

唯一《ゆいいつ》の退路だった海峡《かいきょう》の橋を爆破し、大勢のバルティカ人兵士を半島に置き去りにしてきたのはほかならぬ自分だ。アレンを逃がすために。

「必要なものは用意してある。詳《くわ》しいことは青に聞いてくれ。……これは持っていけ。以上だ」

アレンが机の上のサーベルを押してくる。

黒改めルイは、サーベルを手に取ると敬礼をし、司令官室をあとにした。

長い廊下《ろうか》を歩きながら、ルイは「面倒なことになったな」と思った。手に馴染《なじ》んだサーベルですら持っていられないほど握力が落ちている。武器なんてもってのほか。この状態でフェルトンを追い、ジェラールに接触《せっしょく》させなければならないとは。

だがこの任務が最後だという。どれくらい工作員をしていただろうかと記憶《きおく》をたどってみる。

——今年で丸九年、だな……。

九年前のあの日、自分は第二王子襲撃《しゅうげき》犯としてつかまり、「黒」というコードネームで呼ばれる「どこにも存在しない人間」になった。

任務ごとに名前を変える。任務が終われば再び誰でもない「黒」に戻《もど》る。その繰り返し。

赤《あか》ん坊《ぼう》の時に引き取られた屋敷《やしき》を追い出されたのは、十五歳の時。

貧困院で死にかけていた、異国出身の戦争難民である母と赤ん坊だった自分を引き取ってくれたのは、王国南東部エルスターのドワーズ家だ。母は祖国ではそこそこ裕福《ゆうふく》な家の生まれで、父は自分が生まれるより前に戦争で死んだと聞かされている。

ドワーズ家はドワーズ侯爵《こうしゃく》、次期侯爵夫妻、その夫妻の一人娘《ひとりむすめ》セシアの四人家族だった。そこで母は使用人として働き始め、自分も物心ついてからは屋敷の雑用のほかに、セシアの子守をしながら十五歳まで過ごした。

そして十五歳の冬。

十歳になったセシアが、嵐《あらし》で増水した川を見に行こうと言い出したことがあった。増水した川は危ない。大人たちには近づくなと言われていた。でも、セシアはどうしても見たいと言う。セシアはだめと言っても聞いてくれる性格ではない。離《はな》れて見るくらいなら大《だい》丈夫《じょうぶ》だろう、と見に行ってしまったのがよくなかった。

橋の手すりから身を乗り出したセシアが、足を滑《すべ》らせてしまったのだ。伸ばした手は間一髪《かんいっぱつ》間に合ったが、その手が滑ってしまい、セシアは濁流《だくりゅう》に飲み込まれていった。

あの時のセシアの菫色《すみれいろ》の瞳《ひとみ》が、今でも瞼《まぶた》に焼きついている。

セシアは仕えるべきドワーズ家の一人娘だが、自分にとっても大切な存在だ。生まれた時から知っていて、自分のことを兄のように慕《した》ってくれる。だから必死で捜《さが》した。生きていてくれと願いながら。

どれくらい下流にいっただろうか、溜《た》まった流木に挟《はさ》まれるようにして浮《う》いているセシアを見つける否や、ためらうことなく冬の濁流に飛び込んだ。水をかきわけ、流木で傷だらけになりながら引き上げたセシアの腹部は真っ赤に染まり、大量の血が流れ出ていた。

どうやって屋敷まで戻ったのかは覚えていない。

セシアはどうなっただろう。連れ帰った時、顔は真っ白で意識がなかった。このまま死んでしまうようなことになったらと思うと、怖《こわ》くてたまらなかった。どうして手を離してしまったのか。もっと強くつかんでいれば、セシアは川に落ちなくて済んだのに。どうして。

そしてその日の夜遅《よるおそ》く、ドワーズ侯爵に母ともども呼び出され、「セシアにけがをさせた罰《ばつ》だ。今すぐこのエルスターから出ていけ。ここへは近づくな」と告げられた。それなりにけがをしている自分への配慮《はいりょ》は、まったくなかった。

執事《しつじ》に促され母と二人、大急ぎで荷物をまとめ、屋敷を出た。使用人の一人に荷馬車で駅まで連れていってもらい、一晩駅に泊《と》まって翌朝に鉄道で貧困院のある町まで移動した。

また貧困院を頼《たよ》ることになるなんてね、と母が力なく笑う。戦争で焼け出され、着の身着のままさまよった過去を思い出しているのだろう。悔《くや》しくてたまらなかった。自分はともかく、どうして事故とは無関係の母まで追い出されなくてはならない？　異国人だから？　戦争難民だから？

非情な仕打ちをしてきたドワーズ侯爵に対し、強い恨《うら》みの気持ちが芽生える。

いつか復讐《ふくしゅう》してやる。

貧困院にたどり着いて保護を求めた時の、「レストリア人か」と呟《つぶや》いた院長の蔑《さげす》むような顔を見た時にそう誓《ちか》った。

もともと体が弱い母は貧困院の衛生的とはいえない環境《かんきょう》と、そこで出される貧しい食事にみるみる体調を崩《くず》してしまった。母が健康でいられたのは、エルスターの屋敷にいたからこそだったのだ。

こんなところに長居はできない。出ていかなくては。そのためには金が必要だ。

仕事を探したが、異国から来た戦争難民に世間は甘くはなかった。

大陸の北で戦争が起きて難民が流れ込んだこの国では、そのせいで治安が悪くなったり、自国民が不利益をこうむったりした過去がある。そのために異国人や難民への風当たりは強い。そんな自分ができる仕事となると、低賃金の肉体労働しかなかった。

まずは駅で荷物運びをやった。大の男でも逃《に》げ出すきつい仕事だが、お金が必要だったから歯を食いしばった。そんな自分に見どころがあると、違《ちが》う仕事を持ちかけてきた男がいた。今よりまともな待遇《たいぐう》になるならと飛びついた。それが転落の始まり。

ヤバイ荷物を運ばされるようになり、やがてその荷物を運ぶ人間を見張る側になり……、落ちるのはあっという間だった。

仕事の内容が変わるタイミングで、ナイフや銃《じゅう》の扱《あつか》い方も教えてもらった。戦争に従軍していたという元兵士が「おまえは見どころがあるな」という程度には、得物の扱いが上達した。重たい荷物を運ぶよりナイフを使って人を言いなりにするほうが楽だし、金になる。

そうして手に入れたお金で母を貧困院から連れ出し、小さな部屋を借りた。清潔で、暖かい部屋だ。通いの家政婦も雇《やと》えるようになった。

生活の質は向上したが、それに反比例するように心は荒《すさ》んでいった。そんな息子《むすこ》を母はずっと心配していたが、仕事を失うわけにはいかない。生きていくには金が必要だからだ。ドワーズ侯爵への復讐心は胸の内にくすぶってはいたが、目の前のことに精いっぱいで将来のことなんて考えられない日々を過ごすうち、最終的には金さえもらえれば何でもやるゴロツキになり果てていた。

そんな自分の前に、今まで見たこともない金額の仕事が舞《ま》い込んできた。十八歳の時だ。しかも「仕事に出ている間、母親の面倒《めんどう》を見る。生活費はこちらで持つ」という破格の条件つき。標的は、士官学校を卒業し東方軍司令部に着任してくる第二王子アレン。彼を複数人で襲撃する。打ち合わせは綿密で、荒唐無稽《こうとうむけい》ではなかった。いけると思った。母が人質に取られたと気付かないほど間抜《まぬ》けではないが、金に目がくらんだ。

だが、作戦当日、仲間は自分を見捨てた。

どうやら初めから、アレン暗殺計画の「時間稼《かせ》ぎ」として使われる予定だったらしい。そうとわかったのは、あっさりつかまり雇い主を吐《は》けと拷問《ごうもん》を受けるようになってからだった。

自分の知る情報で依頼《いらい》主にたどり着くとは思わないが、口を割るわけにはいかない。母が人質に取られている。

「このままだとおまえ、死んじゃうよ？」

ある日、様子を見に来たアレンがボロ雑巾《ぞうきん》のように転がっている自分に声をかけてきた。

うるさい……、と、答えたかったが、もう声も出なかった。

「なあ、おまえ、本当の髪《かみ》色は銀色なんだな？　目も青い……レストリア人か？」

外見で判断されるのが嫌《いや》で、仕事を始めてからは髪の毛を黒色に染めていた。この国で銀髪《ぎんぱつ》は珍《めずら》しいが、青い目は珍しくない。つかまっている間に髪の毛が伸《の》びて、本来の色が現れてきたらしい。

「オレを殺そうとした連中、たぶんおまえの直接の雇い主だろうな、あいつらのもとにいた銀髪の女性をこちらで保護した。彼女、ものすごい美人だね。レストリア人ならいなくなっても誰《だれ》も捜さないし、どんな扱いをしても誰からも文句は出ない。売られたらどうなっていたことか」

呆然《ぼうぜん》とする自分に対し、アレンが面白がるような視線を送ってくる。

「このまま彼女を保護してやるよ。おまえの口の堅《かた》さは素晴らしい武器だ。ナイフなんかよりずっとね。オレは、おまえみたいなやつを探してたんだ。おまえを切り捨てた連中に、おまえはもったいない。オレのために働けよ。そうすれば銀髪の彼女を助けてやる」

にっこりとアレンが笑う。血液と汚物《おぶつ》にまみれた犯罪者に見せるには、美しすぎる笑顔だった。

「そのかわり……、わかっているよな？」

オレを裏切ったら彼女の命はない。

言葉にしなくても、アレンの言いたいことは十分伝わった。

アレンの言葉に頷《うなず》いたあの日からずっと、本名のクロードではなく「黒」というコードネームで呼ばれている。

母には、一人息子は死亡したとだけ伝えられたらしい。遺体を見ていないから信じないと言い切った母は現在、アレンがグレンバー赴任《ふにん》に際して購入《こうにゅう》した屋敷《やしき》の使用人として、住み込みで働いている。

アレンへの忠誠心や思い入れは一切ない。それでもアレンに従うのは、母を守るためだ。

廊下《ろうか》の突《つ》き当たりにある事務室のドアをノックすると、中から返事がある。

ドアを開けると、自分と同じ軍服姿の中肉中背の中年男性が、親しげな笑みを浮かべて出迎《でむか》えてくれた。

「やあ久しぶり。体の具合はどうだ？」

「元気ではありますが、右腕《みぎうで》だけは戻《もど》りませんでしたね」

「そうか。残念だな」

「俺は今日からルイ・トレヴァー少尉《しょうい》だそうですよ、スコット大尉《たいい》」

「少尉とは。出世したもんだね」

スコットが感心したように頷く。彼のコードネームは「青」。ルイ同様、アレンの下にいる工作員の一人だ。もちろんスコットというのは偽名《ぎめい》である。本名は知らない。

「身分証はアレン殿下《でんか》からいただいたな？　階級章はこれ、あと経費請求《せいきゅう》の許可証。無駄《むだ》遣《づか》いはしないように」

スコットが机の引き出しを開けていろいろと机の上に並べる。

「殿下から聞いたと思うが、おまえに出された指示は『ジャン・フェルトンを追う』だ。つかまえる必要はない。できれば、フェルトンが誰かに試験薬を売り込むところまで見届けてくれ。その誰か……は、わかるな？　だが、無理はするな」

灰色の瞳《ひとみ》を向け、スコットが言う。

「これが終われば一生困らない金額の手当がもらえる。楽しい余生のためにも早まるなよ」

机の上に並べられたものを手に取りながら、ルイは笑った。

「そういやこの任務が終わったら、俺は内勤に切り替《か》わるらしいですよ」

「おお、おれの仲間が増えるのか。歓迎《かんげい》するよ。アレン殿下の無茶振《ぶ》りはキツイぞ」

「知っていますよ。ところで、フェルトンの足取りはまったくわからないんですか？」

「今は社交シーズンだから、王都に営業に行ったんじゃないかと思うんだよ。フェルトン脱走《だっそう》直後に三人ほど追わせたんだが、今のところは誰からもなんの連絡《れんらく》もない。王都も広いからね」

スコットが肩《かた》をすくめる。

「では、王都に行ってみます」

ルイはそう言うとスコットに敬礼し、背を向けた。

部屋を出て、再び司令部の薄暗《うすぐら》い廊下に踏《ふ》み出す。

しばらくはこのグレンバーともお別れだ。


翌日《よくじつ》のキルス中央駅。

東の果てのグレンバーから王都までは、十二時間の旅である。夜行列車を利用し、ルイは鞄《かばん》ひとつを持って朝の王都に降り立った。その足で王都をぐるりと一周している路面電車に乗る。ドワーズ家のタウンハウスを確認するためだ。

今回の任務とは関係がないし、そこに行って何をするというわけでもない。セシアがいないことも知っている。現在、ドワーズ家のタウンハウスはセシアの叔父《おじ》が暮らしているため、ドワーズ侯爵《こうしゃく》とセシアが王都に滞在《たいざい》する場合はホテルを利用する。タウンハウスを眺《なが》めたところで、セシアを見かけることはまずない。

それでもタウンハウスを眺めに来るのは、エルスターにいた頃《ころ》を思い出せるからだ。

最後こそひどい目に遭《あ》ったが、エルスターでの日々は穏《おだ》やかで幸せだった。おてんば娘《むすめ》だったセシアにせがまれ、よく一緒《いっしょ》に近所の森へ出かけたものだ。

今でもたまに、泣きたくなるほどの郷愁《きょうしゅう》に駆《か》られることがある。

あの事故がなければ、汚《きたな》い仕事に手を染めることもなく、名無しの誰かになることもなく、クロードとしてエルスターにいられたのだろうか。

だが、セシアとの関係は同じではいられなかっただろう。

セシアは侯爵家の一人娘で、自分はただの使用人。

時間がたったせいか、大人になったせいか、今は以前ほどドワーズ侯爵への憎《にく》しみは強くない。逆に心の中に棘《とげ》のように刺《さ》さり続けているのが、あの事故以来一度も会っていないセシアだ。

セシアが生まれた時から知っているのだ。その後が気にならないわけがない。

一命を取り留めたことはわかっている。近づくなと言われたが、一度だけエルスターを訪れ、顔見知りの使用人にセシアの現状を教えてもらったからだ。セシアに会うかと聞かれたが断ってすぐに帰った。すでにセシアに顔向けできないような仕事に手を染めており、汚《よご》れた自分を見られるのが嫌だったのだ。

今も、会いたいとは思わない。幸せに暮らしている様子を感じ取れたらそれでいい。

あの事故から十二年。十五歳だった自分は二十七歳になった。十歳だったセシアは二十二歳になっている。貴族の娘の二十二歳は、まさに結婚適齢期《けっこんてきれいき》。毎日のように新聞をチェックしてはセシアの婚約発表が出ていないか探しているが、今のところ、セシアの名前は見つけられていない。

そろそろ降りる停留所が近いな、と思いながら何気なく通りを眺めていた時だった。

見覚えのある人物が、行き交う人混みの中にいることに気付く。

ルイは慌《あわ》てて自分の前にいる乗客を押しのけ、窓の外を覗《のぞ》いた。押された乗客が毒づくが、知ったことではない。

――あいつは……！

ひょろりとした体軀《たいく》、ぼさぼさの明るい茶色の髪の毛。病的なほど白い肌《はだ》。間違《まちが》いない。何度か会ったことがあるから知っている。ジャン・フェルトン本人だ。

どこにいるかわからないと言われた標的があっさり見つかって驚《おどろ》いたが、とにかくあいつを追わなければ。

ルイは慌てて下車のベルを鳴らして路面電車を止め、停留所に飛び降りた。鞄を抱《かか》え直し、先ほどフェルトンを見かけたあたりまで戻る。

——いない。どこだ？

あいつはさっき、路面電車の進行方向とは反対に向かって歩いていた。なら、こっちか。あたりをつけて再び走り出す。

勘《かん》が当たり、見覚えのある背中が見えてきた。距離《きょり》を保ってあとをつけていくと、やがて一軒《いっけん》の屋敷の前で立ち止まり、通用門の扉《とびら》を押し開く。

ルイは目を見開いた。

屋敷には見覚えがある。あるどころではない。念のためにと通用門に近づき、そこに飾《かざ》られているレリーフを確認する。葡萄《ぶどう》に蔦《つた》が絡《から》まった紋章《もんしょう》は、ドワーズ家のもの。この建物は間違いなくドワーズ家のタウンハウスだ。

「どういうことだ……？」

ルイは、思わず呟《つぶや》いた。

第一章　祖父の遺言

大陸暦《れき》一八九七年、六月上旬《じょうじゅん》。

窓の外を初夏の風景が飛ぶように過ぎていく。どこまでも続く穏やかな田園風景の中に、時々、農作業をしている人の姿が見える。空は晴《は》れ渡《わた》り、青葉がきらきらと美しい。穏やかで美しい景色を、セシアは憂《うれ》いを含《ふく》んだ表情で、車窓から眺めていた。

「そう不貞腐《ふてくさ》れた顔をするものではない」

はす向かいに座る祖父がセシアに声をかける。

バルティカ王国の主要な都市を結ぶ急行列車内にて。一等客だけが利用できるラウンジに、ドワーズ侯爵と孫娘《まごむすめ》の姿はあった。

早朝に始発駅を出た急行が大陸南東部にあるエルスターの駅で二人を乗せたのは、十時過ぎのこと。領地であるエルスターから王都キルスまでは約八時間の長旅である。

「おじい様、私が社交界を苦手に思っていることをお忘れなのですか？」

セシアは呆《あき》れながら祖父を見やった。

「忘れてはおらんが、おまえももう二十二歳になる。今年こそは結婚相手を見つけてもら

うぞ」

「もう二十二歳になるんだもの、今さら見つからないんじゃないかしら」

ふう、とセシアは溜息《ためいき》をついた。

「ジョスランのことか。大丈夫《だいじょうぶ》だ、今年は信頼《しんらい》できる者に声をかけてある」

祖父の言葉に、ピンときた。

この国では十八歳になる年の春に社交界デビューする。セシアも慣例通り十八歳で社交界にデビューしたが、最初のシーズンは叔父ジョスランのせいでさんざんだった。以来、一度も社交シーズンの王都に足を運んでいないし、事情を知る祖父も無理にセシアを王都に連れて行こうとはしなかった。

だが今年は去年までの言い分が通じず、「わしが選んだ男と結婚するのがいいか、自分で選んだ男と結婚するのがいいのか、決めなさい」と迫《せま》られてしまったのだ。

養われている身である。貴族の娘は当主の決定に逆らえない。

そこでしぶしぶ、実に四年ぶりに社交シーズンの王都へと赴《おもむ》くことにしたのである。

「そう。要するに、私がこれから王都でお会いする方々は、おじい様のお眼鏡にかなっているというわけなのね。それは楽しみですこと」

祖父の言葉からすでに何人かお相手が選定されているらしいと知り、セシアは嫌味《いやみ》を織り交ぜながら答えた。

「わしも七十を越《こ》える。健康には気を付けているつもりだが、いつまでもおまえのそばにいてやれるわけではないからな」

セシアの祖父、ドワーズ侯爵であるモーリス・ラング・ドワーズは七十をいくつか越えて、髪《かみ》も髭《ひげ》も白くなってはいるが、眼光は鋭《するど》く、背筋もピンと伸《の》びている。若い頃、軍隊に所属しており、今も鍛錬《たんれん》を欠かさないためだろう。

「人間、いつ何が起きるかは誰《だれ》にもわからん。おまえの両親も、ある日突然《とつぜん》事故に巻き込まれて帰らぬ人となったではないか」

祖父の指摘《してき》に、セシアはうっと眉《まゆ》をひそめた。

今から十三年前、セシアの両親は馬車の事故で亡くなっている。

「それなんだけれどね、おじい様。実は、結婚については考えていることがあるのよ……」

セシアは車窓から祖父に視線を戻《もど》した。

「奇《き》遇《ぐう》だな。わしもいろいろ考えておる。まあとにかく、王都に着いたらきちんとジョスランと話し合わなくてはな」

いい機会だから伝えようと意気込んだのだが、祖父はセシアの視線を避《さ》けるように、窓の外に目を向ける。

おそらく祖父も気が付いてはいるのだ。セシアに結婚する意思がないことを。けれど祖父はセシアを嫁《とつ》がせたいと思っているし、この考えを曲げることはないだろう。長年、家族として付き合っているからわかる。

「おじい様、私、結婚は……」

「この話は以上だ。おまえはドワーズ家の一人娘《ひとりむすめ》だ、いつまでも一人でいられないことはわかっているだろう？」

言い募《つの》ろうとしたセシアに一瞥《いちべつ》をくれ、祖父が話を切った。

セシアは言葉を続けられず、ひとつ溜息をつくと再び窓の外に目を戻した。

今まで結婚の話を持ち出されるたびにのらりくらりとかわしてきたが、今回ばかりは難しそうだ。

――結婚なんてしたくないのに……。

セシアは、夏用のドレスの下に隠《かく》されている、右の下腹部の大きな傷痕《きずあと》を思い浮《う》かべた。

おぞましい傷痕だ。セシア自身も目を背けたくなる、この傷は己の罪の証《あか》しでもある。

許される日など来ない。おまえだけ幸せになるな。この傷はそう語りかけている気がするのだ。だから、結婚なんて無理。

栗色《くりいろ》の髪の毛に菫色《すみれいろ》の瞳《ひとみ》、ミルク色の頬《ほお》によく熟れたベリーのような唇《くちびる》。整ってすっきりと美しい顔立ちのセシア・ヴァル・ドワーズは、ドワーズ次期侯爵《こうしやく》夫妻の娘として生を受けた。その両親はセシアが九歳の時に事故で他界、その時には祖母もすでに他界していたため、セシアは九歳の時からずっと祖父であるドワーズ侯爵と、領地エルスターの屋《や》敷《しき》で暮らしてきた。

そして十八歳の春、セシアは慣例通り王都の社交界にデビューした。

王都キルスでは春から夏の終わりまでが社交シーズンだ。この間、国内の貴族たちは王都に集まり茶会や舞踏《ぶとう》会、観劇など様々な催《もよお》し物《もの》を通して親睦《しんぼく》を深める。独身の令息令《れい》嬢《じょう》たちは結婚相手を探す。結婚相手でその後の人生が決まるといってもいい令嬢たちにとって、社交シーズンはまさに勝負のシーズンでもある。

結婚したいという気持ちはなかったが、将来のために交友関係は広げたい。そう思って臨んだ社交界デビューだったが、デビュタントとして過ごしたあの夏は本当にさんざんだった。

まず舞踏会に招待されない。これにはセシアだけでなく祖父も困惑《こんわく》した。そして祖父のツテでようやく招かれた舞踏会でも、誰からも相手にされない。異性はもちろん、同性の知り合いすらできない。なぜかどこに行っても敬遠され、一人ぼっちになるのだ。

わけがわからなくて落ち込んでいたところに、さる親切な令嬢がそっと近づいてきてその理由を教えてくれた。いわく、「ドワーズ家のジョスラン様は、人のお金を騙《だま》し取ることで有名よ。その姪《めい》であるあなたと、お付き合いしたいと思う人がいると思って？」

父の弟であるジョスラン・イル・ドワーズは、祖父に貸与《たいよ》された領地からの収入を元手に投資を行っているのだが、祖父によると「ドワーズ家が付き合う人間としてふさわしくない」種類の人間とも関係が深いらしい。金遣《かねづか》いも荒《あら》ければ、借金もずいぶんあるようだ。そのせいで保守的な祖父とはそりが合わず、疎遠《そえん》になっている。加えて、セシアが生まれる前にエルスターの屋敷を出ており、めったに姿を見せない。

セシアにとってのジョスランは「血はつながっているが、ほぼ他人」という認識だった。そのジョスランに関心を持たなかった自分も悪いかもしれないが、叔父《おじ》がこんなにも社交界で煙《けむ》たがられているなんて知らなかったし、そのせいで自分まで社交界で敬遠されるとは思わなかった。祖父も、ここまでとは思わなかったようである。

翌年からセシアはジョスランを理由に、社交シーズンになっても王都に行かなかった。祖父も、ジョスランの行いが改められない限りは、セシアが社交界で誰からも相手にされないことはわかっていたのだろう。十九歳から二十一歳までの三年間は引きこもりを許してくれた。だが、今年はそれが許されなかった。

理由は、ジョスランが祖父から管理を任されている土地を、勝手に売ろうとしたからだ。土地の管理は叔父だが所有者は祖父であるため、売買契約《けいやく》書が祖父のもとに送られてきたのである。

これを見た祖父は激怒《げきど》し、王都に出向いてジョスランと相続の話をする、他人事《ひとごと》ではないからセシアも同席しなさい、ついでに結婚相手も決めなさいということになり、今年は王都に出向く羽目になったのである。

元気とはいえ祖父も七十を越えている。憂いを失《な》くしておきたいと思うのはわかるが、こちらにはこちらの事情がある。

まず、セシアの下腹部に残っている大きな傷痕の存在だ。傷は深く、長く歩いたり、何曲もダンスをしたりと少し体を使うとズキズキと傷口が痛むのだ。醜《みにく》い傷痕だから、誰にも見せたくない。それに、月のものが来るたびにも疼《うず》く。もしも自分が子どもを望めない体だったら……？

それでなくてもこのけがは、大切な人の人生を犠牲《ぎせい》にした証拠《しょうこ》だ。自分だけが幸せになるなんてできない。

社交界での一件をきっかけに、セシアは本格的に結婚《けっこん》しなくてもいい人生を探すことにした。

その準備として始めたのが、去年から祖父に協力してもらいつつもセシア主導でエルスターに工場を誘致《ゆうち》することだ。

現在このバルティカ王国には、隣《となり》のロディニア帝国《ていこく》が周辺国のひとつであるレストリア王国に侵攻《しんこう》したことで、大勢のレストリア系難民が流入している。さらにロディニア帝国はバルティカ王国との国境にあるリーズ半島へも侵攻、実に四年にわたる戦争がつい一年前に終結したばかりだ。そのせいでこの国は経済状況《じょうきょう》も治安も悪くなっている。

セシアの生家、ドワーズ家が領主を務めているエルスターでも、難民流入や戦争の影《えい》響《きょう》による貧困問題への対応が急務だった。

その解決方法として手っ取り早いのは、雇用《こよう》を作ることだ。

王都の社交界に顔を出さなかった三年間、セシアは領地をくまなく見てまわり、集まりには顔を出し、領民の声を聞いてきた。収入がほしいのは領民たちも同じだ。セシアが目をつけたのは、紡績《ぼうせき》工場だった。

機械の登場で繊維《せんい》の大量生産、大量消費も可能になってきており、繊維は世界的に需要《じゅよう》が高まっているのだ。比較的《ひかくてき》少ない投資で始められるのもいい。

ゆくゆくはその事業の収益で暮らしていけたらいいと思っている。そうすれば結婚しなくても生きていける。

いずれ祖父がジョスランにドワーズ家の家督《かとく》を譲《ゆず》れば、セシアが政略結婚させられるのは目に見えている。

そうなる前に事業を軌道《きどう》に乗せたかったのだが、事業を始める前に結婚しなくてはならないらしい。

——困ったわね……。

窓の外は初夏の光にあふれて眩《まぶ》しいが、セシアの心はどんどん暗く沈《しず》んでいった。

十八時過ぎ、セシアたちを乗せた列車はほぼ定刻通りに、王都にあるキルス中央駅へと到着《とうちゃく》した。

「ホテルに行く前にジョスランのところへ行くぞ」

懐中時計《かいちゅう》を見ながら祖父が言う。

「今からですか？　この時間なら、タウンハウスにはいないのでは？」

社交シーズンだからどこかの夜会に顔を出しているのではと暗に聞くと、

「今日到着することも、夕方のうちに顔を出すことも伝えてある。とにかくこれについて、ジョスランから話を聞かねばならん」

祖父は手にしたアタッシェケースを掲《かか》げてみせた。

なるほど、そういうことならしかたがない。駅前に手配してあった馬車に乗り、セシアたちはタウンハウスへと向かった。

ドワーズ家のタウンハウスはセシアが生まれるより前にジョスランに譲られているため、セシアは一度も訪れたことがない。ジョスランがドワーズ家の人々の滞在《たいざい》を嫌《いや》がるので、ドワーズ家の王都での滞在先はホテルなのだ。

祖父は王都を訪れるたびにジョスランに会っているが、セシアがジョスランと会うのは何年ぶりだろうか。考えてみればジョスランとは祖父に金の無心にきた折にばったり出くわす程度で、きちんと話をするのは初めてのような気がする。

夕方の王都を馬車が走る。窓から外を見ていると、王都がいかに華《はな》やかな場所であるかがわかる。すれ違《ちが》う馬車の中に着飾《きかざ》った貴婦人を見かけ、ああこれからどこかで夜会があるのかしら……などと思いを馳《は》せているうちに、ふとセシアは、幼い頃《ころ》のある夜を思い出した。

あれは、六歳か、七歳か、その頃の出来事だったと思う。

「つまらないと思わない？」

夏になると祖父と両親は社交のために王都に出かける。その間、セシアはエルスターでお留守番だ。

「わたしだけ仲間外れなの」

一人ぼっちが寂《さび》しくてなかなか眠《ねむ》れない夜、セシアはよくクロードとおしゃべりをした。

クロードは使用人の子どもで、セシアより五歳年上の男の子だ。長い銀色の髪《かみ》の毛をひとつに束ね、透《す》き通る青い瞳《ひとみ》を持ち、繊細《せんさい》で整った顔立ちをしている。クロードの母親も銀《ぎん》髪《ぱつ》に青い瞳をした美しい人で、セシアはこの二人が妖精《ようせい》の国からやってきたのではと思っていた時期がある。実際は、戦争で夫を亡くし、命からがらエルスターまで逃《に》げてきたのだが。貧困院で震《ふる》える身寄りのない母子を哀《あわ》れに思い、セシアの母が使用人として雇《やと》ったのだ。

屋敷《やしき》の中に年の近い人間がほかにいないことから、クロードはセシアの子守を命じられたのだろう。でも当時のセシアはそうとは知らず、クロードがそばにいてくれるのは自分のことが好きだからと信じて疑わなかった。

クロードはいつも優しくて、セシアのわがままにも根気よく付き合ってくれたからだ。

今夜だって、こうして付き合ってくれている。本当は、ベッドに入ってからクロードを呼びつけることは禁止されており、大人にバレるとクロードが怒《おこ》られる。でも、セシアの「眠れない」の一言に、クロードは駆《か》けつけてくれた。

「大人になったら仲間に入れてもらえるよ。セシアはドワーズ家の令嬢《れいじょう》なんだから。ほら、もう横になって。セシアが寝《ね》るまでそばにいてあげるから」

「本当？　じゃあ、早く大人になりたい！　そうしたらクロードと一緒《いっしょ》に舞踏《ぶとう》会に行けるんでしょ？　舞踏会って、知ってる？」

ベッドに横になり、クロードに布団をかけてもらう。

「知ってるよ。でも僕は貴族じゃないから、セシアと一緒に舞踏会へは行けないよ。それに大人になったら、こうしておしゃべりもできなくなる。立派な淑女《しゅくじょ》は、寂しいからって誰《だれ》かに添《そ》い寝してもらったりしないものだからね」

「えー!?　そんなのいや！　じゃあ、大人にならないわ。だからクロード、どこにも行かないでね」

驚《おどろ》いて肘《ひじ》をつき体を起こしたセシアに、枕元《まくらもと》のクロードは微笑《ほほえ》んだ。

「僕はどこにも行かないよ。セシアのそばにいる。セシアこそ、僕を追い出さないでね。僕には行くあてがないから」

「もちろんよ。当たり前でしょう？　わたし、あなたを追い出したりなんてしないわ」

何を言い出すのだと聞き返すと、クロードが安心したように頷《うなず》いた。

「ありがとう、セシア」


「セシア、着いたぞ」

物思いにふけっていたセシアの意識を引き戻《もど》したのは、祖父の声だった。

はっとなって目を上げると、馬車はいつの間にか一軒《いっけん》のタウンハウスの前に着けられている。門に掲げられた葡萄《ぶどう》に蔦《つた》が絡《から》まった紋章《もんしょう》はドワーズ家のもの。

祖父のエスコートで馬車を降り、御者《ぎょしゃ》が門を開く。そのまま中に進み祖父がドアのノッカーを叩《たた》くと、ほどなくして大きなドアが開かれた。

「やあ、父上。それにセシア。久しぶりだね。大きくなったなあ」

出迎《でむか》えてくれたのはジョスラン・イル・ドワーズ、その人だった。

長く伸《の》びた栗色《くりいろ》の髪の毛を無造作に束ね、シャツは上のボタンを留めていないから胸元が丸見えだ。祖父や父と面差しが似ていることや、髪や目の色が自分と同じことから、血のつながりがあるのは間違《まちが》いないが、祖父と疎遠《そえん》になるのもなんだかわかる。祖父とジョスランの価値観には、大きな隔《へだ》たりを感じるからだ。祖父は真夏でも服を着崩《きくず》すことはない。

「おまえは相変わらずのようだな、ジョスラン。そんなだらしない格好で人を迎《むか》えるものではない」

祖父の小言にジョスランは軽く肩《かた》をすくめ、「まあ中へどうぞ」と二人を案内した。

通されたのは応接間だ。三人そろって椅子《いす》に座る。

「まずは遠路はるばるようこそ、キルスへ。すぐにお茶を用意させましょう」

「気遣《きづか》いはいい、用件が済めばすぐに出ていく。エルスターにマデリーの売買契約《けいやく》書が届いた。なんだ、これは？　金に困って領地を売ろうというわけじゃないだろうな？」

祖父が手にしたアタッシェケースから一通の封筒《ふうとう》を取り出し、テーブルに置く。

マデリーは祖父がジョスランに貸している土地の名前だ。

「まさか。マデリーの管理者が僕だと知った業者が、勝手に作成して送り付けたのかもしれませんね。僕なら飛びつくとでも思ったのでしょう。中を見ても？」

断りを入れてから、ジョスランが封筒を手に取り中身を確認する。

「へえ、ずいぶんいい値段をつけていますね。あそこにはこれだけの価値があるのか」

「おまえの仕業ではないんだな？」

「僕はそこまで信用がありませんかね。確かに僕は思慮《しりょ》深いほうではありませんが、マデリーを売る気なら、契約書は僕あてに送るように手配しますよ。そこまでボンクラじゃない」

念を押して確認する祖父に笑って答えながら中身を戻すと、ジョスランは封筒をテーブルの上に置いた。

「それならいい。では、この封筒はこちらで処分するぞ」

「ええ、どうぞ。何かの手違《てちが》いでしょうからね」

その時、応接間のドアが開いてワゴンを押したメイドと、ジョスランの妻カロリーナが姿を現した。

彫《ほ》りの深い顔立ちにハシバミ色の瞳、癖《くせ》のある赤毛。セシアたちバルティカ人に比べて濃《こ》い肌《はだ》の色をしたカロリーナは、異国の大公の孫娘《まごむすめ》なのだと聞いている。だが本当のところはわからない。素性がはっきりしない娘との結婚《けっこん》を祖父はまだ完全には許していない。

叔父《おじ》たちが結婚したのは二年前だが、セシアがカロリーナに会うのは今日が初めてだった。

「気遣いは無用とのことですが、遠くから来た人間にお茶のひとつも出さないと思われるのも嫌なのでね。父上が毛嫌《けぎら》いしているカロリーナですが、この国の作法もだいぶ覚えました。お茶を淹《い》れるのもずいぶん上達したんですよ」

ジョスランに目で促《うなが》され、慣れた手つきでカロリーナがお茶を淹れていく。その動作はよどみなく、セシアの目にも不自然ではなかった。

「ああそうだ、父上のために貴重な蜂蜜《はちみつ》も手に入れたんです。お疲《つか》れですから、いかがですか？　この茶葉に蜂蜜はよくあいます」

ジョスランの目配せでカロリーナが、ワゴンの上から小さな容器を取り上げてみせた。

「……そういうことなら、いただこうか」

祖父は甘いものが好きなのだ。

「セシアはどうする？」

「私は遠慮《えんりょ》します。食事前ですし」

「はは、一人前に体形を気にするようになったのか」

体形のことは言っていないのに、ジョスランに笑われて、セシアはむっとした。別に太ってはいないが、胸が大きいために太って見えることは気にしていた。

ジョスランが二つのカップに蜂蜜を注ぎ、ひとつを祖父の前に置く。セシアの前にはカロリーナがカップを置いてくれた。

給仕を終えると、カロリーナがメイドとともに部屋から出ていく。三人の邪魔《じゃま》をしないためだろう。

祖父がカップを手に取るので、セシアもそれに倣《なら》ってカップに手を伸ばす。

ジョスランと祖父がほぼ同時に口をつける。猫舌《ねこじた》のセシアはカップを手にしたまま、しばらくお茶を飲む祖父と叔父を眺《なが》めていた。

ジョスランがカップを置き、テーブルの上の封筒を手に取る。

「父上のために淹れたお茶ですから、遠慮せずどうぞ。カロリーナの淹れたお茶も悪くないでしょう？」

「そうだな」

ジョスランの言葉に頷き、祖父がぐいぐいとお茶を飲む。

セシアはその様子を不思議そうに見つめた。

このお茶は淹れたてで、ぐいぐい飲めるほど冷めているわけではない。確かに外は暑く、セシア自身は喉《のど》に渇《かわ》きを覚えていたものの、祖父が熱いお茶を一気飲みする行為《こうい》には違和《いわ》感《かん》がある。いくら祖父が熱いものが平気な舌をしていたとしても、そもそもお茶をこんなふうに一気飲みするのはマナー違反《いはん》だ。マナーに厳しい祖父が、こんなことをするはずがない。

そうこうしているうちに、祖父がソーサーにカップを戻し、そのままうつむいて黙《だま》り込んでしまう。

――何か、おかしいわ。

その姿に違和感を覚える。

先ほどまで祖父はジョスランに怒《いか》りを向けていた。顔は上げて、ジョスランを睨《にら》んでいたはずだ。それなのにどうして、うつむいてしまうのだろう？

セシアはカップを手にしたまま、じっとそんな祖父を見つめた。視界の隅《すみ》で、ジョスランが封筒から中身を取り出して眺めている。

「ところでセシア、おまえは次のドワーズ侯爵《こうしゃく》が僕になることに異論はあるかい？」

不意にジョスランが聞いてきたので、セシアは祖父から叔父へと視線を移した。

「いいえ」

この国では被《ひ》相続人と血が近い男性から相続人になっていく。女性が相続人になることはほとんどない。祖父にはほかに息子《むすこ》がいないから、ジョスランが継《つ》ぐのは順当といえた。

「おまえの目に僕はどう映っているんだろうね？　ただの放蕩者《ほうとうもの》かな」

「……何かお考えがあるのだとは思っております」

「ふん、よく躾《しつ》けられているな。さすが賢《かしこ》い兄上の自慢《じまん》の娘だけある」

ジョスランが言葉とは裏腹に、小ばかにしたように言う。

「金は、溜《た》め込むものじゃない。使ってこそ生きるというものなのに、どうしてそれがわからないんだろうな？　これは無駄遣《むだづか》いではないというのに、父上は二言目には『無駄遣いするな』だから、嫌《いや》になるね」

ジョスランの散財ぶりは祖父や執事《しつじ》から聞き及《およ》んでいる。祖父がジョスランにしつこく生活態度を改めるよう求めていることも、それにジョスランが反発していることも。

「貴族にとっての財産とは、先祖から預かったもので、子孫にそのまま渡《わた》すのが務めだと聞いております」

「おまえは本当に、兄上にそっくりだな。見た目じゃない、考え方がな。……そういえばセシアはまだ独身だったな。相手が見つからないようなら、紹介《しょうかい》しようか？」

「その必要はありません。自分の将来は自分で決めます」

ニヤニヤしながら提案するジョスランにかちんときて、セシアはややきつい口調で言い返した。

「はは、その口調、まさにドワーズ家の娘って感じだな。古い価値観にしがみついて生きていくのもいいだろう。僕は好きじゃないけどね。まあ、何をするにしても金はいる。そうだろ？」

同意を求められても、話の内容が見えないので答えようがない。

——結局この人が気になるのは、お金のことだけなのね……。

うんざりしたセシアに構うことなく、ジョスランは封筒から出した書類をさっと祖父の前に差し出す。

「ところで父上、これは、大切な書類です。父上のサインを、いただけませんか？」

ゆっくり区切るように言って、シャツの胸ポケットからペンを取り出し祖父の前に置く。

セシアはそんなジョスランを訝《いぶか》しげに見つめた。何を言っているのだ、叔父は。先ほどこれは何かの手違いで送られたものだと言っていたではないか……。

だがセシアの予想に反して祖父がペンを手に取る。

「おじい様？」

「セシア、黙りなさい」

驚《おどろ》いて声を上げたところをジョスランに鋭《するど》く制止され、セシアは口をつぐんだ。

「父上、サインをください。ここですよ」

ジョスランが立ち上がって祖父の傍《かたわ》らに立ち、サインするべき場所を指さす。

祖父の手が震《ふる》える。

最初は小刻みだった震えがどんどん大きくなることに、セシアは不安を覚えた。

「さあ……父上の名前を書くだけです」

「待って、叔父様。おじい様の様子が……！」

「黙れと言ったのが聞こえなかったか、セシア！」

「でも！」

セシアは急いで立ち上がって祖父のそばに行くと膝《ひざ》をつき、その顔を覗《のぞ》き込んだ。

「……！」

うつむいたままの祖父の顔色が紫色《むらさきいろ》に近い。

「叔父様、おじい様がおかしいわ！」

「……くそ、早すぎる。誰《だれ》か！　医者を呼んでくれ！」

ジョスランも祖父の様子がおかしいことに気付いたらしく、焦《あせ》ったように大声を出す。

誰かが室内を覗き込み、そのまま走り去る気配があった。

そうしている間にも祖父の顔色はどんどん悪くなり、やがて口から泡《あわ》を吹《ふ》きながら体を大きく傾《かたむ》けた。

ジョスランが支えようとするが支え切れず、祖父が床《ゆか》に倒《たお》れ込む。

「おじい様！　おじい様!!」

セシアは床に倒れた祖父の体を揺《ゆ》さぶった。なぜ。どうして。さっきまで普通《ふつう》にしていたのに、顔色は今や完全に紫色になり、目の白い部分は充血《じゅうけつ》して真っ赤になっていた。ごぶごぶと口から泡があふれ続け、祖父の体が大きく痙攣《けいれん》する。

「どういうことだ！」

ジョスランが叫《さけ》ぶ。

それからの数分間は、セシアにとって生涯《しょうがい》忘れられない、悪夢のような時間になった。

タウンハウスの人間が早く医者を呼んでくれますようにと願いながら、セシアはジョスランとともに床に膝をつき、のたうち回る祖父を二人がかりで押さえ続けた。

どれくらいそうしていただろう。おそらく、五分か、十分……そんなに長い時間ではない。

「おじい様……？」

やがて痙攣は鎮《しず》まり……。

「おじい様⁉」

セシアの呼びかけに、祖父はもう答えなかった。紫色に変色した顔に、見開かれた目は真っ赤に染まり、口元には吹き出した泡が筋となって垂れている。呼吸が苦しかったのだろう、喉元《のどもと》をかきむしったためシャツのボタンはちぎれ、まるで誰かに襲《おそ》われたかのよう。凛《りん》としたたたずまいしか知らないセシアにとって、それは世にも恐《おそ》ろしい姿だった。

信じられなかった。

思わず祖父の頬《ほお》に触《ふ》れる。

まだ温かい。なのに、呼吸をしていない。

ついさっきまでセシアの隣《となり》にいて、いつも通りに会話を交わしていたのに。

セシアの菫色《すみれいろ》の瞳《ひとみ》からぽろりと涙《なみだ》がこぼれ落ちる。

「なんてこった……」

すぐ近くで床に座り込んだまま呆然《ぼうぜん》と呟《つぶや》くジョスランに、セシアは目を向けた。

ジョスランも驚きを隠《かく》せない様子ではある。だが、セシアは先ほどの祖父の異常な行動を覚えていた。お茶を一気飲みしたあと、ジョスランは「何かの手違《てちが》い」と笑ってみせたマデリーの売買契約書《けいやくしょ》を、祖父の前に置いて祖父にサインを求めた。手違いであればサインなんて必要がない。

マデリーはもちろん、このタウンハウスもジョスランに「祖父が貸し与《あた》えている」だけであり、名義は祖父である。祖父の資産を勝手に売却《ばいきゃく》することはできない。必ず祖父のサインが必要になる。

ジョスランは金に困っており、マデリーを売るつもりだったのだ。だから祖父にサインを求めた。祖父のもとに送られてきた売買契約書は本物。手違いは、ジョスランではなく祖父のもとに送られてきた点だろう。セシアはそう結論付けた。

「叔父《おじ》様が、毒を入れたんでしょう!?」

セシアは祖父の体に手を置いたまま、涙に濡《ぬ》れた目でジョスランを睨《にら》んだ。

「どうしてそうなる?」

ジョスランがぎろりとセシアを見返す。

「だって、おかしいもの! お茶を飲むまでおじい様はなんともなかったわ。このお茶に毒が入っているのよ! あの蜂蜜《はちみつ》があやしいわ!」

セシアはテーブルに残されているティーカップを指さした。

「毒だと? 言いがかりはよせ。自分の父親に毒を飲ませるわけがないだろうが」

「売るつもりだったからでしょう、マデリーを。その契約書は本物で、おじい様が邪魔《じゃま》だから毒を飲ませたのよ! だからサインを……サイン……!?」

言いながらセシアは、ジョスランの行動が矛盾《むじゅん》していることに気付いて、混乱してきた。

毒を飲ませて殺すつもりなら、サインなんて求めるだろうか……？

「ばかなことを言うな！　僕がそんなわかりやすい罪を犯すわけがないだろう？　だいたい、待っていればドワーズ家の財産は僕のものになるんだぞ⁉」

「だ、だったらどうして、今、おじい様にサインを求めたの！　おかしいじゃない！　それは何かの手違いと言ったくせに、おじい様にサインを求めたわ！」

矛盾を無視してセシアが叫ぶと、

「へえ。僕が、父上にサインを要求したという証拠《しょうこ》は？」

ジョスランが冷めた声で言い返す。

「……証拠？」

「証拠だよ。セシア、おまえは今、憶測《おくそく》で話をしているんだよ。わかるかい？　証拠がなければ、何も事実だとは証明できないんだよ。おまえは何を証拠に、僕が父上にサインを求めたと？」

ジョスランがセシアを睨んだまま立ち上がる。

「わ、私が見たわ……」

「見たという証拠は？」

震えながら答えたセシアに、ジョスランが強い口調で問う。

「……っ。私が見たことは証拠にならないの⁉」

思わずセシアは叫び返した。

「客観的に、誰が見ても納得できる証拠なのか？　気のせいなのでは？　それとも僕を犯人にしたいだけの虚言《きょげん》である可能性は？」

「どうしてそんなこと……っ」

ジョスランの言い草に、セシアが目つきを険しくする。

「まあいい、では客観的に証明してやろう。おまえはお茶に毒物が入っていると疑っているんだったな。蜂蜜があやしいと。僕のティーカップにも蜂蜜を入れたのは見たな？　父上は蜂蜜入りのお茶を飲んですぐに具合が悪くなった」

そう言うと叔父は、自分自身のカップを持つと、ぐい、と飲み干した。

空になったカップをわざわざセシアに見せたあとテーブルに戻《もど》し、ジョスランが肩《かた》をすくめる。

「……私のも飲んでみてください。口はつけてないわ」

セシアが震える声で言うと、ジョスランはセシアのカップに手を伸《の》ばし、とっくに冷めたお茶を一気にあおった。

「見たか？　蜂蜜にもお茶にも問題がない。僕は無実だ。めったなことを言うな」

カップを逆さまにして振《ふ》って見せたあと、ジョスランが威嚇《いかく》するように低い声で告げる。

「だいたい、僕が父上を殺すわけがない。借金癖《へき》のある放蕩息子《ほうとうむすこ》を訪ねたら、その場で父親が亡くなりました？　明らかに僕が疑わしいじゃないか。中央広場の芝居《しばい》小屋ですらもう少しまともな筋書きを考えると思うね」

うぐ、とセシアは返事に詰《つ》まる。

だが、お茶を飲んでから祖父の様子がおかしくなったのは間違《まちが》いないのだ。

絶対に何かある。

その場にいたのは、祖父、ジョスラン、セシアの三人。ジョスランとセシアの証言が食い違っているが、客観的に証明してくれる人はいない。

何を証拠として出せば、祖父が叔父に殺されたかもしれないと証明できるのだろう。

祖父は間違いなく飲んだお茶に反応して倒れた。けれど、それは蜂蜜でもお茶でもない。

となると、カップだ。それは祖父のカップにのみ入れられていたのではないか？

ジョスランが使用人を呼びつけ、部屋の片づけを指示する。

――おじい様のカップ！

セシアはテーブルの上のカップに手を伸ばした。

だが食器類はセシアが手に取る前に、ジョスランが回収してワゴンに載《の》せ、応接間に入ってきた使用人に引き渡《わた》す。

「カップを返して！　証拠隠滅《しょうこいんめつ》を図ったわね」

セシアはジョスランを睨んで叫んだ。

「証拠隠滅だと？　さっき、すべてのお茶を飲んでみせた。この通り僕はなんともない」

ジョスランが睨み返してくる。

「蜂蜜でもお茶でもなければカップに毒を入れたのよ！　そうとしか思えないわ」

「仮にそうだとしても、こんなあからさまな方法で自分の父親を殺害するわけがないだろうが！　おまえの妄言《もうげん》に付き合っている暇《ひま》はない」

ジョスランが吐《は》き捨てるように言い、背を向けて使用人たちに追加の指示を出す。部屋が片付けられ、祖父が運ばれる。

確かにジョスランの言う通りだ。でもジョスランが何かしたのは間違いない。

気持ちは焦《あせ》るがどうすることもできず、セシアはきれいに片付けられていく部屋をただ見つめることしかできなかった。やがてやってきた医師が祖父の死を認め、ジョスランが祖父を運ぶための手配を始める。

セシアはここにいても邪魔だからと、祖父と泊《と》まるはずだったホテルに追い払《はら》われた。

翌朝、セシアは荷ほどきをしていない荷物を持って、搬送《はんそう》用の棺《ひつぎ》に納められた祖父、そして叔父夫妻とともにエルスター行きの列車に乗り込み、十八時過ぎ、定刻通りにエルスターの駅に降り立った。

鉄道に乗る前に電報で知らせを入れておいたから、悲痛な面持ちの執事《しつじ》が何人かの男性使用人を引き連れて出迎《でむか》えてくれる。二人そろって出発したのは昨日のことなのに、こんなことになるなんて誰《だれ》が予想しただろうか。

二台の馬車に分かれて乗り込み、見慣れたエルスターの風景をぼんやりと見つめながら屋敷《やしき》に向かう。

屋敷に着くと、メイド頭のリンがセシアを抱《だ》きしめてくれた。リンはセシアが生まれるより前からいるメイドで、母親を早くに亡くしているセシアにとっては母親のような存在だ。そのリンの顔を見た途端《とたん》にセシアは心の堰《せき》が切れてしまい、声を上げて泣き始めた。

躾《しつけ》は厳しく、時には理不尽《りふじん》と思う指示も受けたものだが、祖父が早くに亡くした両親に代わりセシアを慈《いつく》しんでくれたことは間違いない。それがわかっているから、悲しくてしかたがない。

屋敷の居間に入ると、ジョスランからの連絡《れんらく》を受けて、祖父が懇意《こんい》にしていた弁護士に加え司祭の姿がすでにあった。そこにセシア、叔父夫婦、執事のトーマが加わる。

「葬儀《そうぎ》の流れですが、本日は屋敷で旦那様《だんなさま》にお別れをしたあと、明日、旦那様の棺を教会へ運んで一日安置し、一般《いっぱん》の弔問《ちょうもん》を受け付けます。明後日、礼拝を行い、ドワーズ家の墓地に埋葬《まいそう》いたします。旦那様の遺言はその時に。埋葬後は再び屋敷に戻り近親者で会食を……」

「ちょっと待て。父上はすでに遺言を書いていたのか？　そんなことは聞いていない！」

トーマの説明を遮《さえぎ》り、ジョスランが声を上げる。

「はい。少し前に。実は旦那様の心臓は年々弱ってきておりまして。もしもの時のことを考えていらっしゃったようです」

トーマが悲しそうに言う。祖父の心臓が弱っていたなんて初耳だ。

「父上は心臓が悪かったのか？　そう聞くと納得がいくな。うちで突然倒《とつぜんたお》れた時に、セシアには毒を飲ませたのだろうと言い切られたが、実際は興奮しすぎた父上の心臓が耐《た》え切れなかったんだろう。身内でなければ侮辱罪《ぶじょくざい》で警察に突《つ》き出してやるところだ」

ジョスランの鋭《するど》い視線に、セシアは縮こまった。

確かに毒を飲ませたと決めつけて、ジョスランをなじってしまった。決めつけるのは早計だったと思う。

――そういえばおじい様は、健康には気を付けているつもりだけれど、いつまでもそばにいてやれるわけではないとおっしゃっていたわ。私に結婚《けっこん》を急がせたのも、心臓のことがあったからなのね。

そしてセシアの嫁《とつ》ぎ先を具体的に見繕《みつくろ》っている気配もあった。

きっと遺言には、ドワーズ家をジョスランに譲《ゆず》り、セシアにはいくらかの財産を分与《ぶんよ》してしかるべき人物と結婚させるようにとでも記されているのだろう。

――工場誘致《ゆうち》の話はどうなるのかしら。

ジョスランが引き継《つ》いだとしても、セシアを関わらせてはくれない気がする。彼は強欲《ごうよく》だから、利益になると思えば独《ひと》り占《じ》めするはずだし、利益にならないと判断すればこの話はなかったことになる。どちらにしても、セシアに許されているのは誰かの妻になる未来だけ。

ズキリ、と右下腹部の傷口が痛む。この傷の存在は、誰にも知られたくない。

その日から葬儀の日まで、セシアはトーマと二人で葬儀のための準備に奔走《ほんそう》した。新聞に訃報《ふほう》を載《の》せ、身内に手紙を書き、葬儀に必要なものをそろえる。その間、ジョスランは「この屋敷のルールには慣れていないのでね」と客人を決め込み、何もしなかった。

腹が立ったが、祖父との最後の時間をジョスランとの諍《いさか》いで荒立《あらだ》てたくなかったため、セシアは叔父《おじ》を放置することにした。

そして葬儀当日。

セシアは母の衣装《いしょう》部屋から引っ張り出してきた喪服《もふく》で、葬儀に参列した。祖父は事故死した長男夫婦の部屋をそのまま残してくれており、母の衣装もそっくり残っていることは知っていた。喪服をどうしようか思案していたセシアに、「若奥様の喪服をお借りしてはいかがですか？　お嬢様《じょうさま》は、若奥様とそうサイズが変わらないように見えますから」と提案してきたのはリンだった。

母の喪服に袖《そで》を通してみたところ、リンが言うようにサイズがぴったりだった。今は記《き》憶《おく》もおぼろげになってしまった母は、自分とほぼ同じ体形だったらしい。

「実は、若旦那様《わかだんな》と結婚された時の婚礼衣装も残っているんですよ」

そう言ってリンが見せてくれた純白のドレスはきちんと手入れがされており、こちらも着ようと思えば着られそうだ。

「これを着たお母様は、おきれいだったでしょうね」

「ええ。とても。若奥様も、お嬢様がこのドレスを着て嫁げばお喜びになるでしょう」

使用人という立場だから、リンは強くセシアに結婚をすすめてくることはしないが、リンもまたセシアが結婚することを望んでいると知っている。

「……そうね」

嫁ぐ気がないことを、セシアは誰にも打ち明けていない。

絹でできたなめらかなドレスを撫《な》でながら、セシアは、着ることがなくてもこの屋敷を出る時はこのドレスを持っていこうと決めた。

母の喪服に身を包み、黒いベールをかぶって、祖父の葬儀に向かう。

準備に奔走したものの、葬儀そのものは祖父がトーマに手順を指示していたこともあり、滞《とどこお》りなく進んでいった。まるで自分の死期を悟《さと》っていたかのような段取りのよさだ。

それに、昨日一日は教会で一般弔問《いっぱんちょうもん》を受け付けたが、本当に多くの人が訪れてくれた。祖父が領民に慕《した》われていたことがわかる。それが誇《ほこ》らしい。だからこそ、突然《とつぜん》のお別れがとても悲しい。

いつかはお別れの日が来ることはわかっていたけれど、こんなに早く、こんな形でお別れすることになるなんて思ってもみなかった。

もう少し一緒《いっしょ》にいられると思っていた。

もう少し、工場誘致のために力を貸してほしかった。

きちんと軌道《きどう》に乗せて、自分には結婚以外の道がある、結婚しなくてもエルスターのために役立てるのだと祖父に示したかった。……祖父に認めてほしかった。

祖父との日々が思い起こされる。両親亡きあと、寂《さび》しくないように祖父が気を遣《つか》ってくれていたことを知っている。祖父には融通《ゆうずう》が利かない面もあるが、間違《まちが》いなくセシアを愛してくれていた。

――こんなことになるなんて……。

祖父との思い出が次々と思い起こされ、セシアはベールの下で何度も涙《なみだ》を拭《ぬぐ》った。

礼拝が終わり、棺が墓地へと運ばれる。棺とともに歩きながら、セシアはちらりと自分の前にいるジョスランを見た。彼は葬儀の準備をトーマとセシアに丸投げして、一切関わっていない。次のドワーズ侯爵《こうしゃく》はジョスランなのだから、祖父の葬儀を取り仕切るのはジョスランであるべきではないだろうか。神妙《しんみょう》な顔をしているが、どうにも違和感《いわかん》が拭えない。なんなのだろう……？

たどり着いた墓地で最後の祈《いの》りを捧《ささ》げたあと、あらかじめ掘《ほ》ってあった場所に棺を納め、参列者が花を供える。その上から土がかぶせられ、やがて祖父の棺は見えなくなった。

「では、ドワーズ侯爵モーリス様の遺言をここに発表します」

埋葬が終わり、参列者が近親者のみになったところで、弁護士が祖父の遺言状を取り出しておもむろに広げた。

「次男ジョスランに貸与《たいよ》している財産はジョスランに相続させるものとし、それ以外の爵《しゃく》位《い》を含《ふく》めたドワーズ家のすべての財産は、孫娘《まごむすめ》セシアに相続させるものとする。ただし自分の死後一か月以内にセシアが結婚している場合に限る」

「え……」

「なんだと？」

セシアとジョスランが同時に声を上げる。

「なんだ、その遺言は。本当に父上が残したものなのか⁉」

ひったくる勢いでジョスランが弁護士の手から遺言状を奪《うば》い、目を落とす。

「……こんなばかな遺言があるか。僕は認めない……！」

しかし書いてあることは弁護士が読み上げた通りなのだろう、ジョスランが遺言状をぐしゃぐしゃに丸めると地面に叩《たた》きつけた。

「ジョスラン様。それは旦那様への冒瀆行為《ぼうとくこうい》ですよ」

トーマがたしなめる。

「なぜ僕ではなくセシアが⁉　おかしいだろう。ドワーズ侯爵の息子《むすこ》は僕一人だぞ⁉　セシアは孫だし、それに女だ！」

「女性であっても遺言で指名されていれば、家を継ぐことはできます。セシア様にはご結婚という条件がついておりますが……」

激昂《げきこう》して詰《つ》め寄《よ》るジョスランに、弁護士が冷静な声で答える。

「そうだ、結婚だ！　おまえは独身で相手もいないんだったな⁉　ひと月以内に適当な人物を連れてきて偽装結婚《ぎそうけっこん》なんてしてみろ、詐欺罪《さぎ》で訴《うった》えてやる」

「そんな……」

ジョスランに指を差され、セシアは困惑《こんわく》したような声を上げる。

「これから追悼式《ついとう》までの一か月は喪《も》に服す期間だからな、セシアは屋敷《やしき》から一歩も出るなよ！　おまえあての面会には僕も同席する」

「ジョスラン様、セシア様への干渉《かんしょう》が行き過ぎますと、逆にジョスラン様のお立場が悪くなりますよ。欠格事由という言葉をご存じですか？」

「けっかく……？」

弁護士の言葉に、ジョスランがきょとんとする。

「被《ひ》相続人や他の相続人に対して詐欺や脅迫《きょうはく》などを用いたり、危害を加えたりすると、相続人としての権利を失うおそれがあるのです。セシア様の行動を制限するために部屋から出さない、人との面会を許さないというのは十分、脅迫に当たります」

「……っ」

ジョスランがセシアを睨《にら》む。視線で人を殺せるのなら、セシアはこの一睨みで絶命していただろう。そう思わせるほど憎《にく》しみのこもった視線だった。

セシアはその恐《おそ》ろしさに、身動きが取れなくなる。

――この人は、本当に……？

ずっと違和感があった。ジョスランに対する違和感。それがはっきりした。

ジョスランは、祖父の死を嘆《なげ》いていないのだ。と、いうことは。

――やはり、おじい様は……！

体の底から震《ふる》えが込み上げる。もしそうなら、絶対に許せない。とにかく誰《だれ》かに相談しなければ。でも誰に？　まずは目の前にいるトーマに。きっと相談に乗ってくれる。

「もし一か月以内にセシアが結婚《けっこん》しなければ、ドワーズ家はどうなる？　セシアの取り分は？」

ジョスランが怒《いか》りを堪《こら》えながら弁護士にたずねる。

「その場合は、法の定め通りジョスラン様が相続人になります。遺言書には指定してありません」

「ふん……。では、セシアが結婚してドワーズ家を継《つ》いだ場合、次の相続人は誰になる？」

「財産はセシア様が受け継ぐことになりますから、セシア様が指定しなければ、御夫君《ごふくん》ではなくセシア様に一番近い血縁《けつえん》者になります。お子様がいらっしゃれば、お子様に。お子様がいらっしゃらない場合は、ジョスラン様に」

「……なるほど」

ジョスランの視線が再びセシアに向く。

セシアは強い憤《いきどお》りを込めた目でジョスランを睨み返した。そんなセシアにジョスランが一瞬《いっしゅん》だけ怯《ひる》んだような気がしたが、すぐに怒りを込めた眼差しで睨んできた。

「この国の相続の仕組みはよくわかった。行くぞ、カロリーナ。もう用はない」

「相続の手続きはモーリス様の追悼式終了後《しゅうりょうご》に開始いたします」

鋭《するど》く言い放ってさっさと踵《きびす》を返すジョスランと、そんなジョスランに慌《あわ》てたようについていくカロリーナに向け、弁護士が声をかける。

あまりの出来事に、セシアはもう何も考えられなかった。

◇

墓地から屋敷に戻《もど》ってみればすでにジョスランは荷作りを始めており、近親者の会食には顔を出さないまま慌ただしく屋敷を出ていった。そのせいで会食は気まずい雰囲気《ふんいき》に包まれた。

すべてが終わって親類を送り出したあと、セシアは家族用の居間のソファにぐったりと倒《たお》れ込んだ。そこへトーマが飲み物を持って現れる。

「おじい様はいつ、この遺言を書かれたの？」

「先々月……あたりでしょうかね」

トーマがセシアの前のテーブルにカップを置きながら教えてくれた。

「本当に最近なのね」

「マデリーの売買契約《けいやく》書を見て心を決めたようです。だからセシア様を王都に引っ張って行ったんですよ。今年の夏にお相手を決めてしまえば、いつ何があっても大丈夫《だいじょうぶ》だと」

「ねえ待って。私が他家に嫁《とつ》げば、ドワーズ家はどのみち叔父《おじ》様のものになるのではなくて？」

トーマの言葉にひっかかるものがあり、セシアはソファから体を起こした。

「セシア様の結婚に際しては、初めから婿養子《むこようし》で考えていらっしゃったようです。もし、セシア様のお父様、ジョエル様がご存命だとしても、セシア様のご結婚は御夫君をこの家に迎《むか》えることになったでしょう。一人娘《ひとりむすめ》ですから」

「そうだったの」

てっきり他家に嫁《とつ》がされるものだと思っていた。

「旦那《だんな》様も迷われていたようですけれどね。セシア様を相続人に指名してしまうと、エルスターに関するすべてに責任を負わせることになりますから。ただ、やはり、ジョスラン様の行動にも不安を感じていらっしゃったようで、それで結婚を条件にされたのです。セシア様を支えられる人物を御夫君に迎えられれば、と」

「それなんだけれど」

セシアは、墓地で感じた違和感《いわかん》について、トーマに話すことにした。

「……旦那様がジョスラン様に殺された可能性……ですか」

一通り話を聞き終えたトーマは、難しい顔をする。

「しかし、もし旦那様の死が毒物によるものだとしたら、真っ先に疑われるのはジョスラン様ではないですか？　私としては、そんなにわかりやすい犯行に出るのかな、という気がしますが」

「そうね。それは叔父様も言っていらしたわ。でも、疑わしくても証拠《しょうこ》がなければ、事実とは証明できないとも。これは私の被害妄想《ひがいもうそう》だと思う？」

セシアが消え入るように呟《つぶや》く。

「旦那様の遺言状公開時の様子から考えるに、ジョスラン様がこの家を継ぐつもりでいらっしゃったのは間違《まちが》いないでしょう。しかし……そのために旦那様を……？　ジョスラン様にとって実の父親ですよ」

「そうね。私の考え過ぎに違《ちが》いないわね」

懐疑《かいぎ》的なトーマの様子に、セシアは頭を振《ふ》った。

「ジョスラン様が感情的になっているせいでしょう。でも、ジョエル様が生きていらっしゃれば、いずれはセシア様がこの家を継ぐことになったのです。ジョスラン様に負い目を感じることはありませんよ」

トーマが慰《なぐさ》めるように言う。

「とにかく、ここ数日はお忙《いそが》しくされておりましたので、本日はごゆっくりお休みくださ い。葬儀《そうぎ》はすべて終わりましたので、あとは私のほうで片付けをしておきます」

「そうね……お願いするわ」

セシアが頷《うなず》いた時、トーマを呼ぶリンの声が聞こえた。トーマがその声に応えて居間を出ていく。

居間に誰もいなくなると、セシアは再びぐったりとソファの背もたれにもたれかかり、目を閉じた。


夢を見た。

子どもの頃《ころ》の夢だ。

小さなセシアは初夏の光があふれるエルスターの森を一人で歩いていた。そばにクロードがいたはずなのに、どこに行ってしまったのだろう。

「クロード、どこにいるのー!?」

心細くて、セシアは大声でお目付役の少年の名を呼んでいる。

ああ、またこの夢。何度となく見ている夢。

祖父がいて、両親がいて、何よりクロードがいた。幸せだった頃の夢。

子どもの頃、セシアはおてんば娘で知られており、屋敷《やしき》でおとなしくするよりは外へ遊びに行くほうが好きだった。元気に動きまわるセシアに、忙しい大人の代わりに付き合ってくれたのは、クロードだった。

クロードは使用人の子どもで、セシアより五歳年上。そのクロードと一緒《いっしょ》に、屋敷の近くに広がる森へ出かけるのが好きだった。

どの季節も美しいが、特に好きなのは初夏の森。夏の日差しに鮮《あざ》やかな緑がきらめいて、森が一番美しく見えるからだ。

森へ行く時、大人たちに「森の中で絶対に一人になってはいけないよ」と言われていた。

「一人になると森の奥から魔物《まもの》がやってきて、連れて行かれてしまうから」と。

なのにはぐれてしまった。

薄暗《うすぐら》い森の奥から何かが見ている気がする。魔物が出て来たらどうしよう。

「ねえ、クロード！　一人にしないで！」

その時だった。近くの茂《しげ》みがガサガサと鳴った。魔物かと思ってビクリと立ち止まる。

「ああ、よかった！　魔物に連れて行かれてなくて」

茂みの向こうから飛び出してきたのは、クロードだった。セシアは泣きべそをかいたまま、そんなクロードに駆《か》け寄ってしがみついた。

「クロード、どこに行っていたの！　リンからわたしを一人にしちゃいけないって言われていたでしょ！」

「わかってる。でも勝手に走って行っちゃったのはセシアだよ。セシアの背は小さいからすぐに見失っちゃうんだ。さあ、屋敷に帰ろう。遅《おそ》くなると本当に魔物が出てくる」

クロードの脅《おど》しに怖《こわ》くなって、セシアはますます彼の細い体にしがみついた。

「でもここはどこなの？　ずいぶん奥に来てしまったみたい。夜が来る前に、ちゃんとお屋敷に着く？」

「大丈夫だよ、道を覚えているから」

クロードがセシアの体を優しく離《はな》しながら言う。

「本当に？」

「じゃあ、手をつなごう、セシア」

クロードが手を差し伸《の》べて来る。

「手をつないでおけば、一人ぼっちにはならないから」

セシアは小さな手をクロードに伸ばした。

クロードは約束通り、ちゃんとセシアを屋敷まで連れ帰ってくれた。

それからも何度か、同じことをやらかしてしまった。森の中は楽しくて、ついつい一人で走り出してしまうのだ。そして迷子になるたびにクロードの名を呼んだ。ちゃんとクロードはセシアを見つけてくれた。まるで絵本の中のお姫《ひめ》様を守る騎士《きし》のよう。

クロードと手をつないでおけば大丈夫。

けれど、一度だけ、その手を離してしまったことがある。

あれは、十歳の冬のことだ。

その日は身を切り裂《さ》きそうなほど冷たい風が吹《ふ》き、今にも泣き出しそうな曇天《どんてん》が広がっていた。冬の嵐《あらし》で増水した川を見に行こうと、クロードを誘《さそ》った。増水した川は危ないから近づいてはいけないと大人たちには言われ続けていたから、これは誰《だれ》にも内緒《ないしょ》。クロードも同じ理由で渋《しぶ》ったが、ゴネ続けたら折れてくれた。

橋の上から見る濁流《だくりゅう》は迫力《はくりょく》がすさまじくて、見ていて飽《あ》きない。

「危ないから近づかないで」

「平気よ」

もっとよく見ようとクロードの制止を聞かず、手すりから身を乗り出したのがいけなかった。足元にあった枯《か》れ葉が滑《すべ》り、体が手すりの向こう側に投げ出される。

「セシア!!」

クロードがセシアの左腕《ひだりうで》をつかむ。セシアの体は橋の手すりの外側にあり、クロードがつかんでいることでかろうじてぶら下がっていられた。

「今、助けるから！　だからセシアも僕の手をつかんで！」

クロードが叫《さけ》ぶ。空いているほうの手を伸ばそうとしたその時、強い衝撃《しょうげき》がセシアの体を襲《おそ》った。上流から流れてきた大きな木の枝がセシアの足に当たり、はずみで手が離れる。

灰色の空、クロードの銀色の髪《かみ》の毛。色のない世界に、大きく見開いたクロードの青い瞳《ひとみ》だけが、鮮やかに浮《う》かんで見えた。

川に落ちたあとの記憶《きおく》はない。


ズキリと右腹部に激痛が走り、セシアははっと目を開けた。

涙《なみだ》が一筋、こぼれ落ちる。

部屋が薄暗くなっているせいで、自分が一瞬《いっしゅん》どこにいるのかわからなかった。

心臓がバクバクしている。

涙を拭《ぬぐ》ってあたりを見回すと、屋敷の居間のソファで横になっていることがわかった。

ああ、思い出してきた。祖父の葬儀のあと、疲《つか》れてここでうたた寝《ね》をしてしまったようだ。

窓の外に目をやると、夕焼けが広がっている。眠《ねむ》っていたのはそんなに長い時間ではないらしい。

セシアは体を起こして自分の手を見つめた。

——一人にしないって言ってくれたのに……。

その手を握《にぎ》り締《し》める。

つないだ手は永遠に失われた。

自分からすべてを台無しにしたくせに、あの日からずっと、自分は迷子になっている気がする。

第二章　偽装夫婦の始まり

　葬儀の翌日の午前中、セシアの姿は書斎《しょさい》にあった。この家の当主の部屋だ。いつもは祖父が座っていた大きな椅子《いす》に座り、書斎を眺《なが》める。正面の壁《かべ》にはドワーズ家の紋章《もんしょう》が入ったサーベルと盾《たて》が飾《かざ》られており、作り付けの本棚《ほんだな》には本がぎっしり詰《つ》まっている。

「これをご覧ください」

　その本棚の一角に、鍵《かぎ》のかかった引き出しがある。その鍵を開けてトーマが一冊の帳面を取り出し、セシアの前の執務《しつむ》机に広げた。

　それは帳簿《ちょうぼ》だった。トーマの指さすあたりを見ると、大きな数字が書き込んである。

「旦那《だんな》様が立て替《か》えたジョスラン様の借金です。一度目がこちら、そして二度目がこちら」

「待って。こんなに短期間にこんな大金を、おじい様は立て替えたの？」

「さようでございます。ですが、いくらドワーズ家といえども二度が限界でした。三度目はないと通知した直後に、マデリーの売買契約《けいやく》書が届いたのです」

「なんですって？」

　セシアは目を上げてトーマの顔をしみじみと見つめた。

「ジョエル様が亡くなったあと、旦那様はジョスラン様を次期ドワーズ侯爵《こうしゃく》として考えていらっしゃいました。ですが、ジョスラン様の素行は、ドワーズ侯爵にふさわしくないとお悩《なや》みでした。ずっとジョスラン様に生活態度を改めることを求めていたのですが……」

トーマはそこで言葉を切った。みなまで言わなくてもわかる。

「そうこうしているうちに、セシア様がエルスターに工場誘致《ゆうち》を始めました。旦那様に誘致を依頼《いらい》するのではなく、ご自分で誘致活動を始めたことから、旦那様の考えは変わっていったようです。セシア様のほうが次期ドワーズ侯爵にふさわしい、と。僭越《せんえつ》ながら、私もそう思います」

「でも、結婚《けっこん》が条件なのよね」

セシアは開いたままの帳簿にちらりと目をやった。

ジョスランが当主になれば、セシアをどこかに嫁《とつ》がせるに違《ちが》いない。貴族の娘《むすめ》は、結婚によって家に繁栄《はんえい》をもたらすことが役目だからだ。

それが嫌《いや》だからと腹部の傷のことをジョスランに言うのはだめだ。道具として役に立たない娘だとわかったら、どんな扱《あつか》いを受けるかわかったものではない。

それを回避《かいひ》したければ、セシアが跡を継《つ》ぐしかない。だが、そのためには結婚が必要。

結婚、結婚、結婚。どっちを向いてもセシアの前には結婚が転がっている。

結婚したくないから結婚しなくていい将来を探していたのに、これだ。

セシアはこめかみを揉《も》んだ。

「結婚相手に心当たりがないわ。一か月以内でしょ？」

「旦那様は、今年はセシア様にいくつかお見合いをさせるご予定で、すでに打診《だしん》をしておられます。その方たちに連絡《れんらく》を取ってみましょうか。リストは確か、こちらに」

トーマが執務机の上に残っている文箱《ふばこ》を開けて中を探り、一枚の紙を取り出してセシアの前に置いた。

一通りリストに目を通し、文箱に戻《もど》す。

「私は知らない方たちだわ。向こうも同様じゃないかしら。そんな方たちに一か月以内の結婚をお願いするの？」

セシアの言葉に、トーマも答えに詰まる。重苦しい沈黙《ちんもく》が二人を包む。

結局、相続に関しての話し合いは何も進展を見せないままトーマが使用人に呼び出され、終了《しゅうりょう》となった。午後からは葬儀《そうぎ》費用の確認と、葬儀に参加してくれた人に送る礼状のリストを作る段取りをして、セシアが自室で物思いに沈《しず》んでいた夕方。セシアのもとに前触《まえぶ》れもなく来訪者が現れた。

「軍の方なんですよ。セシア様とお話がしたいと」

呼びに来たトーマの訝《いぶか》しげな顔に、セシアも眉《まゆ》を寄せた。

「私と？」

祖父は軍隊に勤めていたことがあるから、祖父の訃報《ふほう》を知った軍関係者が来る可能性はゼロではない。だが、来訪者は祖父ではなく自分に話があるという。

怪訝《けげん》に思いながら、セシアは応接間のドアを開けた。

まず目に飛び込んできたのは、帽子《ぼうし》を脱《ぬ》いでソファに腰《こし》かけている軍服姿の青年だった。そしてセシアが開けたドアの近くにたたずむ、帽子をかぶったままの軍服姿の男性。二人とも帯剣している。

普通《ふつう》、そんな場所に客人が突《つ》っ立ったままでいることはないから、セシアは驚《おどろ》いて固まってしまった。

「忙《いそが》しいところをどうも。初めまして、私はバルティカ王国東方軍司令部所属、陸軍少佐《しょうさ》のノーマン・イヴェール。あなたがセシア嬢《じょう》？」

ソファに座っていた青年が立ち上がり名乗る。

「初めまして。ええ、私がセシア・ヴァル・ドワーズですが」

「突然《とつぜん》の不幸、心中お察しする。まずは閣下に哀悼《あいとう》の意を」

イヴェールはそう言うと手にしていた帽子を胸元に掲《かか》げ、目を閉じた。

セシアはイヴェールと名乗った青年をまじまじと見つめた。カラスの濡羽《ぬれば》のようにつややかな黒髪《くろかみ》に、透《す》けるように白い肌《はだ》。中性的な顔立ちは整い過ぎて作り物めいており、まるで人形のようだ。声や体格から間違《まちが》いなく男性なのだが、「美人」という言葉がぴったりくる。

黙禱《もくとう》を終えイヴェールが目を開く。切れ長の目は血のような鮮《あざ》やかな赤色をしていた。

この人は美しいが、禍々《まがまが》しい。

「祖父のためにわざわざありがとうございます。それで、どのようなご用件でしょうか？」

セシアは若干警戒《けいかい》しながらたずねた。

「少し確認したいことがあるんだが、いいだろうか。こちらへ座ってくれるかな。ああ、その男は無視していい」

気安い口調だが、イヴェールには有無を言わさない威圧感《いあっかん》がある。

セシアは促《うなが》されるまま、イヴェールの正面に腰かけた。客人はイヴェールなのに、なんだかそのイヴェールに取り調べを受けているような気分になる。

「あなたは、ドワーズ侯爵が倒《たお》れた時に、どこにいた？」

「どこって……祖父と一緒《いっしょ》にいました。なぜ、そんなことを聞くのです？」

「今は私の質問に答えてくれるかな？」

イヴェールがすぅっと目を細める。その仕草に、ゾクリと寒気がする。

何これ。怖《こわ》い。大きな獣《けもの》に獲物《えもの》として狙《ねら》われているみたいだ。

「あなたのおじい様が倒れた時、何か様子がおかしくなかったかい？」

「……どうしてそれを……」

イヴェールの問いかけに、セシアは目を見開いた。

あの場所には、祖父、セシア、ジョスランの三人しかいなかったはずなのに、なぜ祖父の最期の様子を知っているのだろう？

「様子がおかしくなる前に、何かを口にしなかった？」

「……出されたお茶を口にしました。でも、お茶にも、一緒に出された蜂蜜《はちみつ》にも、おかしなところはありませんでした。叔父《おじ》も口にしましたが、なんともありませんでしたから」

「お茶、ね……。ちなみにだが、お茶を出した人は、冷めてからお茶を飲んだんじゃないか？」

イヴェールの指摘《してき》に、セシアは自分でも血の気が引くのがわかった。

祖父が動かなくなったあとに、ジョスランはお茶を口にした。お茶はすでに冷めていたはずだ。

青ざめたセシアを見て、イヴェールが言葉を続ける。

「簡単なことさ。あなたの証言で確証が得られた。あなたのおじい様、ドワーズ侯爵には軍で秘密裏に開発中だった薬物が使われているからだよ」

その言葉に、セシアは凍《こお》りついた。

——今、なんて……？

「この薬物は問題が多いため開発を中断し、試験中のサンプルはすべて破棄《はき》することが決定していた代物だ。だが、開発を担当していた研究員が盗《ぬす》み出し、行方《ゆくえ》不明になっている。名前はジャン・フェルトン。そしてこのフェルトンを匿《かくま》っているのがあなたの叔父上《おじうえ》、ジョスラン・イル・ドワーズ氏だ」

「え⁉」

知っている人物の名前が出てきて、セシアは声を上げた。

「二人がどのようにして知り合ったのかはわからないし、そこは重要ではない。我々はこのことが明るみに出ないうちに早急にフェルトンをつかまえ、試験薬を回収したい。あの薬を悪用されるわけにはいかないんだ。そこで、あなたにお願いがある」

「お願い？」

「そう。結婚してほしいんだ」

イヴェールの言葉に、セシアは固まった。

てっきり関係者として協力を求められるかと思っていたのに、結婚？

イヴェールと？

こんな不気味な……おっと失礼。

得体の知れない……も失礼か……。

というか、なんで結婚……？

「混乱しているようだね。まあ当然か」

固まったまま動かないセシアに、イヴェールがうっすら微笑《ほほえ》みを浮《う》かべたまま頷《うなず》く。

「順を追って話そう。発端《ほったん》は十日ほど前の話だ。フェルトンが試験薬を盗んで行方不明になった。ヤツの行方を追っていたら、どうもジョスラン氏が匿っているらしいことがつかめた。これが六日ほど前のことだ」

イヴェールは盗難《とうなん》事件が起きてすぐに、フェルトンの居場所を突き止めることには成功しているようだ。

「だからジョスラン氏について調べた。彼はなかなか革新的な考えの持ち主だね。あと、借金が多い。ついでに、ドワーズ侯爵《こうしゃく》やあなたのことも調べさせてもらった。セシア嬢は現在独身で、婚約者《こんやく》もいない。王都にあまり顔を出さないのは、社交に興味がないからかな？」

数日でそこまでわかるものなのか。ぞっとする。軍の力を使えば可能だということ？

「そこにドワーズ侯爵が急逝《きゅうせい》した。フェルトンが関わっている可能性があるから、我々も昨日の葬儀に参列して、ドワーズ侯爵の遺言も聞いた」

「いらっしゃっていたのですか？　気付きませんでした」

「軍服でもないし、末席にいたからね。ジョスラン氏の荒《あ》れっぷりから察するに、あなたの叔父上はドワーズ家を継《つ》げると信じて疑わなかったようだね。ここから推測できるのは、借金を抱《かか》えているジョスラン氏が遺産目的でドワーズ侯爵を殺害したのではないか、ということだ。そしてあなたの証言から、フェルトンの試験薬が使われたことは間違いないと思う」

イヴェールの推理に、セシアはぎゅっとスカートを握《にぎ》り締《し》めた。そんなセシアをイヴェールが赤い目を細めながら見つめる。

「この試験薬は特殊《とくしゅ》なもので、証拠《しょうこ》が残らない。あなたは家族を奪《うば》われたのに、彼は断罪されることもなく、欲しいものを手に入れた。そしてこれからものうのうと生きていく。あなたはそれが許せる？」

「……許せないに決まっています」

セシアの現状も胸の内で渦巻《うずま》いていた不満も、的確に言葉にして投げつけてくるイヴェールを、セシアはキッと睨《にら》みつけた。菫色《すみれいろ》の瞳《ひとみ》に涙《なみだ》がにじむ。

「でも証拠がないんだもの、私にはどうすることも……っ」

イヴェールが立ち上がって、ゆっくりと歩いて近づき、セシアの左隣《ひだりどなり》に座る。そのせいでソファが少しだけ沈《しず》み、セシアの体がイヴェール側に傾《かたむ》いた。

「許せないのは私も同じなんだよ。あいつにはずいぶん舐《な》めた真似《まね》をされて、こう見えてもはらわたが煮《に》えくり返っている。だから私と手を組もう、セシア嬢。私はフェルトンをつかまえたい。あなたは叔父上がドワーズ侯爵を殺害したという証拠が欲しい。そのためには、結婚《けっこん》が一番、手っ取り早い」

イヴェールがセシアの左手を取る。

「どういうことですか？」

「考えてもみたまえ。ジョスラン氏にとってあの遺言は誤算だった。一番嫌《いや》な展開は、セシア嬢がひと月以内に結婚することだろう？　ジョスラン氏にはフェルトンがついている。彼のもとには試験薬のサンプルがあと三、四本はある」

イヴェールが妖艶《ようえん》に笑う。悪魔《あくま》に見えた。

「……つまり、あなたとの結婚で、叔父様を怒《おこ》らせて、試験薬を私に使わせろと……？」

「察しがいいね。あの試験薬には問題が多いから、使用時には近くにフェルトンがいるはずなんだ。そこを狙いたい。結婚のふりだけだとジョスラン氏に調べられたらあなたが危ないから、実際に籍《せき》は入れてもらうが、これに関してはあとで軍が手を回して『なかったこと』にするから、あなたの名誉《めいよ》に関しては心配しなくていい。形だけの結婚だから、体の関係も求めないし、この結婚に関わる諸経費はこちらで持とう。あなたは何も、失わない」

イヴェールがセシアの左の薬指をなぞる。ゾクゾクと寒気が背筋を這《は》い上った。

「我々があなたに求めることは、結婚して仲良し夫婦を演じることだけ。協力してくれれば、フェルトン確保の過程でジョスラン氏がドワーズ侯爵に試験薬を使ったという証拠が出てくるだろうから、それをあなたに提供する。どう使うかは任せるが」

証拠！

セシアが一番欲しかったものだ。証拠があれば叔父を断罪できる。

「それに、ジョスラン氏がドワーズ侯爵に試験薬を使ったことが立証できれば、彼の犯した罪を暴けるだけではなく、彼は相続人としての資格を失い、結果としてドワーズ侯爵の遺言も役に立たなくなるだろうね。そうなると、あなたがドワーズ侯爵のたった一人の相続人になる」

この話に頷きさえすれば、叔父を断罪できるだけでなく、結婚せずともドワーズ家を相続できてしまう……。なんて甘い誘惑《ゆうわく》。

「でも……それ……何かいろいろと問題があるような気がするわ……。わ、私を騙《だま》そうとしているわけじゃ、ないんでしょうね？」

そんなうまい話があるわけがない。セシアは頭を振《ふ》ってイヴェールを睨んだ。

「疑り深いね。慎重《しんちょう》な女性は嫌《きら》いじゃない。断るというのなら別にそれでもいい。ただしその場合、我々はあなたにはなんの情報の提供もできない。あなたはおじい様の無念を晴らすことができず、ただジョスラン氏がこの家を食いつぶすのを見ているだけになるだろう。あなたの叔父上のたくらみ通りにね」

彼の言葉が心を抉《えぐ》る。

そんなのは嫌だ。嫌だけれど、こんなことを一人で決めていいのかわからない。

「……誰《だれ》かに相談して」

「それはだめだ。情報が漏洩《ろうえい》すると計画が破綻《はたん》するおそれがある。そうなったら我々もあなたも破滅《はめつ》だよ？　あなたに残された時間はひと月しかない。こちらにも段取りがあるから、今、決めてほしい。やるか、やらないか」

イヴェールが赤い目を細める。

「その代わり、三か月だ。三か月以内に片づけると約束する。エルスターの木々が色づき始める頃《ころ》にはすべて終わっている。それでどう？」

三か月なら、我慢《がまん》できると思う。

やらなければイヴェールの言葉通りになる。それはセシアにもわかる。

だが、フェルトンをつかまえるために結婚までする必要があるのか、という点は気になる。囮《おとり》として利用されるだけならたまったものではないが、イヴェールの約束が果たされれば、セシアの願いは叶《かな》う。

──何もしなければ、私は何もかも失ってしまう。それくらいなら、たとえ結果がうまくいかなくても、手を尽《つ》くしたい。

祖父の無念を晴らし、叔父《おじ》を断罪したい。何より、この屋敷《やしき》とエルスターの森を守りたい。

「やります。私、あなたと結婚するわ」

考えたのはほんの少しの間だけで、セシアは意を決すると、目の前のイヴェールを見据《みす》えてきっぱりと答えた。

セシアの声にイヴェールが一瞬《いっしゅん》驚《おどろ》いたように目を見開いたが、すぐ満足げな表情を浮かべてソファから立ち上がる。セシアはそんな彼の動きを目で追った。

「ちなみにだが、あなたと結婚するのは私ではない。彼だ」

ドア付近に直立不動のまま控《ひか》えているもう一人のそばに行って、イヴェールがセシアを振り返る。室内なのに帽子《ぼうし》をかぶったままだから、表情がちっともわからない。

「帽子を取れ」

イヴェールの指示で彼が帽子を取る。

短い黒髪《くろかみ》の男性だった。目鼻立ちは整っているがイヴェールのような中性的な雰囲気《ふんいき》はなく、ずっと男性的だ。背の高さも、体格も、イヴェールを上回っている。瞳の色はセシアの場所からはわからないが、眼差しは鋭《するど》い。一言も発さず、表情もない。無骨で不愛想。

イヴェールの指示に従う様子から、任務に忠実な軍人、という感じがする。

セシアはその顔を食い入るように見つめた。

──似ている……？

ような気がする。そんなばかな……。

「名前はルイ・トレヴァー。階級は少尉《しょうい》で、北部のトレヴァー子爵《ししゃく》家に連なる者だ。特殊

な任務に長けているので、名ばかり責任者の私よりずっとふさわしい。あなたの書類上の夫であり、あなた専属の護衛だ」

セシアはイヴェールとルイを交互《こうご》に見つめた。

帽子を取った時の第一印象は「クロードに似ている」だった。でもよく見たら、気のせい、だったかもしれない。何しろ最後にクロードを見たのは十二年も前のこと。当時の妖《よう》精《せい》のように優美で華奢《きゃしゃ》なクロードと、目の前の精悍《せいかん》という言葉がぴったりくる男性がどうしても結びつかない。

――この人、レストリア人の血が入っているんだわ。

その顔を見つめているうちに、クロードに似ていると思った理由がわかった。男性はレストリア人特有の硬質《こうしつ》な面差しをしている。だからだろう。

――そうよね。クロードが……ここに来るはずがない。

この十二年、一度としてクロードはセシアの前に姿を現さなかった。それが彼の答えだ。

ズキリと右腹部の傷痕《きずあと》が痛む。

気持ちを切り替《か》えるとこぶしに力を入れ、セシアはイヴェールを正面から見つめた。

「……でもやっぱり、口約束では安心できないわ。証拠《しょうこ》の提供と、名誉の回復と。この二つをきちんと書面で約束していただきたいの。あなたの一番上の上司、司令官の名前で。結婚まで差し出すのよ。利用されるだけなんてまっぴらだもの」

「気の強いお嬢《じょう》さんだな。いいだろう。東方軍の司令官から書面を取ってくるよ」

セシアの言葉に少々面食らった顔をしたものの、イヴェールはセシアの条件を快く了《りよう》承《しよう》してくれた。それを見てセシアも頷《うなず》く。

「それじゃ、契約《けいやく》成立ということで」

イヴェールがそう言いながら手を差し出してくるので、同じように手を差し出す。

——なんだかとんでもないことになったわ。

そう思ったが、事態はすでに動き出してしまった。突《つ》き進むしかないのだ。


「うまくいったな」

ドワーズ家をあとにし、乗り込んだ馬車の中で帽子を取りながら、イヴェールことアレンが笑う。

「……強引すぎますよ」

「あの娘《むすめ》にとって悪い話ではない。強欲《ごうよく》な叔父に財産も人生も奪《うば》われるところだったんだぞ」

「だからといって、侯爵令嬢《こうしゃくれいじょう》に偽《ぎ》装結婚《そうけっこん》を強いるなんて、やりすぎです」

「まあオレもやりすぎだとは思う。よく話に乗ってくれたよな。それにしてもセシア嬢は賢《かしこ》いし度胸があっていいね。ああいう女性がタイプだな。妃《きさき》にぴったりだ」

「本気ですか」

アレンを睨《にら》むと、

「冗談《じょうだん》だよ。……きれいなところだな、エルスターって」

アレンはそう嘯《うそぶ》いて、窓の外に目をやった。

ルイがアレンの命令でフェルトンを追い王都に向かったのは、今から六日ほど前のこと。到着《とうちゃく》早々にフェルトンを見つけられたものの、そのフェルトンはドワーズ家のタウンハウスに入っていった。

つかまえるだけなら、今すぐ踏《ふ》み込めばいい。だが、アレンからは泳がせろという指示を受けているため、その日からルイは、現地にいる工作員と交代でドワーズ家のタウンハウスを見張ることにした。

見張り始めて二日ほどたった日の夕方、そのタウンハウスを一台の馬車が訪れる。中から現れたのは、ドワーズ侯爵《こうしゃく》だった。屋敷から追い出されて一度も目にしていないが、すぐにわかった。自分たち母子を追い出した人物だ。目にすれば憎《にく》しみが噴《ふ》き出すかと思ったが、老いた姿への憐《あわ》れみしか心に浮《う》かんでこなかった。それよりも、そのドワーズ侯爵のエスコートで馬車から現れた一人の令嬢《れいじょう》に釘付《くぎづ》けになった。

豊かな栗色《くりいろ》の髪《かみ》の毛、しみひとつないミルク色の肌《はだ》、すらりと伸《の》びた腕《うで》。それは間違《まちが》いなく、セシアだった。兄のように慕《した》ってくれた幼い頃の面影《おもかげ》を残したまま、見とれてしまうほど美しく成長していた。

そんなセシアに驚《おどろ》くほど動揺《どうよう》してしまった。今まで様々な任務をこなしてきたが、ここまで動揺したことはない、というほどに。

ルイにとってセシアは、幸せな少年時代の象徴《しょうちょう》だった。いつも気にはなっていた。だが子どもにとって五歳の年の差は大きく、ルイの中でのセシアは小さな女の子のままだった。そのセシアが、自分とそう変わらない大人の姿で目の前に現れたのだ。動揺するなというほうが無理だ。

今までに経験したことがないほど鼓動《こどう》が速くなり、口の中がカラカラに乾《かわ》く。先ほどちらりと見かけただけのセシアの姿が、瞼《まぶた》に焼きついて離《はな》れない。

——訪問にしては変な時間だな。荷物を下ろす気配はないから、立ち寄っただけか？ならしばらく見張ってみるか。フェルトンの滞在《たいざい》と何か関係があるのかもしれない。

いつまでも動揺しているわけにはいかない。冷静な状況《じょうきょう》判断をすれば気持ちが切り替わるのではないだろうか。そんなことを思いながら、必死で状況を分析《ぶんせき》してみる。

そして自分の読み通り、一時間もしないうちに、動きがあった。タウンハウスの中から使用人らしき人間が飛び出してきたのだ。

やがてその人間が、大きな鞄《かばん》を持った壮年《そうねん》の男性を連れて戻《もど》ってくる。一目で医師とわかるいでたちの人物に、ぎくりとする。

――まさか、フェルトンの試験薬が使われたのか？

あの薬は、未完成だ。人を言いなりにできるかどうかは使われる本人の体質次第のところがあり、効果を求めてある程度の量を投与《とうよ》すれば確実に死に至る。

問題は誰《だれ》に使われたか、だ。可能性が高いのはジョスランとの確執《かくしつ》が知られている父親のドワーズ侯爵だが、セシアの可能性も否定できない。

ドアを蹴破《けやぶ》って中に入りたい気持ちを抑《おさ》えながら見守っているうちに、出入りする人の様子や会話から「ドワーズ侯爵が亡くなったらしい」ことを知る。

復讐《ふくしゅう》してやりたいと思っていた人物があっさり亡くなったことよりも、ルイの頭はセシアのことでいっぱいだった。

――彼女は無事なのか？

自分でも驚いた。ドワーズ侯爵の死を目の当たりにしたら喜びの感情でもわいてくるのかと思ったのだが、そんな気持ちはまったく起こらない。

ただただ、セシアのことだけが気になる。

そうこうしているうちに、搬送《はんそう》用の棺《ひつぎ》が持ち込まれる。しばらくしてセシアがタウンハウスの外に姿を現し、馬車に乗って去っていった。すでにあたりが暗いせいで、セシアがどんな顔色でどんな表情をしていたのかはわからない。

ここで見張りを交代した。翌朝、その工作員から搬送用の棺は家人とともにエルスターへ向かったと伝えられた。フェルトンの動きはわからない。アレンに「試験薬が使われたかも」と連絡《れんらく》を入れエルスターに向かったら、あろうことかそのアレンが一人で現れたので驚いた。護衛はどこだと探したら「オレの名前はイヴェール少佐《しょうさ》だ。ただの一軍人なんだから、一人でも問題ない」とご丁寧《ていねい》に身分証を突き付けてくる始末。追い返すこともできず、人を呼んでいる暇《ひま》もなく、しかたなくアレンと二人でドワーズ侯爵の葬儀《そうぎ》に紛《まぎ》れ込んで遺書の内容まで聞いたのが、昨日のことである。

「遺書にあれだけ逆上しているということは、ジョスランが遺産を狙《ねら》っているのは間違いない。フェルトンの試験薬は証拠が残らないから、相続人のセシア嬢が狙われるのは確実だな。彼女を試験薬で殺害したあと、ジョスランはドワーズ侯爵の地位と薬の実績を引っ提げて王都に営業に行くだろう」

葬儀の帰り、アレンがそう分析する。

「フェルトンを兄上に近づけさせようと思ったが、作戦変更《へんこう》だ。セシア嬢の安全を最優先に、ジョスランがセシア嬢に試験薬を使おうとしているところを確保しよう。試験薬を使う時は近くにフェルトンがいるはずだからな」

「ですがそれでは」

「まあ、それはしかたがない。フェルトンと試験薬の確保が最優先だ。兄上はオレが自力で追い落とすさ。というわけで、おまえが彼女の夫役をやれ」

「……なぜ、俺なんですか？」

アレンの指示が唐突《とうとつ》すぎて、一瞬《いっしゅん》反応が遅《おく》れた。

「おまえが適任だと思うからだよ。標的の警護くらいはできるだろ？」

赤い目に見返され、嫌《いや》とは言えなかった。やりたくない理由を聞かれても困るし、かといってほかの誰かにやらせるのも気に入らない。

「頼《たの》んだぞ、『ルイ・トレヴァー少尉《しょうい》』」

アレンはそう言うと、再び窓の外に目を向けた。

そう、これは任務だ。いつも通りに「自分でない誰か」になりすまして、そのまま「セシアの偽物《にせもの》の夫」を演じればいい。

そうはいっても、セシアは自分のことを知っている。

絶対に気付かれてはならない。十二年もたっているのだ、徹底《てってい》的に他人のふりをすれば気付かれない。いや、気付かれても無視し続ける。

日の当たる場所にいるセシアに、汚《よご》れ切った姿なんて見せたくない。

そして今度こそ、セシアに忍《しの》び寄《よ》る危機から彼女を守ってみせる。

ルイは馬車の中で人知れず、こぶしを握《にぎ》り締《し》めた。

濁流《だくりゅう》に飲み込まれていった時のセシアを思い出す。菫色《すみれいろ》の瞳《ひとみ》に浮かんでいたのは絶望だった。

二度と彼女に、あんな思いはさせたくない。


イヴェールとルイの訪問から二日後、セシアのもとをルイが単独で訪れた。出迎《でむか》えたトーマには何も言わず、脱帽《だつぼう》もしない。応接間でセシアと二人きりになってようやく、ルイは帽子を脱《ぬ》いだ。

「似ていない」という結論を出したはずなのに、目に飛び込んできた瞬間《しゅんかん》のルイが「大人になったクロード」に見えて、ドキリとなる。

「東方軍司令官の誓約《せいやく》書を届けに来た」

ルイが挨拶《あいさつ》もなく、一通の封書《ふうしょ》を差し出す。態度は記憶《きおく》しているクロードとは正反対だ。クロードはこんなに不愛想ではなかった。

「クロードに似ているような」以外だと「無骨で不愛想な」という第一印象を抱《いだ》いたルイだが、そこに「無作法な」が加わる。

「ずいぶん早いのね。本物？」

かちんときて言い返すと、切れ長の目が冷たく見返してきた。ばかにするなと言っているようだ。はいはい、わかりましたよ、と思いながらペーパーナイフを探すべく応接間を振《ふ》り返ったら「これを使え」とご丁寧に小さなナイフを差し出してきた。さすが軍が偽《にせ》の夫役として手配する人物だけある。準備がよろしいことで。

さっそくそのナイフを使って封を開ける。

『セシア・ヴァル・ドワーズ嬢《じょう》のために、証拠《しょうこ》の提供と名誉《めいよ》の回復を誓《ちか》う　アレン・デイ・クレーメル』

取り出した紙にはたった一行の文章と署名。

アレン・デイ・クレーメルがバルティカ王国の第二王子であり、東方軍司令部の司令官だということは知っている。リーズ半島から近いこともあって、ロディニア帝国《ていこく》を退けたアレンは、エルスターでは英雄扱《えいゆうあつか》いされているからだ。

「……ご本人のものなの？」

「偽物を渡《わた》したらそれこそ問題だろうが」

「それもそうね」

思わず呟《つぶや》いた言葉に冷たく返され、セシアは少々ムカつきながら誓約書を封筒《ふうとう》に戻した。

こちらが疑ったから、ルイが気分を害したのだろう。だがこれで、この結婚《けっこん》が間違《まちが》いなく軍の捜査《そうさ》のためのものだということが証明された。もし約束を反故《ほご》にされたらどうしようと思っていたので、この誓約書の存在は心強い。何かあればこれを持って、アレンに直訴《じきそ》できるからだ。

「あんたとはこれから偽の夫婦になる。表向きは恋愛結婚《れんあいけっこん》だから仲良さそうに振る舞《ま》う必要があるが、最初に言っておく。俺にとってこれは任務であり、それ以上でもそれ以下でもない。あんた本人にはこれっぽっちも興味はないから、余計な心配はしなくていい。その代わり、任務以上のことはやらない。そこは肝《きも》に銘《めい》じておいてくれ」

お礼を言おうと口を開きかけたところでずばりと言い切られ、セシアはたじろいだ。

「……っ、そんなの、言われるまでもないわ。こっちだって同じだもの。おじい様の無念を晴らすための証拠が欲しいから、しかたなくあなたと結婚するの。あなたに名ばかりの夫以上のことなんて、何も期待していないわ」

「そうか、安心した。女はいろいろ面倒《めんどう》くさいからな」

セシアの言葉にルイが頷《うなず》く。

——面倒くさい⁉

「ご安心を。あなたなんかいなくたって、立派に侯爵《こうしやく》夫人を務めてみせますから！」

祖父の遺言では爵位《しやくい》も含《ふく》めてセシアに相続させるとあったが、この国の決まりで女性は爵位を継《つ》げない。あれは、セシアに爵位の扱《あつか》いを委ねるという意味だと解釈《かいしゃく》している。ゆえに、ドワーズ侯爵の称号《しょうごう》はセシアではなくルイが持つことになる。セシアが実質的な当主とはいえ、これぱかりはどうしようもない。

「私と結婚すればあなたがドワーズ侯爵を名乗ることになるけれど、あなたこそ、ドワーズ家の名前をふりかざしたり、私に命じたりなんてことは、絶対にしないでくださいね？」

セシアは嫌味《いやみ》を隠《かく》すことなく、思いっきり顔をしかめて言い放ってやった。

「するわけないだろう。任務でなければ貴族になんて近づきたくもない。ドワーズ侯爵の名を汚したくなかったら、俺を社交界に引っ張り出さないことだな。今までも顔を出していないんだから、今まで通り田舎《いなか》に引っ込んでいてくれると助かる」

ルイの瞳には侮蔑《ぶべつ》の色が浮《う》かんでいる。目の前にその貴族の娘《むすめ》がいるというのに、なんというデリカシーのなさ！

「ちょうどいいわ、あなたにも書面で約束をしてほしいの。言葉だけなんて信用ならないから」

カッとなったセシアは応接間を飛び出して書斎《しょさい》に向かい、祖父の机の引き出しを開けて便箋《びんせん》とペンとインク壺《つぼ》をつかむと、応接間に取って返した。

無骨、不愛想から無作法を飛び越《こ》えて、セシアのルイに対する印象は無礼者になっていた。

なぜこの人はこんなに自分をばかにしたものの言い方をするのだろう。何か思うところがあっても、普通《ふつう》は表に出さないものだ。それを流せない自分も自分だ。過剰《かじょう》反応してしまうのは、ルイがどことなくクロードに似ているせいだろう。大切な人物のイメージを、このルイ・トレヴァーという男によって汚されているような気持ちになるのだ。

ルイの前を素通りして応接間のテーブルの上に便箋をバンと置く。

「私にも、ドワーズ家の財産にも指一本触《ふ》れない。ドワーズ家を貶《おとし》めるような行いはしない。そう書いて、誓って」

「この結婚に関することは、形に残さないほうがいい」

「私の気が済まないの。それともあなたは私に言葉だけで信頼《しんらい》されるほど、私の信用を得ているとでも？」

セシアの剣幕《けんまく》にルイは不快そうに少しだけ眉《まゆ》をひそめたが、セシアが納得しそうにないと理解したのか、しぶしぶテーブルに近づいてきた。右手でペンを取りインクをつけて、真っ白な便箋にゆっくりと、セシアの言葉をそのまま書いていく。

「これでいいのか？」

ルイが誓文《せいもん》を差し出す。時間をかけたわりには字はあまり上手ではなかったが、読めないものではない。

「いいわ。何かあったらこれを盾《たて》にアレン殿下《でんか》に言いつけるから」

「ご勝手に」

誓文を見つめるセシアに、ルイはペンを置きながら答えた。

「あんたが相続人になるには」

「あんた、じゃなくて、セシアよ。私の名前はセシア。知っているでしょう？」

「……セシア嬢が」

「夫になるのだから、ただのセシアと呼んで。私もあなたのことをルイと呼ぶから」

「……セシアが相続人と認められるには、ドワーズ侯爵の逝去《せいきょ》からひと月以内に結婚しなくてはならない。結婚許可証を取るのに十日前後かかるから、挙式は再来週の週末だな。葬儀《そうぎ》の直後だからささやかなものでいいだろう、こちらで段取りをする。日程的にはその翌週が追悼《ついとう》式、といったところか」

ルイの言葉を聞きながら、カレンダーを思い浮かべる。確かに、それが妥当《だとう》だと思う。

「俺のことを軍人だとは口外しないように。俺はこの屋敷《やしき》ではあん……セシアの前以外では帽子《ぼうし》を取っていないだろう？　俺は王都で貿易会社を経営している設定で、セシアとは、そうだな、貧困院での奉仕《ほうし》活動で出会ったことにでもするか」

出会ったことにでも、とはずいぶん投げやりな言い方である。

「私たちは恋愛結婚なのよね？」

セシアが確認するとルイが頷いた。

「そう。身分違《ちが》いの恋《こい》に苦しんでいたけど、このたびのドワーズ侯爵の急逝《きゅうせい》で結婚に踏《ふ》み切った。一人ぼっちになった恋人《こいびと》をそばで支えるためにな」

身分違いの恋なんて、ずいぶんロマンチックな言葉を口にするものだ、と思っていたセシアに、ルイが手を差し伸《の》べる。

「何？」

「手を出せ。違う、左手のほうだ」

それなら最初から左手を出せと言えばいいのに、と思いながらセシアは右手を引っ込め、左手を差し出した。

ルイがその手を取り、セシアの薬指をそっと撫《な》でた。自分のものよりもはるかに大きくて太い指は、温かかった。

ドキン！　とひとつ、心臓が跳《は》ねる。

それを皮切りに、ドッドッド、と加速度的に鼓動《こどう》が大きくなっていく。

――えっ、どうして……。

そんなセシアに構うことなく、ルイは薬指の形を確かめるようになぞる。ただそれだけのことなのに、どういうわけかたまらなく恥《は》ずかしい。

「サイズはわかった。指輪はこちらで手配する。……おい、顔が赤くなっているぞ。この程度で動揺《どうよう》していたら、本当に夫婦なのかとあやしまれる」

ルイが手を離《はな》すや否や左手を引っ込め、セシアは真っ赤になりながら言い返した。

「あなたがいきなり触《さわ》ってくるから、ちょっとびっくりしただけよ。あなたこそ、そのつんけんした態度を改めてくれるんでしょうね？　私たちは恋愛結婚の設定なんだから、ギスギスしていたらあやしまれるわよ」

「それこそご心配なく、だ。任務上、誰《だれ》かになりすますことなんて慣れている」

言いながら、ルイが胸ポケットから一枚のカードを取り出す。

「何かあったらグレンバーのこの花店に連絡《れんらく》を入れてくれ。店主がうちの関係者だ。結婚許可証が取れ次第、エルスターの教会に挙式の申し込みをする。詳細《しょうさい》は追って連絡する。それじゃ、次は結婚式で会おう」

手渡《てわた》されたのは、グレンバーにある花店のショップカードだった。セシアはそのカードと、ルイの誓文、アレンの誓約書《せいやくしょ》をまとめて握《にぎ》り締《し》めた。大切なものだ、なくしてはならない。

用は済んだとばかりにルイは帽子をかぶると、来た時と同様に何も告げずに屋敷から出ていく。

「先日来られた軍の方ですよね。どのようなご用件だったのですか？」

一応は玄関《げんかん》まで見送ったセシアのもとに、屋敷の奥で気配をうかがっていたのだろう、トーマが現れて聞いてきた。

「おじい様のことでちょっと聞きたいことがあるということだったのだけれど……どうも人違《ひとちが》いだったみたいだわ。もう来ることはないから安心して」

そう言ってセシアは、誓約書を握る手に力を入れる。

偽装結婚《ぎそうけっこん》のことは誰にもバレてはいけない。もしバレて計画が破綻《はたん》してしまったら、証《しょう》拠《こ》を手に入れられなくなる。家族同然のトーマやリンまで騙《だま》し通せるだろうかと思いつつ、セシアは思い切って口を開いた。

「トーマ、あのね。私、結婚することにしたわ」

「は？」

「お相手は、ルイ・トレヴァーさんという方で、ええと、北部のトレヴァー子爵《ししゃく》のゆかりの方で、王都で会社を経営されていて、それから……そうよ、私たち、貧困院での奉仕活動で出会ったの。身分が違うからどうしようかと悩《なや》んでいたのだけれど、おじい様のことがあって、結婚することに決めたのよ。私を支えてくれるんですって」

「な、なんですか急に。セシア様は由緒《ゆいしょ》あるドワーズ家の……」

「そう、由緒あるドワーズ家を守るために私に結婚しなさいと言ったのは、ほかならぬあなたよ、トーマ」

慌《あわ》てるトーマを遮《さえぎ》り、セシアはまくし立てるように言う。

「貴族階級の出身で、知識が豊富な方よ。私の夫として申し分ないわ。その方と二週間後に式を挙げます。その次の週がちょうどおじい様が亡くなって一か月ね。……おじい様が望んだ通り、私が次のドワーズ家の当主になるの。文句ある？」

挑《いど》むような眼差しのセシアに、トーマは何も言い返せないようだった。

――ルイという人は感じが悪いけれど、三か月の辛抱《しんぼう》よ。あれくらい私に興味がないのなら、本当に余計な心配をしなくてもよさそうだし。

こうしてセシアの「まったくなんとも思っていない（どころか、好感度はマイナスの）男性と」「形だけの」「しかし偽装結婚だとは決して知られてはいけない」結婚が決まった。

二週間後。

セシアは、エルスターの教会に立っていた。

母の形見の花嫁衣装《はなよめいしょう》をまとい、白いベールをかぶって。

セシアの唐突《とうとつ》な結婚宣言に、セシアに結婚をすすめていたトーマもさすがに難色を示したため、セシアは一度、花店のカードを使ってルイを呼び出さなくてはならなかった。

次に会うのは結婚式、と言っていたルイである、呼び出されたことに嫌《いや》な顔でもするかと思いきや、ルイはトーマに対し信じられないくらい「感じのいい青年」の姿で接してみせたため、セシアは度肝《どぎも》を抜《ぬ》かれた。

あの嫌味な男と同一人物なのだろうか。セシアですら混乱するほどだ。

恋愛結婚《れんあいけっこん》という設定なのでセシアも頑張《がんば》ってニコニコし「この人以外とは結婚できない」とまで言ってのけた甲斐《かい》があり、最終的にはトーマも「素晴らしい方とご縁《えん》があって本当によかった！」と感激してくれたのだが。

──全部嘘《うそ》なのよね……。

家族同然の人を騙していることに、どうしても後ろめたさを感じてしまう。だが、これも祖父の無念を晴らすため、ドワーズ家を守るため。

屋敷の人はこれでいい。問題は、ジョスランだ。

祖父の急逝直後の結婚式であるため、招待客は身内だけにし、残りは書面での連絡にすることにしたのだが、問題はその数少ない招待客の一人がジョスランだということだ。

祖父の遺言公開後にバタバタと結婚するのだから、セシアの結婚の目的はバレバレである。当然、ジョスランが黙《だま》っているわけがない。

案の定、ジョスランは結婚式の連絡を入れた途端《とたん》、妻であるカロリーナを半ば引きずるようにしてエルスターの屋敷に現れ、玄関ホールに迎《むか》え出たセシアを殺す勢いで詰《つ》め寄ってきた。

「前から結婚するつもりだったのなら、なぜ僕に紹介《しょうかい》しない？」

「それは……、まだおじい様にも紹介していなかったから……」

セシアたちの後ろでは、使用人がそそくさと荷物を運び、カロリーナを部屋に案内していく。玄関ホールという場所でのっぴきならない話を始めた叔父《おじ》と姪《めい》に、配慮《はいりょ》したようだ。

「父上に会わせることもできない男と結婚するつもりなのか。父上が亡くなった途端に結婚なんて、どう考えても遺産目当てに決まっている！」

人のいなくなった玄関ホールに、ジョスランの怒声《どせい》が響《ひび》く。

「そんなことはないわ！　それに誰と結婚しようと、この家の真の当主は私なんです。私が頷《うなず》かなければ、たとえ私の夫であってもこの家の財産に触《ふ》れることはできないわ。彼はこの家から何ひとつ持ち出せないのよ」

「ふん……そういう約束で男を雇《やと》ったのか？　手紙には一年ほど前に奉仕《ほうし》活動で出会ったと書いてあったが、どうせ嘘だろう！　おまえの目論見なんてお見通しだ。証拠をつかんで、絶対に暴いてやるからな！」

言うことは言い終えたのか、ジョスランがくるりと背を向けて去っていく。

――偽装結婚だとバレたら、何かの罪に問われるのは間違《まちが》いなさそう。

ジョスランが完全に見えなくなってから、セシアは大きく息を吐《は》いた。

目の前で遺産が横取りされていくのだから、ジョスランが怒《おこ》るのは当たり前だ。怒らせるために偽装結婚するのだから。これも祖父の無念を晴らすためだ。とはいえ、なんと面《めん》倒《どう》なことに足を突《つ》っ込んでしまったのだろうか。

――私にできるのかしら。本当に騙し通せる？

この不安を分かち合えるのは共犯であるルイだけだが、「名ばかりの夫以上のことなんて、何も期待していない」と言ってしまった手前、ルイを頼《たよ》ることも弱音をこぼすこともできない。

――だめだめ、気弱になっちゃ。やるしかないんだから。

セシアはぺちぺちとほっぺたを叩《たた》いて気合いを入れた。

そんなセシアにリンが「ジョスラン様が、お嬢《じょう》様たち夫妻のお部屋の場所を知りたがっているのですが……」と相談に来たのは、それからすぐのこと。どうやらジョスランはセシアたちが「本物」かどうか探っているようだ。

「本物」の夫婦なら、寝室《しんしつ》が同じでなければ不自然だ。すっかり失念していた。

リンには「客人にそこまで詮索《せんさく》されたくないわね」と告げ、慌てて主寝室《しゅしんしつ》である両親の寝室へ向かう。

両親の寝室は当時のままになっている。その寝室を眺《なが》め、セシアは溜息《ためいき》をついた。

――そうはいっても、叔父様たちは追悼《ついとう》式までいるみたいだから、絶対に寝室は確認されるわ。

追悼式は結婚式の一週間後だ。結婚式後も居座るとなると、セシアとルイの寝室が別々ではあやしまれる。見た目だけでも、この主寝室を自分たちの寝室のように装わなければ。

——でも、あの人と同じ寝室なんて、どう考えても無理よ……。

これはさすがにルイに相談するべきだろう。


ルイがエルスターにやってきたのは結婚式前日の夜遅《よるおそ》く。グレンバーでの仕事を終えて直行してきたらしい。

前触《まえぶ》れもなくやってきたジョスランとは違《ちが》い、ルイは到着《とうちゃく》時間を知らせてきていたので、セシアは深夜に近い時間にもかかわらずドレス姿のままで出迎《でむか》えた。一方のルイは旅行《りょこう》鞄《かばん》ひとつに、シャツにベストにスラックスという非常にラフな姿である。

「……まあ、そういうことなら寝室は同じにするのが自然だろうな」

結婚《けっこん》前なので今日は客間に宿泊《しゅくはく》のルイに、軽食を届けるついでに、ジョスランとのやり取りを話すと、ルイが溜息交じりに頷く。

「でも体の関係はなしという話よ」

「誰《だれ》が体の話をしている。寝室を同じにするというだけだ。ベッドはセシアが使うといい、俺はどこでも眠《ねむ》れる。軍人だからな」

「……もしかして、あなたはリーズ半島戦争に行っていたの？」

何気なく聞いてからセシアははっとし、慌てて手を振《ふ》った。

「なんでもないわ。気にしないで」

ルイに「名ばかりの夫以上のことなんて、何も期待していない」と言ってしまった以上、ルイの個人的な事情に関心を持つのは筋違《すじちが》いだと思ったのだ。それに、関心があるように思われるのも悔《くや》しい。

「東方軍の所属だからな。リーズ半島には戦争の始まりから終わりまでいた。戦場では寝《ね》る場所なんて選べない。ここは戦場じゃないだけマシだ。俺のことは気にするな」

だがルイはセシアの質問に淡々《たんたん》と返答した。

「気にするな、と言われても……」

「それなら、ドワーズ侯爵《こうしゃく》の葬儀《そうぎ》直後だからそんな気にはなれないとか、喪《も》が明けるまでとか言って別室にすればいい。それくらい自分で考えてくれ。従うから」

「私の一存で決めてもいいわけ？　これから起こる、いろいろなことを？」

相談を「面倒くさい」と言外に言われ、セシアはむっとしながら言い返した。

「私に関わりたくないのはわかるけれど、少なくとも話し合いができる関係でなければ、いざという時に『夫婦のふり』なんてできないと思うんだけれど」

セシアの言い分に、はあ、とひとつ溜息をついてルイがセシアに向き直る。その態度に正直、イラッとする。こっちだって別に、ルイと結婚したくてするわけではない。

「寝室は追悼式まで別室でいいと思う。理由は祖父を偲《しの》びたいで十分だ。追悼式後は俺がジョスランを苛立《いらだ》たせて早めに追い出す。その後は……まあ、その時に考えよう。状況《じょうきょう》次第だな。セシアとしてはなるべく別室でいたいんだろう？」

「それはそうでしょう。本当の夫婦じゃないんだもの」

「わかった。別室にできるよう努力してみるが、不自然そうなら同室にする。俺たちの関係を疑われると計画が破綻《はたん》しかねないからな。そのことは覚えておいてくれ」

「なら、あなたのその態度もなんとか改めてくださらないかしら？　私たちは障害を乗り越《こ》えて恋愛結婚するのよ？」

「そっくり同じ言葉を返してやるよ。……もう遅《おそ》い。明日から『本番』だから、そろそろ寝たほうがいい」

ルイに追い払《はら》われて、セシアは客間を出た。

――こんなに夫役の人と相性が悪いなんて、配役ミスもいいところだわ。

しかしトーマに紹介した手前、もう配役を入れ替《か》えるわけにはいかない。明日からどうなるのだろう。

不安に駆《か》られ、セシアは部屋に戻《もど》ると久しぶりに大きな収納棚《だな》の一番下にある扉《とびら》を開けた。その中にある箱を取り出す。両手で持つとぴったり収まる程度のそれは、幼い頃《ころ》に父から王都の土産《みやげ》としてもらったからくり箱だ。箱の表面にあるピースを動かして鍵《かぎ》を外す仕組みになっている。セシアは慣れた手つきで解錠《かいじょう》し、ふたを開けた。

中からぽろりと出てきたのは、先日イヴェールとルイからせしめた二通の書面、そして古びた手紙。手紙というよりは走り書きのメモのようなものだ。質の良くない紙に書かれているため、何度も眺めているうちに折り目から破れてきてしまっている。

バラバラにならないようそっと取り出して開く。

『セシアへ
傷の具合はどうですか。リンからだいぶよくなったと聞きました。あの時、セシアを助けられなくてごめんなさい。セシアの回復と幸せを祈《いの》っています。
クロード』

何度眺めたかわからない、屋敷《やしき》を追い出されたクロードからの唯一《ゆいいつ》の便りだ。どうも屋敷を訪れてリンにこっそりこれを渡《わた》して帰っていったらしい。どうして私を呼んでくれなかったのと、リンに八つ当たりしたことを覚えている。

会いたかったのに。

川に落ちたあと、セシアは何日もの間、生死の境をさまよった。目が覚めた時にはすでに、クロードたちは屋敷を追い出されたあとだった。リンから経緯《けいい》を聞き、祖父に「クロードは悪くない、あれは自業自得で起きた事故だった」とクロードたちを呼び戻してもらえるよう泣いて頼《たの》んだが、聞き入れてはもらえなかった。もともと祖父は、異国人であるクロードをセシアのお守《も》り役にすることに反対だったらしい。だが、セシアの母親が賢《かしこ》いクロードを気に入っていたこともあり、母親が生きている間は目をつむってくれていたようだ。

けれどセシアが九歳の時、両親は事故で帰らぬ人となった。

あの事故でもっともショックを受けていたのは、セシアではなく祖父だった。あまりの祖父の憔悴《しょうすい》ぶりに、九歳ながらセシアは祖父の前で寂《さび》しい気持ちを出すに出せなかった。大人たちに気遣《きづか》われるたびに「私は大丈夫《だいじょうぶ》」と気丈《きじょう》にも笑ってみせたが、もう二度と両親に会えない寂しさをどうにかできるわけもなく、夜が来ると父と母を恋《こい》しがって寝室で一人泣いていた。そんな時に一緒《いっしょ》にいてくれたのがクロードだ。

一人じゃないよと言って、セシアが寝るまで付き合ってくれた。

リンはもちろん祖父も使用人も、大人たちはみんな優しかった。でもあの頃、一番セシアのそばにいてくれたのはクロードだった。

クロードは、親友であり、兄であり、従者であり、家族だった。そして、セシアは当然のように、優しいクロードに淡《あわ》い恋心《こいごころ》を抱《いだ》いた。永遠に、自分と一緒にいてくれると思っていた。

セシアがクロードに懐《なつ》いていたため、母親の死後も祖父はクロードがセシアのお守りをすることを容認してくれていたのだ。でも、それも事故が起こるまでのこと。息子《むすこ》夫婦の忘れ形見の命を危険に晒《さら》したことが許せなかったらしい。

クロードのことが諦《あきら》めきれないセシアは、リンにクロードの行方《ゆくえ》を捜《さが》すように頼んだ。だが、リンから返ってきたのはクロードに関する残酷《ざんこく》な真実だった。リンもまたクロードに罪はないと祖父に訴《うった》えたのだが聞き入れてもらえず、その後、クロードの行方を捜していたのだが、どうしても見つけられなかった。

戦争難民であるレストリア人は、この国の人たちには相手にされない。だからまともな職にも就けず、行方の調べようがなかったのだ。

「クロードは男の子だからまだいいほうですよ」

リンの諦めが混じったその言葉の意味を知るのはもっとずっと大人になってからだが、自分のわがままのせいでクロードとその母の人生をめちゃくちゃにしてしまったとは、十歳当時でも理解できた。

クロードがいなくなって三年後の冬、そのクロードがエルスターを訪れ、リンにこの手紙を託《たく》したのである。

あの事故から十二年、手紙をもらって九年。

一度として、クロードに会ってはいない。消息もわからない。

――あなたは今、どこで何をしているの？　幸せなの？

クロードのことを忘れたことはないが、こんなにもクロードのことが心に浮《う》かぶのはルイにどこかクロードの面影《おもかげ》があるからだ。たぶん、あの青い瞳《ひとみ》がいけないのだと思う。青の濃《こ》さが記憶《きおく》の中のクロードと同じなのだ。だからどうしても思い出してしまう。

セシアは手紙を丁寧《ていねい》にたたむと、からくり箱に戻して元通りの場所にしまった。


そして迎《むか》えた結婚式当日。

花嫁《はなよめ》の入場は最後だ。オルガンの演奏が式の始まりを告げ、教会の扉が開かれる。父親のいないセシアはトーマのエスコートで祭壇《さいだん》まで向かった。参列者の数はとても少ない。セシア側の参列者は、叔父《おじ》夫婦にリンと、エスコート役を務めてくれているトーマのみ。ルイ側に至っては母親役の一人だけだ。未亡人の設定らしい。

セシアは歩きながら、さっと参列者たちに目を走らせた。ルイの母親役は微笑《ほほえ》ましそうにセシアを見ている。ルイに面差しが似た小柄《こがら》な女性だ。赤の他人だなんて思えない。一方のジョスランは憎々《にくにく》しげな視線を隠《かく》そうともしない。こちらは予想通りだ。

視線を正面に戻す。礼服姿のルイが立って待っている。造作がいいので何を着ても映える人だなぁと思う。ところでそのルイは、なぜか驚《おどろ》いたような表情でセシアをじっと見つめている。

——花嫁姿に驚いているのね、きっと。私だって化ける時は化けるんだから。

確かにきちんと化粧《けしょう》をし、花嫁衣装《いしょう》を着つけてもらった姿は自分でもびっくりするほど

美しかった。結婚《けっこん》する気はなかったから、花嫁姿がなんだかくすぐったい。

でも、この結婚は偽物《にせもの》で三か月たてばなかったことになってしまう。

セシアの結婚を喜んでいる人たちの気持ちを踏《ふ》みにじってしまうのだ。そう思うと、胸

の奥がどんと重たくなる。

それに、結婚式には誓《ちか》いのキスがつきもの。唇《くちびる》同士のキスは恋人《こいびと》や夫婦の間で交わす

ものだから、セシアには経験がない。そんなキスをなんとも思っていない人とするなんて

屈辱《くつじょく》的だし、何より人に見られるのが恥《は》ずかしい。

いやいや、そんな素振《そぶ》りは見せてはいけない。自分たちは恋愛《れんあい》結婚の設定なのだから。

——おじい様のため、家のためだもの。そのためならなんだってするわ。

徹底《てってい》的にやらなければ疑われる。今、やるべきことは、幸せな花嫁を演じることだ。セ

シアはそう自分に言い聞かせた。

祭壇に到着《とうちゃく》したセシアを、トーマがルイに引き渡す。ルイの手を取って祭壇に上がり、

二人して司祭に向き直る。

この教会に挙式の申し込みをしたルイから手順を聞いていたが、結婚式自体はとてもシンプルなものだ。

司祭の前で永遠の愛を誓い、宣誓書《せんせい》にサインを入れる。指輪を交換《こうかん》して誓いのキスを交わし、司祭が二人の結婚を認めれば完了《かんりょう》だ。

交換のために差し出された指輪は、ルイが用意したものだ。シンプルなデザインの指輪で、セシアのものには青く透《す》き通った宝石が一粒《ひとつぶ》はめ込まれていた。ルイの指輪には何もついていない。

男性は愛する女性に、自分の瞳の色のアクセサリーを贈《おく》る習慣がある。自分だけを見て、という意味があるらしい。結婚指輪だからルイの瞳の色の石がはめ込まれていてもおかしくはないが、念の入れ過ぎのような気がする。

ルイがセシアの手を取り、ゆっくりと指輪をはめる。

不思議なくらいぴったりだった。セシアの細い指先に、細めのリングはよく似合う。

セシアも指輪を手に取り、ルイの左手の薬指にゆっくりと通した。

「では誓いのキスを」

司祭が言う。

――来たわね。

覚悟《かくご》をしていたとはいえ、その時が来てしまうと緊張《きんちょう》のあまり、心臓が飛び出しそうなほど早鐘《はやがね》を打ち始める。

——これは任務の一環《いっかん》なんだから、落ち着いて、私の心臓！

ルイがベールを上げる。青い瞳と目が合う。さすがに『本番中』だからか、昨日の夜のような面倒《めんどう》そうな気配はどこにもない。こんなにひたむきな視線を向けられたら、勘違《かんちが》いしてしまいそう。それほどルイの視線はまっすぐセシアを見つめていた。

それにしてもルイの青い瞳はいけない。どうしてもクロードを思い出してしまい、心の傷が疼《うず》く。

その目に見つめられることがいたたまれなくなり、セシアは瞼《まぶた》を閉じた。ルイが近づく気配がする。

緊張でガチガチの中で受けた誓いのキスは、ほんの一瞬《いっしゅん》で終わった。

やや拍子抜《ひょうしぬ》けしながら瞼を開けると、再びルイと目が合った。先ほどと変わらない強い眼差しだ。それに耐《た》えきれず、視線を逸《そ》らして司祭に向き直る。わざとらしすぎたか、と思ったが後の祭りだ。だがルイもセシアに続いて司祭に向き直ったので、わざとらしさが少し薄《うす》れたかもしれない。

それにしても、憎《にく》たらしいほどルイは平然としている。動揺《どうよう》しているのは自分だけのようで、それもなんだか腹が立つ。

——でしょうね。私は初めてのキスだったけれど、この人は何度も経験していることでしょうから。

もしかして、キスより先までも……？

「二人が夫婦となったことをここに証明する。末永く幸あれ」

司祭の声にセシアは我に返った。今、何を考えていた？

――この人の過去がどんなものであれ、私には関係ないわ。私たちの関係は偽りのものなんだから。

オルガンの調べが式の終わりを告げ、参列者たちが立ち上がって拍手《はくしゅ》をする。あとは夫婦そろって退場し、外にある鐘《かね》を鳴らせば結婚式は終わりだ。

ルイにエスコートされ、扉《とびら》に向かって歩く。

外に出てみると、事前に告知していたため、領主の孫娘《まごむすめ》の結婚式を見ようと多くの領民たちが集まっていた。みんな笑顔で拍手をしてくれる。

自分たちに続いて出てきたトーマやリンが、感涙《かんるい》にむせんでいる。その涙《なみだ》を見た瞬間《しゅんかん》、セシアはどうしようもないほどの罪悪感に襲《おそ》われた。

祖父の仇《かたき》を取るためとはいえ、神の前で心にもない愛を誓い、多くの人を騙《だま》している。自分はなんと恐《おそ》ろしいことをしているのだろう。

ちらっとルイをうかがうと、相変わらず平然としている。

何もかも投げ出したい気持ちを呑《の》み込み、精いっぱい幸せそうに微笑みながらルイと二人で紐《ひも》を引っ張って鐘を鳴らす。本来なら式のあとに客を招いての食事会をするところだが、一週間後に追悼《ついとう》式を控《ひか》えているので行わないことにしている。

これで結婚式はすべて終了《しゅうりょう》だ。参列してくれた人々に型通りに礼を述べ、屋敷《やしき》へと向かうために馬車に乗り込む。

「あなたのお母様は本当に他人なの？」

馬車の中でルイに聞いてみる。去り際にルイの母親役が親しげに話しかけてきたからだ。話の内容は息子《むすこ》の結婚を喜んでいるというもので、何も不自然さはなかった。事前に聞かされていなければ、本物の母親かと思ってしまいそうだ。

「本当に他人だ。俺と同じ任務に就いている」

「特殊《とくしゅ》な任務というやつ？　すごいのね」

「そうだ。だが、このことは口外禁止だ。もっともセシアは二度と彼女に会うことはないだろうし、誰《だれ》もセシアの言うことは信じないだろうけどな」

外では笑顔とまではいかないまでも機嫌《きげん》よさそうにしていたルイだが、馬車で二人きりになった途端《とたん》、いつもの不愛想な態度に戻《もど》る。

「口外しないわよ」

セシアもまたそっけない口調で返した。

この日からルイがドワーズ侯爵《こうしゃく》になり、セシアはドワーズ侯爵夫人となった。とは言ってもルイは「名前だけの侯爵」であり、ドワーズ家のすべての決定権はセシアにあるのだが。

予想通り、ジョスランは追悼式まで居座ることにしたようだ。

寝室《しんしつ》が別々である理由を説明したところ、まったく納得していない顔をされたがそれ以上の言及《げんきゅう》はなかった。そのかわり、どこかでボロを出さないかとじろじろ検分してくるので気が抜《ぬ》けない。ただ、幸いなことに、セシアはやることがたくさんある。ルイを遊ばせておくのももったいないので、彼にも遠慮《えんりょ》なく用事を言いつけた。夫役が任務でしょと言った効果か、嫌《いや》な顔ひとつせずセシアの指示に従って動く姿は「さすが軍人」だと感心するほどだ。おかげで屋敷内でのルイは、「新妻の顔を立てるよくできた夫」という評判を得た。

リンに言わせると、妻の言葉で動いてくれる夫は奇跡《きせき》的な存在なのだそうだ。

結婚《けっこん》式から一週間後。祖父の追悼式にて。

ルイと並んで弔問客《ちょうもんきゃく》を出迎《でむか》える。ルイの素性や結婚に至った理由などは追悼式の招待状に軽く記しておいたのだが、それでもみんなルイに初めて会うので、紹介《しょうかい》は丁寧《ていねい》にした。

貴族社会は閉鎖《へいさ》的で保守的な世界だ。親族の中には、不躾《ぶしつけ》にルイを見つめる者も少なくない。ジョスランはそんな人間をつかまえ、何やら熱心に話しかけている。ちらちらとこちらを見るので、セシアたちのことを話しているのはわかる。

――私たちの悪口を言っているに違《ちが》いないわ。

悪く言われるのは想定の範囲《はんい》内だから相手にするなと、ルイから釘《くぎ》を刺《さ》されている。そんなことはわかっているが、どうしても視線が鋭《するど》くなってしまう。

だが、もとはと言えばジョスランがしっかりしないから、こんなことになったのだ。一方的に悪者にされるのはどうも納得がいかない。

ジョスランを睨《にら》みながら、セシアは荒《あ》れる心を必死で抑《おさ》えつけていた。

追悼式そのものは時間が短いこともあって、特に問題もなく終わる。教会での追悼式のあとは、弔問客を屋敷に招いて食事を振《ふ》る舞《ま》うのが一般《いっぱん》的だ。

「ところでルイ君……といったかね」

和やかな食事会の雰囲気《ふんいき》の中、ジョスランが大きな声でルイに話しかける。

――仕掛《しか》けてきたわ。

この一週間、ジョスランはおとなしかったから、何かするなら追悼式だと思っていた。

セシアの体に緊張が走る。故人と関係が近いジョスラン夫妻とセシアたちは、同じテーブルだ。

「君はどうやって、うちのセシアと知り合ったんだ？」

「一年ほど前、仕事でエルスターの貧困院を訪問する機会がありまして、その時に」

ルイは臆《おく》することなく、打ち合わせしてある馴《な》れ初《そ》め話を話す。

「君は、セシアがドワーズ家の娘《むすめ》だと気が付いていて、近づいたんじゃないのかい？」

「最初は知りませんでした。親しくするうちに、ドワーズ家のご令嬢《れいじょう》だと気が付きましたが」

「君は、確か子爵《ししゃく》家の人間だったな？　婿入《むこい》りしてくるということは、長男ではない。ドワーズ家は侯爵家だぞ、身分違いも甚《はなは》だしい。セシアに何を言われたか知らないが、貴族の矜持があるなら潔く身を引くべきだったと思うね。もっとも、そんなものを持ち合わせていればこの場にはいないか」

ジョスランの大きな声に、食事会がシン……となる。

――特権階級の義務は果たしていないくせに……！

ジョスランは厳格な貴族社会からも、エルスターからも逃《に》げ出している。

ジョスランは王都に暮らしているが、王都の社交界からは爪《つま》はじきにされている。これは痛い社交界デビューを果たしたあと、ジョスランの評判を集めてまわった時に知ったことだ。

貴族社会には厳格なルールが存在する。そのルールを守りながら社交界で存在感を持つことが、貴族に課せられた生き方といえる。だがジョスランはこの生き方を堅苦《かたくる》しく思い、貴族の中でも革新的と言えば聞こえはいいが、ルールを守ることを煩《わずら》わしく思う人々とつるんでいるのだ。

当然、ドワーズ家の評判にも影響《えいきょう》を与《あた》える。祖父が何度もジョスランに生活態度を改めろと言っていたのは、金遣《かねづか》いに加えてドワーズ家の評判の悪化を懸念《けねん》したためだった。

そして金が尽《つ》きてくると実家に無心にくるのだ。セシアは祖父から、自分たち貴族の財産は先祖から受け継《つ》ぎ、子孫に譲《ゆず》り渡《わた》していくものだと教えられた。だから守ることが何より大切なのだと。

けれどジョスランは守るどころか、ドワーズ家の資産を食いつぶし始めている。祖父が立て替《か》えた金額はかなりのものだ。領地のどこかを処分したに違いない。それでも足りず、マデリーを売ろうとした。それなのに侯爵家の人間であると声高に主張する。それが許せなくて、セシアはテーブルの下できつく手を握《にぎ》り締《し》めた。相手にするなと言われているため、言い返したい気持ちを呑み込む。隣《となり》の席のルイがそんなセシアをちらりと確認したあと、ジョスランに青い目を向ける。

「おっしゃっている意味が、よくわからないのですが」

「父上には会っていないんだろう？　それは反対されるとわかっていたからだ。ここまで恥知らずな振る舞いができるんだ、まともな教育だって受けていないに決まっている。だが君とセシアが釣《つ》り合わないことくらい……」

「叔父《おじ》様、いい加減にして！」

ルイから「相手にするな」と言われていたが、あまりの言い草にセシアは思わず声を上げた。

「彼は立派な人よ。前にも話したでしょう。きちんと仕事も持っているし、借金だってない。それにこの家の実質的な当主は私なのだから問題は……」

「ははあ、なるほど。おまえは種馬が欲しかっただけで、相手は誰でもよかったというわけか」

「なっ……！」

露骨《ろこつ》な言い方に、頭に血が上る。

「だがこの国の決まりでは、被《ひ》相続人に最も近い直系男子が相続人になると決まっている。その決まりを捻《ね》じ曲げる必要がどこにあるんだ⁉　おかしいだろう！　直系男子はここにいるのに‼」

ジョスランがテーブルを叩《たた》く。衝撃《しょうげき》でジョスランのワイングラスが倒《たお》れ、クロスに赤い染みが広がっていく。

突然《とつぜん》始まった叔父と姪《めい》の言い合いに、食事会の空気が凍《こお》りつく。

「皆《みな》さんもセシアの行動はおかしいと思っているでしょう？　父上の遺言が公開されたと同時に、どこの誰だかわからない男と結婚するなんて」

ジョスランが立ち上がり、大げさに手を振りながら話し始める。まるで演説だ。やめさせなければ、と立ち上がりかけたセシアの腕《うで》を、真横にいたルイが引っ張る。

顔を向けると、ルイがわずかに首を振ってみせた。

よくわからないまま、セシアは椅子《いす》に座り直す。その場にいる誰もがジョスランに注目していて、セシアとルイの動きには気付いていないようだ。

「父上は真面目《まじめ》なおまえに期待したんだろうが、おまえは世間知らずすぎる！　王都での社交をサボり続けたせいだな。こんな愚かな行動をしでかすなんて、父上も墓の下で嘆《なげ》いているだろうよ！　今からでも……」

「お言葉ですが」

大声で糾弾《きゅうだん》するジョスランを、ルイが静かな、だがきっぱりとした口調で遮《さえぎ》った。

「ドワーズ侯爵《こうしゃく》は以前からあなたに生活態度を改めるよう、何度も注意されていました。それを実行しなかったがために、ドワーズ侯爵はあなたではなくセシアを相続人に選んだのではないですか？」

「……っ」

ルイに反撃《はんげき》されると思わなかったのだろう、ジョスランが言葉に詰《つ》まる。

「ドワーズ家がこの国でも由緒《ゆいしょ》ある家柄《いえがら》であることは、承知しています。私はセシアを愛している。彼女は遺言の公開を受け、ドワーズ侯爵の気持ちを尊重したいと申し出ました。セシアと結婚すれば、私がドワーズ侯爵になることもわかっていました。その立場が私にはふさわしくないことも」

ルイが静かに椅子を引いて立ち上がる。

「この結婚は私にとっても覚悟《かくご》がいるものでした。あなたが思う以上に。これからも多くの忍耐《にんたい》が必要になるでしょうが、それを差し引いても私はセシアとともにいることを選んだのです。彼女とともにドワーズ家の人間としての義務を負い、責任を果たすことを」

ルイの声はよく通った。シン……と、その場が静まり返る。ジョスランが何かを言おうと口をパクパクしているが、言葉が出てこないらしい。

「はいはい、難しい話はそれくらいにしましょう」

パンパンと手を叩く音とともに響《ひび》いた明るい声が、言い争いを終わらせる。

二人に近づいてきたのは、別のテーブルで食事をしていた母方の伯母《おば》だった。親戚《しんせき》の中では最も序列が高い家柄であり、発言権が強い。

「しっかり者のセシアが選んだ男性だもの、間違《まち》いなんてないわ。二人とも、おじい様がこんなことになって慌《あわ》ててしまったのよね。本当はもう少しゆっくり話を進めていきたかったのでしょう？」

「そう、ですね」

その伯母の助け船に、セシアは頷《うなず》く。ちらりとルイに目をやると、ルイも頷いてみせた。

「今日で喪《も》が明けるわ。ねえ、マイールの別荘《べっそう》に遊びに来ない？　七月の下旬《げじゅん》に、海祭りがあるのよ。セシアは一度、来たことがあるわよね。マイール」

「ええ」

記憶《きおく》を頼《たよ》りに頷くと、伯母が笑みを浮《う》かべた。マイールはバルティカ王国の南西部にある港町で、この国でも有数の観光地だ。

「そこにいらっしゃいな。きっと素晴らしい思い出が作れると思うわ。新婚《しんこん》なんだもの、楽しいことをしなくちゃ」

「このところバタバタと忙《いそが》しかっただろう。海辺でゆっくりしてくるといい。これから長い付き合いになるんだ、夫婦の時間は大切だよ」

伯母の夫も一緒《いっしょ》になって援護射撃《えんごしゃげき》をしてくる。この二人は以前から、ジョスランがドワーズ家を継ぐことに懸念を示していたことを思い出す。それに対し、祖父がなんと答えていたのかは知らないが……。

「また連絡《れんらく》をちょうだい。別荘を準備して待っているわね」

伯母が笑って席に戻《もど》る。会場の空気は、だいぶ軽くなった。

トーマはジョスランではなくセシアが家を継ぐことを望んでいたが、親類に関してはどうだろうと思っていた。この結婚《けっこん》を祝ってくれる人がここにいてくれてよかった。

ジョスランは相変わらず睨《にら》んでくる。

それにしても、ルイがセシアを守ってくれるなんて思わなかった。

――悪口を言われるのは想定の範囲《はんい》内だから、相手にするなって言ったくせに。

そういえばルイは、自分が標的になっている間はおとなしくしていた。ルイが声を上げたのは、セシアが標的になってからだ。それはつまり、自分はともかく、妻への侮辱《ぶじょく》は許せなかった、ということ……？

――これではまるで……まるで本物の夫婦みたいじゃないの……。

きっぱりと「愛している」とも言ってくれた。

そう気付いてしまうと、こんな時にもかかわらず心臓がドキドキし始める。

――本物に見せるのが彼の任務だものね。こんなことくらいで動揺《どうよう》しちゃだめよ。それにしても迫真《はくしん》の演技だったわ。ルイって、俳優になれるんじゃないかしら。

そんなことを考えながら、セシアは落ち着かない鼓動《こどう》をなんとか鎮《しず》めようと試みたが、まったくうまくいかない。なんだかそわそわした気持ちのまま、セシアは食事を続けた。

やがて食事会は終わり、「今すぐ荷作りするから使用人をよこせ」とどこまでも傍若無《ぼうじゃくぶ》人《じん》なジョスランの声を聞きつつ、玄関《げんかん》で招待客を見送る。

「絶対に連絡をちょうだいね」

伯母に改めて言われ、セシアは微笑《ほほえ》みながら頷いた。

前向きな話題で追悼《ついとう》式を締《し》めくくってくれたのは、伯母の気遣《きづか》いだったのだろう。

最後の客人を見送り誰《だれ》もいなくなった玄関で、セシアはルイに向き直る。

「さっきはありがとう。まるで本物の夫みたいだったわ」

「期間限定でも本物の夫だからな。妻を守るのが夫の役目だ」

「……そうね」

役目。その言葉が胸に刺《さ》さる。やはり演技だったのだ。

――そうよね、この人が私のことを本当に庇《かば》ってくれるわけがない。だって、私のことはどうでもいいんだもの……。

「そ、そういえばさっきの旅行のことだけれど、行かないわよね」

なぜか落ち込む心を無視するように、セシアは伯母に誘《さそ》われた旅行のことを持ち出した。

「マイール？　まあ、行かなくても問題ないだろう。ドワーズ侯爵の死去から間もないし。それに、ジョスランもいなくなる。寝室《しんしつ》も別々のままで問題なさそうだ」

「あっ、本当ね！　よかったわ」

懸念《けねん》が取り払《はら》われ、気分が明るくなったセシアは今後の話をするために執事《しつじ》の姿を探して、足取りも軽やかにその場を立ち去った。

そんなセシアの後ろ姿に、ルイが思わずといった感じで口元を緩《ゆる》めたことに、セシアが気付くことはなかった。その後、ルイがしばらくその場で考え込んでいたことも。


ジョスランは王都キルスに戻るなり、懇意《こんい》にしている弁護士事務所を訪れた。

「小賢《こざか》しいと思わないか？　あの小娘《こむすめ》からドワーズ家を取り返すには、どうしたらいい？　あいつを階段から突《つ》き落とすか⁉」

事務所に来るなり大声を出すジョスランを、仕事机の向こう側から新聞を手にしたまま見つめているのは、エリック・レーズ。一連の出来事を相談している弁護士でもあり、寄宿学校から付き合いがある友人でもある。

「父君が亡くなった直後に相続人の姪まで亡くなったら、さすがにおまえに疑いが向くよ。めったなことは言うな」

エリックには父の死因を心臓発作と伝えてある。

「じゃあどうすればいい。僕が受け継《つ》ぐはずだった遺産を、あの小娘は横からさらっていったんだぞ。適当な男をつかまえてきて夫に仕立てて！　僕の邪魔《じゃま》をするためにそこまでやるか!?」

「姪御《めいご》さんの結婚相手って、確かトレヴァー子爵《ししやく》に縁《えん》がある人物だったよな？　名前は、ルイ・トレヴァー」

怒《いか》りに任せて空腹の熊《くま》のごとくうろうろと歩き回るジョスランに、エリックが冷静に聞いてくる。

「ああそうだ。王都で事業をやっているという話だし、結婚式には母親しか来なかったから、おおかた庶子《しょし》の一人だろうがな。長男でないことだけは確かだ」

「ジョスラン、俺が普段《ふだん》から新聞を丁寧《ていねい》に読む男だったことに感謝しろよ」

エリックがにやりと笑い、新聞を机に放りだす。ジョスランはその新聞を手に取った。

少し前の日付の新聞だ。

「下のほう、尋《たず》ね人の欄《らん》を見てみろ」

エリックの指示に、ジョスランはさっと尋ね人の欄に目を走らせた。ルイ・トレヴァー、二十八歳、北部出身。トレヴァー子爵の次男で東方軍に所属しており、階級は少尉《しょうい》。リーズ半島戦争に参加後、消息不明。トレヴァー子爵が息子《むすこ》の行方《ゆくえ》をたずねる記事が載《の》っていた。

詳細《しょうさい》は異なるが……。

「名前と出身地が丸かぶりするな」

顔を上げたジョスランに、エリックがにやりと笑う。

「姪御さんは適当な男をつかまえてきて夫に仕立てた、というのがジョスランの読みだったよな？　姪御さんはジョスランへの相続を妨害《ぼうがい》するために便宜《べんぎ》結婚《けっこん》をした、と」

「ああ。……もしかして、セシアが結婚したのはルイ・トレヴァーと名乗る別人？」

「君の姪御さんは実にきな臭《くさ》い。ジョスランの読みは当たっている気がするよ。ちなみにだが、この国には、犯罪者や、相続の邪魔をした人間は相続人にはなれない、という法律があるんだ」

エリックが人の悪い笑みを浮かべる。

「まずは本物のルイ・トレヴァーを探し出すことだ。必要なら協力するよ」

「……そうだな。ぜひ協力を頼《たの》みたい」

ジョスランは再び新聞に目を落とし、にやりと笑った。

第三章　偽装夫婦の新婚旅行

追悼式から二日後の七月初め、エルスターにいるルイあてにグレンバーから直接手紙が届いた。差出人は懇意にしている花店――要するに、アレンからの指示だ。

ルイはそれを早朝の散歩がてら、エルスターの屋敷《やしき》からほど近い川の橋の上で開いた。セシアが事故に遭《あ》った場所だ。エルスターにいるのだから、一度は訪れておこうと思っていた。

『国王より定期報告を求められたので、七月末までに俺の代理人が直接説明すると伝えた。よって適当な時期に王都に行き、説明するように。髪《かみ》の毛は元《もと》の色に戻して面会せよ。また、七月後半に王都のドワーズ邸《てい》を使えないように細工する』

アレンは定期的に王都に戻って、ロディニア帝国《ていこく》の動向や戦後処理の現状を報告しなければならないのだが、あれこれ理由をつけてかなり長い間すっぽかし続けている。理由は「王都の連中を見ると殺意が抑《おさ》えられない」という、かなり個人的なものだ。だんだん呼び出しの言葉が脅迫《きょうはく》めいてきていたため、いずれは本人が出向くと思っていた。まさか自分を代理人にしてごまかそうとは。しかも銀髪《ぎんぱつ》に戻して、なんて。

――嫌《いや》がらせ目的以外の何物でもないな。

レストリア人はこの国では嫌《きら》われ者だ。中央に対するあてつけだろう。

――七月後半か……。それまでにジョスランに行動を起こさせるよう仕込んでおけ、ということか。

それはつまりジョスランの敵意をセシアに向けさせろ、ということだ。今でも十分向いている気がするが、念のためにもうひとつ、芝居《しばい》を入れるか。

――何があっても守れるか？

自分の、動きが鈍《にぶ》くなった右手を見つめる。

――何があっても守る。

そう心に誓《ちか》い、アレンからの手紙をビリビリに引き裂《さ》く。文字が読み取れないほど小さくしてから川に向かって落とすと、紙片はひらひらと穏《おだ》やかな川面《かわも》へと消えていった。

屋敷を出た三年後、セシアへの手紙をリンに託《たく》したのは、ほんの出来心。あの頃《ころ》にはすでに汚《よご》れ仕事をしていて、セシアに合わせる顔はなくなっていた。

セシアには日の当たる場所にいてほしい。ずっと笑顔でいてほしい。それだけを願っていた。セシアの婚約《こんやく》記事が載っていないか毎日のように新聞を確認するのも、そのためだ。ほかにセシアの情報を手に入れる方法がないから。……いや、やろうと思えばセシアの情報なんていくらでも手に入れられる。自分は工作員なのだから。でもやらなかった。セシアへの執着《しゅうちゃく》度を上げてしまうと、いつか取り返しのつかないことをやらかしそうで怖《こわ》かった。

セシアをさらうことは造作もない。でもそれが、彼女の幸せにつながらないことは重々承知している。

エルスターの屋敷にいた頃から、セシアは手の届かない存在だった。そのまま手の届かない存在でいてほしかった。ずっと遠くから眺《なが》めるくらいがちょうどよかった。なのになんの因果で夫婦をやらなければならないのか。

——気持ちを抑えろ。決して気取られるな。俺はクロードじゃない。俺は「ルイ・トレヴァー」を名乗っているだけの工作員」だ。

きっちり任務だけを果たして、彼女の前から跡形《あとかた》もなく消える。それが自分の仕事だ。誰《だれ》かになりすますことは慣れている。そのはずなのに、今回ばかりは本当に難しい。

ルイは溜息《ためいき》をついて橋の上から川を見つめた。川面に自分の姿が映る。エルスターの景色は、記憶《きおく》の中と何ひとつ変わらない。でも自分の姿は変わってしまった。無邪気《むじゃき》に笑っていた日々は戻らない。

追悼式《ついとう》から三日後、セシアのもとに伯母《おば》からマイールの別荘《べっそう》への招待状が届いた。

「やっぱり行こう」

念のためにルイに招待状を見せたところ、間髪《かんはつ》を容《い》れずにそう返された。先日と百八十度反対になった意見に、思わず目が点になったセシアである。

「どうして……、だって、行かないって」

「この茶番をさっさと終わらせるためだ。今ならまだセシアを消せば、この家はジョスランのものになる。だがセシアに子どもができると、ジョスランの相続順位は下がる」

「……ああ、なるほど」

ルイの目的はフェルトンの確保だ。フェルトンを炙《あぶ》り出すためにはジョスランに薬を使わせる必要がある。つまり夫婦仲の良さを見せ付けて、ジョスランを焦《じ》らそうというわけだ。

「ねえ、もし叔父《おじ》様が私に試験薬を使った場合、あなたは私が殺されるのを防いでくれるんでしょうね？」

「当たり前だ」

疑惑《ぎわく》の目を向けたセシアに、ルイが言い切る。

おお、なんと頼もしい。

「おじい様がいつ試験薬を口にしたのか、私にはわからない。お茶に入れられていたのかと思ったけど、叔父様もおじい様と同じお茶を飲んでみせたわ。だから、カップのほうに細工をしていたのではないかと思うの……」

セシアは祖父が倒《たお》れた時の話を口にした。

「試験薬は熱に弱いことがわかっている。高温にさらすと急激に効果が落ちるんだ。カップに塗《ぬ》っていたにしろお茶に混ぜていたにしろ、試験薬が使い物になるのは数分程度だろうな。そして期待する薬効が出るかどうかは、体質による。不完全なものなんだ」

セシアの話を聞いたあと、ぽつりとルイが言う。

「人を殺す薬ではないの？」

「毒物はすでに間に合っている。あれにはもっと厄介《やっかい》な作用があるんだが、今のところはうまく現れないようだ。現れないうちに処分して、この世から消し去ることが俺たちの目標だ」

そういえばイヴェールも、似たようなことを言っていた。

「どんな作用があるの？」

「最高機密だから教えられない。非常に厄介とだけ」

「叔父様は知っているのかしら」

「その可能性は高そうだな。だから本当は、ドワーズ侯爵《こうしゃく》を殺すことが目的ではなかったと思う。殺すことが目的なら、フェルトンの試験薬を使う必要はないし」

「殺すつもりはなかったのなら、何をしようと……」

セシアは記憶をたどった。あの時、叔父はマデリーの売買契約書《けいやく》へのサインを祖父に書かせようとしていたはずだ。もしかして、欲しかったのはサインだけかもしれない？

――叔父様はマデリーを売りたかったんだわ。マデリーの所有者はおじい様のままだもの。そのために、おじい様に軍が開発の中止を命じるような試験薬を使ったというの？

だとしたら、なんと利己的なのか……！

そして予想外にも祖父が薬の影響《えいきょう》で亡くなってしまった。この薬は証拠《しょうこ》が残らない。ジョスランはこれ幸いとばかりにドワーズ家を相続できると期待したのではないか？　だからこそ、祖父の遺言は予想外だし、その後のセシアの行動も許せないわけだ。

「フェルトンさんと叔父様がつながっているのは、間違《まちが》いないのよね？」

セシアが込み上げる怒り《いか》を抑えながら確認すると、ルイが頷《うなず》いた。

「フェルトンさんをつかまえたら、叔父様がおじい様にその試験薬を使ったという証拠は、見つかるのよね？」

「ああ」

「それがあれば、叔父様に罪を問えるのよね？　おじい様を……叔父様が、殺したと……」

言葉にすると生々しくて、セシアは思わず目を伏《ふ》せた。じわりと涙《なみだ》が浮《う》かんでくる。

「ああ。問える」

「わかったわ。ここからはあなたの出番ね、ルイ。叔父様を焦らして、しっぽを出してもらいましょう。で、私はどうすればいいのかしら」

セシアは涙でうるんだ瞳《ひとみ》のまま、ルイに問いかける。

ルイはセシアが手にしている招待状を指先でトントンと叩《たた》いた。

「招待に応じよう。きっと動くはずだ」


そんなわけでセシアは伯母に対して招待に応じること、そのお礼について手紙を書いた。

伯母がマイールの海祭りは七月下旬《げじゅん》だと日程を書いてくれていたため、そこに合わせて一週間ほど滞在《たいざい》する予定を組む。ジョスランには、追悼式参加の礼状に伯母の招待に応じることを書いておいた。

「私たちしかいないのなら、寝室《しんしつ》が別々でも構わないわよね」

セシアの確認に、ルイは頷く。だったら安心だ。

現在、セシアは「祖父の葬儀《そうぎ》の直後だから」という理由で、ルイとは別々の寝室を使っている。ただし、いつまでもこの方便が使えるとは思っていない。

伯母へ招待に応じる返事を書いて数日後、セシアのもとに手紙が届いた。

差出人は母方の祖父母。開けてみると「私たちもマイールへ行くことにした。孫娘《まごむすめ》の夫に会えることを楽しみにしている」という内容だった。

「……寝室は別々でも……」

「まあ、無理だろうな」

手紙を見せてルイに相談すると、ルイがあっさり答える。

「どうするの。あなたと一緒《いっしょ》なんて」

「俺は床《ゆか》でも眠《ねむ》れる。気にするな」

「気にするわよ」

「じゃあ廊下《ろうか》で寝《ね》る。そうすれば気にならないだろう」

「やめて。向こうのおじい様とおばあ様に変に思われるじゃない」

セシアは溜息をついた。

何かいい案はないかと考えを巡《めぐ》らせたが、何も思い浮かばない。

——着いてから考えよう。

マイールを訪れたのはまだ小さかったから、別荘の間取りのことまで覚えていないのだ。

実物を見たら、いい考えが浮かぶかもしれない。

出発は約二週間後。その間、セシアは荷作りと並行して、弔問客《ちょうもんきゃく》をルイとともに相手したり、地元の集まりに出かけてはルイを紹介《しょうかい》したりして過ごした。そしてとある集まりにて、セシアがエルスターに工場を誘致《ゆうち》しようとしていることがルイにバレたあげく、祖父の死によってその話がいったんお預けになる瞬間《しゅんかん》まで見られてしまった。

「ドワーズ侯爵ではなく、セシアが主導していたとは。ずいぶん、だいそれたことをしようとしていたんだな」

その集まりから帰る馬車の中で、ルイが感心したように言う。

「ま、まあね……　領民の生活を豊かにするのは、領主としての務めですもの」

いかにも「領民のため！」という体《てい》でセシアは微笑《ほほえ》んだ。本当は実家に頼《たよ》らず生きていくために考えていたことだが、エルスターはリーズ半島に近いこともあり、多くの兵士を送り出したことから男手を失った家も多い。貧困への対策は急ぐべきだ。そう言って祖父を説得したことを思い出す。

「ドワーズ侯爵がセシアを跡継《あとつ》ぎにしたくなる気持ちもわかる。叔父上《おじうえ》にもセシアの気概《きがい》の十分の一でもあればなぁ」

しみじみとルイが呟《つぶや》く。

「でも私は、叔父様ほどお金儲《かねもう》けに対して貪欲《どんよく》になれないわ」

「あれは貪欲というより亡者だな」

ルイが呆《あき》れた声でぼやく。その点は同感である。

弔問客や集まりでの人の反応を思い出してみる。ルイの登場への反応は、好意的な人よりも冷ややかな反応を示す人が多かった。やはりセシアよりも身分が低いことに抵抗《ていこう》感があるようだ。伯母《おば》のようにルイのことを好意的にとらえてくれる人のほうが少ないのだなと思うと、なんだか切ない。セシアが憤慨《ふんがい》するほどあからさまな態度を取られても、当のルイは涼《すず》しい顔をしている。ただしセシアが侮辱《ぶじょく》された時は別だ。その時だけは怒りをあらわにする。今のところ、ジョスランに対するように声を荒《あら》らげたことは一度もなく、ただ態度だけで相手を黙《だま》らせてきているが。

——偽者《にせもの》の妻のために嫌《いや》な思いをしたり怒《おこ》ったりしなきゃいけないなんて、茶番もいいところ。ルイが「早く終わらせたい」というのも無理はないわね。

　でもそんなルイにセシアはいつもドキドキしてしまう。守ってもらえているという気持ちになるからだ。演技だけれど。そう、演技なのだ。何もかも演技。本当に、セシアを守るために怒ってくれているわけではない。

　セシアは馬車の中ではす向かいに座っているルイをぼんやりと見つめた。彼の左手には、セシアとおそろいの指輪がはまっている。

「なんだ？」

　その視線に気付いてルイが聞いてくる。

「なんでもないわ」

セシアは慌《あわ》てて視線を窓の外に向けた。

ただ、ルイとの結婚《けっこん》が案外広まってしまったことは少々気がかりだ。フェルトン確保後、軍の協力要請《ようせい》に応じたということで、結婚そのものをなかったことにしてもらうことになっているが、果たしてどれくらいの人がこの結婚を「白い結婚」だと信じてくれるだろうか。

——でも、軍にそこまでの責任を取れとは言えないわよね。私も「結婚」を利用したんだもの。

それに、結婚する予定なんてないのだから、この結婚が白いかどうかなんて、気にしなくていいのかもしれない。まあ、それと寝室問題は別だが。

そんな日々を過ごしているうちに、新婚《しんこん》旅行へと出かける日がやってきた。滞在期間は一週間。朝早くに屋敷《やしき》の人間に見送られ、世話係となるメイドを一人引き連れて駅に向かう。

列車は定刻通りに到着《とうちゃく》した。煙《けむり》を吐《は》き出しながら近づいてくる蒸気機関車は、いつ見ても迫力《はくりょく》満点だ。

乗り換《か》えを含《ふく》んで十二時間、セシアたちがマイールの駅に降り立った時にはすでにあたりは暗くなっていた。予定を伝えていたため、駅に迎《むか》えの馬車が来ている。

「まあ、よく来てくれたわね」

別荘《べっそう》に到着すると、玄関《げんかん》で祖父母が待っていてくれた。久しぶりに会う母方の祖父母にセシアは嬉《うれ》しくなり、二人に抱《だ》き着いた。

ルイのことを手紙に書いておいたからか、祖父母は二人ともルイを見下すようなことはなかったが、晩餐《ばんさん》で質問攻《しつもんぜ》めにあったのには閉口した。態度こそ穏《おだ》やかだが、二人ともルイを検分しているのはわかった。

もちろん、そのあたりは織り込み済みで、ルイの生い立ちから仕事、馴《な》れ初《そ》め話まで、いっぽい打ち合わせをしてある。だが、打ち合わせしていないことまで聞かれた時には思わず目を泳がせてしまった。そんなセシアに代わり、ルイがすらすらと答える。ルイの臨機応変力には舌を巻くばかりだ。それによって「なんて頼りになる人なの！　セシア、いい方と結婚できて本当に幸せね」と祖母が感激してくれたのはよかったのだが、セシアとしては知らない設定と思い出話が増えたことが怖《こわ》かった。

——覚えていられるかしら……。

晩餐後は「疲《つか》れたでしょう。ゆっくり休んでね」という言葉とともに客間に追いやられたのだが、当然、寝室にはベッドがひとつしかない。

「長椅子《ながいす》がある。俺はこっちでいい」

寝室の続きの居間のほうには、長椅子やテーブルなどの調度品が置いてある。ルイはその長椅子に寝室から自分の枕《まくら》だけを持ってくると、どさりと横になった。長身なので、膝《ひざ》を曲げるかひじ掛《か》けに乗せるかしなければ、脚《あし》の置き場がない。

「でも、そこじゃ疲れが取れないわ。真ん中に仕切りを置いて、ベッドを半分こするのは？」

「あんたはばかか？」

ルイが長椅子に寝っ転《ころ》がったまま、呆れた顔をする。

「ばかって何よ、ばかって。一応気遣《きづか》ってあげただけじゃないの」

「どう考えても余計な気遣いだな」

「失礼ね〜〜〜。私に女としての魅力《みりよく》を感じていないと言うから、ベッドを半分こできるかなと思っただけでしょ」

セシアは憤慨しながら言い返した。

「俺はセシアに女としての魅力は一切感じていないから間違《まちが》いなんて起こりえるはずもないが、そっちから襲《おそ》ってくる可能性もゼロじゃないからな。俺だって自分の貞操《ていそう》が大切だ」

「ああああのね！　私をなんだと思ってるの！」

まさかの反撃《はんげき》内容に、かあっと顔に血が上る。

「冗談《じょうだん》だ。悪いことは言わないから、さっさと風呂《ふろ》に入って寝ろ。セシアが戻《もど》ってきて、寝室《しんしつ》に鍵《かぎ》をかけてから俺は風呂に行く。……あまり俺に気を許すな」

それだけ言うと、ルイは目を閉じてしまった。その様子がずいぶん疲れて見えたので、セシアは隣《となり》の控《ひか》え室にいるメイドを呼び出すと、急いで浴室に向かった。

たっぷりの湯に浸《つ》かって汚《よご》れを落とし、体がポカポカしてくると急速に眠《ねむ》くなる。半分瞼《まぶた》が閉じた状態で部屋に戻ると、ルイが驚《おどろ》いたような顔をするのが見えたが、お構いなしにセシアはさっさと大きなベッドに飛び込んで意識を失った。もちろん、寝室の鍵はかけ忘れた。

「無防備すぎるだろ……」

上掛《うわが》けもかぶらずに広いベッドで一人ひっくり返っているセシアに、ルイが呆れたように呟いて上掛けをかけてくれたことなど、もちろんセシアは知る由もなかった。

少し湿《しめ》り気を帯びたセシアの髪《かみ》の毛をかき上げて、そっと頬《ほお》を撫《な》でていたことも。

翌朝、セシアは広いベッドの上で目を覚ました。当然、一人だ。そろりとドアを開けて居間を覗《のぞ》いてみると、長椅子の上には誰《だれ》もいない。ただ、セシアが使ったのと同じ大きな枕と、男性物の上着が半分床《ゆか》に落ちる形で残されていた。ルイがここで寝《ね》たのは間違いない。

上着を拾って丁寧《ていねい》にたたみ、長椅子の背もたれにかける。申し訳ない気持ちが心に広がる。

——このままじゃいけないわよね……どうしたらいいのかしら。

ルイのことだから頑《かたく》なにベッドは使わないだろう。

昨日の祖父母への対応ぶりといい、エルスターでのいろいろな人への対応ぶりといい、実はルイが丁寧に準備してきていることがわかる。最初は口も態度も悪くて配役ミスもいいところだと思ったのだが、イヴェールの采配《さいはい》は的確だった。

——これも仕事のうちなのかもしれないけれど、私は彼に相当迷惑《めいわく》をかけているんじゃないかしら。その上、寝る場所まで……。

祖父母にあやしまれずルイと別々の部屋で休むには、どうしたらいいのだろうか。

今日はマイールの海祭り一日目である。この海祭りのためにマイールまで来たのだから、行かないわけにはいかない。祖父母も誘《さそ》ってみたが「新婚なんだから二人で行きなさい」と言われてしまった。そんなわけでセシアは、ルイと二人で馬車に乗って海辺に向かっていた。別荘からそう遠くないので、帰りは辻《つじ》馬車か、徒歩のつもりだ。

マイールは港町らしく建物が頑丈《がんじょう》で、色合いもセシアの住むあたりに比べて明るい。混雑して身動きが取れなくなるため広場の手前で降りて馬車を返し、ルイと歩いて祭りのメイン会場に向かう。

「すごい人ね、ルイ」

広場が近づくにつれ増えていく人の数に、セシアは目を丸くした。

「迷子になるなよ」

「そっちこそ」

軽口を叩《たた》きながらたどり着いた円形の広場には音楽があふれかえり、大勢の人々が陽気に踊《おど》っている。芸人が入れ替《か》わり立ち代わり芸を披露《ひろう》して場をわかせ、芝居《しばい》小屋の前には人だかりができて時々歓声《かんせい》が上がる。広場を囲むように露店《ろてん》が並び、その後ろにある建物が見えないくらいだ。そして露店の列は海へと続いている。その向こうにはきらきらと輝《かがや》く紺碧《こんぺき》の海が見えた。

いつもと違《ちが》う景色に加え祭りの高揚感《こうようかん》に、いろいろと憂鬱《ゆううつ》だった気持ちが吹《ふ》き飛ぶ。

「すごい……こんなに大きなお祭りは初めてだわ。せっかく来たのだから、楽しみましょう」

明るい声でそう言い、セシアは人混みに踏《ふ》み出した。

だが心とは裏腹に、早々に体が悲鳴を上げてしまった。一時間も歩くと右腹部の傷が痛み、立っていられなくなったのである。

「体力がなさすぎじゃないか？　その様子では舞踏《ぶとう》会でも苦労していそうだな」

広場の外れ、並んでいるベンチのひとつに座り、右足をさする。本当に痛いのは脚の付け根だが、人前で触《さわ》るには憚《はばか》られる場所のため、セシアは次に負担がかかる右足を揉《も》みほぐしていた。

「そうね。でももう舞踏会に行くつもりはないから、問題ないわ」

「舞踏会に行くつもりはない？　舞踏会に顔を出さないでどうやって結婚《けっこん》相手を探すんだ？　セシアはドワーズ家の当主だ、子どもを残さなくてはいけないだろう？」

ルイが訝《いぶか》しげに聞き返す。

そうか、ルイには工場誘致《ゆうち》が領民のための行動としか映っていないのか。この一件が終わったら、改めて誰かと結婚すると思っているのか。

「結婚は考えていないわ。跡《あと》継ぎのことは……血にこだわらなくてもいいかなって。直系だから当主にふさわしいかというと、必ずしもそうじゃないでしょう。それくらいなら、適性のある子どもを引き取ってきちんと教育したほうがいいと思うの」

「自分の子どもを教育しようという考えはないのか？　それが普通《ふつう》だと思うが」

ルイの指摘《してき》はもっともだ。それができるのならやっている。別に結婚自体に否定的な考えを持っているわけではない。ズキズキと右の下腹部が痛む。この傷がある限り、結婚はできない。そしてこの傷が消えることはない。

「私はエルスターの領主になることを選んだのよ。自分のことより、領地と領民のことを一番に考えたいの。伴侶《はんりょ》探しなんてしている時間はないわ」

「そこまで気負わなくてもいいんじゃないのか。女が一人だと何かと大変だ」

「結婚したらしたでまた大変でしょう。どうせ大変な目に遭《あ》うのなら、一人のほうがいいわ。私は一人で生きていくの」

「……なるほど。覚悟《かくご》があるのは悪くないが、世の中は、セシアが考えているほど甘くない」

ルイがずばりと言う。ルイの言う通りだ。そんなことはわかっている。セシアはそんなルイから顔を背け、海のほうに目を向けた。

夏の日差しを受け、紺碧の海がきらきらと輝いている。

「……そうかもしれないわね。でもあなたには関係がないことだわ。どうせすぐいなくなるのだから」

二人の間を潮風が吹きぬけていく。セシアの栗色《くりいろ》の髪の毛が揺《ゆ》れる。

「そうだな」

ややあって、ルイが頷《うなず》いた。

「どうせすぐにいなくなる。俺には関係ない」

　そのあと、体調が優れないなら中断して別荘《べっそう》に戻ろうというルイの提案を断り、セシアは傷が痛まない程度のゆっくりとしたペースで、広い祭りの会場を見て回った。途中《とちゅう》で引き返さなかったのは、体力のなさを揶揄《やゆ》してきたルイへのあてつけだ。せいぜい自分のお守《も》りに徹《てっ》すればいい。そんな嫌《いや》な考えで彼を連れ回したが、ルイは何も言わずセシアに付き合ってくれた。それどころか、射的をやりたいと言えば構え方や撃《う》ち方の助言をくれたり、芝居小屋を覗いている時には人混みからセシアを守ってくれたりもした。ルイは、セシアに対してあまりいい感情を抱《いだ》いていないはずだから、少し意外だった。

　夕食は予約を入れていたレストランにて。内陸に住むセシアにとって、シーフードはめったに口にできない食材だ。そのせいで、飲み慣れていないワインもすすんだ。それがいけなかった。食事の後半あたりから、眠くなってきてしまった。

「セシア、大丈夫《だいじょうぶ》か？」

　こっくりこっくりとし始めたセシアを見かねて、ルイが声をかける。

「大丈夫よぉ……」

　そう答えたのは覚えているのだが、そこからの記憶《きおく》はまったく残っていない。

気持ちを落ち着けるために、ルイはバルコニーに出て夜空を見上げた。夜風が心地《ここち》いい。少し距離《きょり》はあるが、海祭りはまだ盛況《せいきょう》なのだろう、港がある方向がわずかに明るい。

レストランで食事中に突然寝《とつぜんね》てしまったセシアを大慌《おおあわ》てで連れ出し、別荘に戻《もど》ってきたのはつい先ほどのことだ。右腕《みぎうで》の状態が悪いにもかかわらず、抱き上げたセシアを落とさなかった自分は偉《えら》い。

辻馬車を見つけて乗り込み、なんとか別荘にたどり着く。そう遅《おそ》い時間ではないが、祖父母はすでに休んだらしく、別荘内は静かだった。玄関《げんかん》は使用人が開けてくれたが、セシアを抱《かか》えたまま二階に上がるのは重労働だった。ようやくセシアをベッドに放り込んだ時は、ほっとして大きく吐息《といき》をついたくらいだ。この間、セシアは目を覚まさなかった。

そのセシアは外出着のままベッドに転がっている。最近の女物は体のラインにぴったり沿ったデザインが主流なので、見るからに窮屈《きゅうくつ》そうである。それにお出かけ用に、たくさんのピンを使って髪《かみ》の毛を結っていることも知っている。

ルイはベッドに腰《こし》かけ、寝息《ねいき》を立てているセシアを見下ろした。あれから十二年たち、セシアは大人になった。でも寝顔《ねがお》は子どもの頃《ころ》と変わらない。自分の知っているセシアだった。

「外でこんなに酔《よ》っぱらうなんて、おじい様とおばあ様にバレたら大目玉だぞ」

思わず声に出してぼやいてしまったが、セシアに聞こえるはずもない。苦しそうに呻《うめ》き声をあげて寝返《ねがえ》りを打つ。

この寝顔をもう少し眺《なが》めていたいが、この格好のまま寝《ね》かせておくわけにはいかない。メイドを呼ぶべきだとわかっているが、そうしたらセシアの醜態《しゅうたい》が祖父母に知られてしまう。玄関を開けてくれた使用人には「疲《つか》れて寝ただけ」という説明が通用したが、メイドには通じないだろう。

——当たり障りのない範囲《はんい》まで緩《ゆる》めておくか。

ルイは意を決すると、セシアを仰向《あおむ》けに戻して上着に手を伸《の》ばした。

手早くボタンを外して上着を脱《ぬ》がせる。その下のブラウスも。一番窮屈そうなコルセットも少し考えてから、セシアを横にして背中の紐《ひも》をほどいた。コルセットを取るとシュミーズ越《ご》しに柔《やわ》らかな曲線が目に飛び込んできたが、そのことは考えないようにする。上半身だけ下着姿になったセシアを見下ろし、もうここまで来たら全部脱がすかと、セシアをあっちへこっちへゴロゴロ転がしながら残りの衣服を剝《は》ぎ取っていく。ここまでされてもセシアには目を覚ます気配がない。

「俺の鋼《はがね》の理性に感謝しろ、セシア」

苦労してシュミーズとズロースだけにしたところで、セシアが呻いてルイのほうへ転がってきた。その拍子《ひょうし》に、めくれたシュミーズの隙間《すきま》から大きな傷痕《きずあと》が目に飛び込んでぎくりとする。あの時の傷だというのは、すぐにわかった。

一瞬《いっしゅん》の逡巡《しゅんじゅん》ののち、ルイはそっと、シュミーズを持ち上げてみた。

下腹部のなめらかで美しい皮膚《ひふ》の中に突然《とつぜん》、傷痕が現れる。

思ったより大きいな、というのがルイの感想だった。あの時、セシアが傷を負ったことはわかっていたが、どれほどのものかは知らなかった。生死の境をさまよったと聞いているが、この大きさなら頷ける。

昼、足が痛いとさすっていたのはこういうことか。

——結婚は考えていない、と言っていたのもこれが理由か。

セシアは一人で領主の責を背負い込もうとしているが、そうであればなおのこと伴侶は必要だ。女の身では何かと侮《あなど》られることが多い。にもかかわらず、結婚を考えていない、一人で生きていくなんてどういうことだろうと思っていたが、未だに痛む大きな傷を抱えていれば、結婚に積極的になれないのも頷ける。

ルイはじっと傷痕を見下ろした。

あの時、血だらけで真っ青になっていたセシアを知っている。このまま死んでしまうのではないかと思うほどの大けがだった。きっとこの傷は大きいだけでなく、体の奥深くまでセシアを傷つけているに違《ちが》いない。

あの日、手を離《はな》したばっかりに傷を負わせただけでなく、セシアから幸せな未来を奪《うば》ってしまったのか、自分は。

胸に込み上げる苦い思いを嚙《か》み潰《つぶ》しながらシュミーズを戻し、寝息を立てているセシアの頰《ほお》に右手を伸ばす。

セシアの幸せとは、なんだろう？　そこに自分がいないことだけは間違《まちが》いないが。

指先を伸ばして唇《くちびる》をなぞる。セシアは起きない。

「俺に気を許すなって、言ったよな？」

セシアの唇から視線が離せない。今なら何をしても気付かれない気がする。

しばらくそうしてセシアを見つめていたが、セシアが寝返りを打ったため唇から指が離れる。自分の浅ましい心を見透《みす》かされた気がした。それを機に、セシアの栗色の髪の毛を探ってピンを引き抜《ぬ》く。何も残っていないことを確認すると、ルイはセシアに夏用の薄《うす》い上掛《うわが》けをかぶせ、そのまま、足音を立てないようにそっと寝室《しんしつ》から立ち去った。向かった先はバルコニーだ。夜風に当たって頭を冷やしたかった。

再会してからわざとセシアを突《つ》き放してきたのは、彼女に自分のことを警戒《けいかい》してもらうためだ。優しい夫を演じて、大人になったセシアに懐《なつ》かれでもしたら、理性を保てる自信がない。

もうセシアは子どもではない。自分と同じ、大人なのだ。

セシアのことは生まれた時から知っている。赤ちゃんの頃からかわいらしくて、特別な存在だった。子守をするようになってからは、兄のように慕《した》ってくれて嬉《うれ》しかった。

だが自分たちの間にはどうしたって埋《う》めることができない身分差があった。自分がドワーズ侯爵《こうしゃく》に快く思われていないことも知っていた。だから、あの頃の自分は精いっぱいいい子を演じて、ドワーズ家から追い出されないように振《ふ》る舞《ま》っていた。セシアのそばにいて、セシアの成長を見守りたかった。あの頃、セシアに抱いていたのは恋愛《れんあい》感情ではなかったと思う。

セシアに対する気持ちが恋《こい》だと気付いたのは、女性と関係を持つようになってからだ。いい雰囲気《ふんいき》になるたびにセシアの顔がちらつくから、女性を相手にするのが苦手になった。

そして今、大人になったセシアを前に感じるのは、恋なんてかわいいものではない、男の劣情《れつじょう》を伴《ともな》った独占欲《どくせんよく》だ。こんな醜《みにく》い感情をセシアに悟《さと》られるわけにはいかない。

だから遠ざけたかった。そして思惑《おもわく》通り、セシアとの間には距離ができている。だがそれはセシアが起きている間だけだ。さっきみたいに目の前で無防備な姿を晒《さら》されたら、魔《ま》が差してしまいそうだ。

——予想していたより、だいぶキツイな……。

ほかの女性で気を紛《まぎ》らわすこともできないから、我慢《がまん》の一択《いったく》しかないのだが。

——とにかくセシアとは距離を取らないと。

セシアを新婚《しんこん》旅行に連れ出したのは、ジョスランを焦《じ》らす目的のほかに、アレンから王宮に顔を出せと指示されていたからでもある。時期がかぶっているので、ちょうどいいと思ったのだ。

セシアの親戚《しんせき》たちの手前、一週間まるまるマイールの滞在《たいざい》に付き合い、セシアを一人でエルスターに帰して自分だけ王都に向かおうと思っていたが、予定変更《へんこう》だ。明日ここを発《た》とう。ジョスランに仲良し夫婦に見えればいいのであって、本当に仲良くする必要はないのだ。

「ルイ・トレヴァー」は実業家で忙《いそが》しい設定になっている。その設定を徹底《てってい》的に活用だ。急用が入ったことにしよう。どうせ王都ではアレンの代わりにお偉方《えらがた》の嫌味《いやみ》を聞くだけだから、用件はすぐに終わる。王都からの帰りにセシアを拾い、エルスターに戻ればいい。

セシアを連れていきたくないのは距離を置きたいからでもあるが、アレンから「髪色を戻せ」という指示が来ているというのも理由だ。

セシアに、銀髪《ぎんぱつ》に戻している姿を見られたくない。さすがに気付かれそうな気がする。

そういえばそろそろ、アレンが職権を濫用《らんよう》して王都のドワーズ邸《てい》に何か仕掛《しか》ける頃合《ころあ》いだろうか。思惑通り、セシアに目を向けてくれればいいのだが。

――ついでにもうひとつ、アレンに頼《たの》み事をしておくか。

セシアに関わることなら、アレンも嫌とは言わないはずだ。

マイールに到着《とうちゃく》して三日目の朝、セシアは二日酔《ふつかよ》いの頭痛とともに目を覚ました。

自分の体を見下ろすと、下着姿である。着ていた服はベッドサイドのテーブルの上に、ヘアピンとともに無造作に置かれていた。

メイドに脱がしてもらったのなら、服はきちんとしまわれるはずだ。

自分で脱いではいないと言い切れる。昨日着けていたコルセットは背中側を紐でがちがちに締《し》め上げるタイプだから、誰《だれ》かの手を借りなければ外せない。と、いうことは。

――や、やってしまったあああああ!!

真相に気付いてセシアは頭を抱《かか》えた。二日酔いとも相まって頭痛がひどい。

――お、思い出せない。何も思い出せない。何をやってしまったの、私は!?

昨夜、レストランで食事をしたあたりが最後の記憶《きおく》だ。途中《とちゅう》でものすごく眠《ねむ》くなってきたのを覚えている。そこから導かれる答えはひとつ。

――わ……私……、ルイに服を脱がせてもらった、のよね……!?

薄いモスリンのシュミーズに七分丈《たけ》のズロース姿を、書類上は夫とはいっても赤の他人に見せてしまったというのか！

ルイは寝てしまったセシアを連れて帰宅し、服を脱がせて寝かせてくれたのだ。メイドの手を借りていない理由は不明だが、セシアに関わりたくないルイがそれでもセシアの面《めん》倒《どう》を最後まで見たということは、セシアが人を呼ぶに呼べない状態だったのかもしれない。

――人を呼べない状態って……!?

とにかく、ここで呆然《ぼうぜん》としているわけにはいかない。セシアは意を決すると、着替《きが》えるためにメイドを呼んだ。案の定、メイドは昨夜のことは何も知らないという。その答えに青ざめたセシアを見てメイドが朝風呂《あさぶろ》をすすめてきたので、朝食というにはだいぶ遅《おそ》い時間帯に食堂に行くことになった。ルイが脱《ぬ》がしてくれた服については、適当に投げると皺《しわ》になるから、できれば自分を呼んでほしいと釘《くぎ》を刺《さ》された。

食堂には誰もいない。給仕係が現れて、セシアに朝食を持ってくる。昼が近いためだろう、控《ひか》えめだったのはありがたかった。二日酔いの影響《えいきょう》で、食欲《しょくよく》があまりないのだ。

――そういえばルイはどこにいるのかしら。

セシアは食後のお茶を飲みながら、気怠《けだる》い頭でルイのことを考えた。

昨夜の出来事は……なんといえばいいのだろう。きっとセシアが想像しているよりも数倍迷惑《めいわく》をかけている。

何も覚えていないうえに、どうもルイがセシアを別荘《べっそう》の人々から隠《かく》してくれているらしいのがつらい。きっととんでもないことをしてしまったに違いない。昨日着ていた服を確認してみたが、汚《よご》れてはいなかったので、吐《は》いたり粗相《そそう》をしたりということはしていないと信じたい。

――気まずい……。

ルイから覚えてもいない失態を聞かされたくないので、このまま一生避《さ》けたい気分だが、そういうわけにもいかない。どういう顔をすればいいのだろうと悩《なや》んでいたところに、件《くだん》の人物がいきなり食堂に現れたので、セシアはお茶を喉《のど》に詰《つ》まらせて派手にむせた。

「何をしているんだ」

ゴホゴホ、とナプキンを抱えて咳《せ》き込むセシアに、ルイが呆《あき》れたような視線を向けてくる。

「なん……なんでもないわ……」

「もっと具合が悪いのかと思っていたが、意外に元気そうだな。酒にはとことん弱いが、量を飲まないから回復も早いのかもな」

「うぐうっ……」

　セシアが呻《うめ》くと同時に、ルイが椅子《いす》を引いて正面に座る。

「……なんか、すごい声が聞こえた気がしたが」

「き、気のせいよ」

　セシアはナプキンで口元を押さえつつ、少しだけ体をずらしてルイを正面にとらえないようにした。どんな顔をすればいいのかわからない。

　まず言うべきなのは、「ごめんなさい」？　それとも「ありがとう」？

　でもなんだか言いづらい。いや、面倒をかけておいてそれはどうかと思うが……。

「セシアは、自分の酒の適量を知るべきだな。貴族の娘《むすめ》の酔い方じゃないぞ、あれは」

　セシアが何か言うよりも前に、ルイが口を開く。

「う……わ、悪かったわよ。だって、お酒なんてほとんど飲まないんだもの……」

「だろうな。やたらハイペースで飲むから酒が好きなのかと思っていたんだが、食事が終わる前にひっくり返ったもんな。セシアは自分の適量と一緒《いっしょ》に、酒の飲み方も覚えたほうがいいぞ。昨夜のような飲み方をしていたら、いつか大事故が起きる」

　ルイの言葉がグッサグッサ心に刺さる。非常に痛い。本当のことだから余計に。

「そ、それはご丁寧《ていねい》に、ありがとう。でも大丈夫《だいじょうぶ》よ、もう人前では飲まないわ。昨日みたいに記憶をなくしてしまうのなら、怖《こわ》くて飲めないわよ」

「……何も覚えてないのか？」

多少の反省を見せたセシアに、ルイが用心深く聞いてくる。

「……覚えてないわ」

「本当に何も？　少しも？」

ルイがあまりにくどく確認してくることを怪訝《けげん》に思いながら、セシアは答えた。

「少しも。まったく。ちっとも。これっぽっちも。お店でおいしいものをいただいていたはずなのに、気が付いたらこの別荘のベッドの上にいた、そんな感じよ。……ああ、ルイが運んで、最後まで面倒を見てくれたのよね。ありがとう。おかげで、道端《みちばた》で夜を明かさずに済んだわ。服は皺になったと、メイドがぼやいていたけど」

「それは、悪かったな。詰めが甘くて」

ルイが仏頂面で答える。その途端《とたん》、セシアの胸に後悔《こうかい》が広がった。

──私って、どうしてこんな嫌な言い方しかできないのかしら。素直に謝ればいいのに。

セシアはナプキンを握《にぎ》り締めて項垂《うなだ》れ、はあぁ、と溜息《ためいき》をついた。

「酒が残っているな」

その溜息を、ルイは二日酔いの気持ち悪さだと理解したらしい。

「急ぎの仕事が入った。俺は今日の昼の列車で王都に向かう。向こうで用事を済ませたら迎《むか》えに来るから、セシアはおじい様やおばあ様とマイールを楽しんだらいい。連れてきたメイドと遊びに行くのもいいんじゃないか？　俺がいないほうが、気が楽だろ？」

いないほうが、気が楽？

「……王都へ行くの？　あなた一人で？」

思わず顔を上げてルイを見つめる。

それはつまり、自分のことを邪魔《じゃま》だと思っているということ？

「ああ」

「……まあ、私のお守《も》りなんて退屈《たいくつ》よね。しょせんは他人ですもの。どうぞお好きになさったらいいわ」

ルイにとってセシアはお荷物以外の何物でもない。頭ではわかっているが、信じられないほどショックを受けている自分がいる。

だって、昨日の気遣《きづか》いは本当に優しかったのだ。足の痛みを訴《うった》えてからはセシアに合わせてゆっくり歩いてくれたし、セシアがやりたいことにも付き合ってくれた。ルイがそばにいてくれることに安心感を覚えていたのだ。レストランでの晩餐《ばんさん》は楽しかった。

まあ……最後はワインで記憶を失《な》くし、ずいぶんルイに迷惑をかけてしまったけれど。

楽しかった記憶があるだけに、そのルイから実は邪魔だったと告げられたのだ、ショックを受けるのも当然だろう。

堪《こら》えようとしたけれど、声が震《ふる》えた。ルイが青い瞳《ひとみ》を向けてくる。

気付かれた。動揺《どうよう》していることに。

セシアは恥《は》ずかしくなり、顔を背けた。

「そういうわけではない。ただ……本当に俺は貴族のご令嬢《れいじょう》の扱《あつか》いを心得ていないから」

ルイがどこかすまなそうに言う。

自分たちの関係を勘違《かんちが》いするなと言われたみたいで、いたたまれない。

「私は何も不満はないわ。あなたはきちんとエスコートしてくれている。だから……そうね、私も王都へ行くわ」

ルイの「セシアに関わりたくない」という態度は最初から一貫《いっかん》している。ショックを受けるなんておかしい。取り繕《つくろ》うつもりだったのに口から出てきたのは、そんな言葉だった。

セシア自身もびっくりしてしまった。ルイと本当に仲良くする必要はないとわかっているのに、なぜ。

でもそれでは嫌《いや》なのだ……気に入らない……そう思う自分がいる。

セシアの答えに、ルイが怪訝そうな顔をした。

「俺は仕事だぞ？　行くところがあるし、会わなければならない相手がいる。その間、セシアの相手はできな……」

「あなたは忘れているのかしら。私は旅行を楽しむためにここにいるわけじゃないわ。叔《お》父《じ》様をイライラさせるためにここにいるのよ。一緒に行動するべきでしょ。それとも私を連れていけない理由があるの？　まさか浮気《うわき》？」

ルイの言葉を遮《さえぎ》り、セシアは振《ふ》り向いて聞き返す。

「……浮気なんかするはずない」

ややあって、ルイが口を開く。

「だが、俺の王都行きは本当に仕事なんだ。それに俺はずっと軍に所属しているから、貴族の楽しみなんて知らない。俺についてきても、退屈なだけだぞ」

「そこまで私を遠ざけたがるなんて、逆に疑うわね。あなたが私に近づいた本当の目的は何？　叔父様をイラつかせるというのは嘘《うそ》？　試験薬の話も嘘？　本当は遺産目的なの？」

「試験薬の話は本当だ。セシアの協力も必要だ。フェルトンは野放しにできない。ドワーズ家の遺産には興味もない」

ルイがまっすぐにセシアを見る。

「叔父様を動かすことが目的なんでしょう？　だから向こうが動くまで、私たちは一緒に行動するべきよ。あの試験薬から私の命を守るためにも。違《ちが》う？」

「……ああ、そうだな」

たたみかけるセシアに、ルイが根負けしたように頷《うなず》く。

「そうと決まったら切符《きっぷ》を手配しなきゃ。誰《だれ》に頼《たの》んだら……」

「それなら俺が直接駅に行って切符を買ってくる」

人を呼ぼうと立ち上がりかけたセシアを制し、ルイが言う。

「あなたが切符を買いに行くの？　なら私もついていくわ」

「どうして」

「置いていかれたら嫌だもの。ちゃんと目の前で私のぶんの切符も買ってもらわなくちゃ」

じっとルイを見つめると、

「……そういうことなら、今すぐ駅に行こう」

諦《あきら》めのにじんだ声で、ルイがそう答えた。

急いで出かける準備をして玄関《げんかん》前に行くと、一頭立ての二輪馬車が止まっていた。大きな馬車は遠くまで、小さな馬車はちょっとそこまでと用途《ようと》によって使い分けるのが一般《いっぱん》的だ。

「あまり時間がない。早く乗って」

御者《ぎょしゃ》はルイが務めるようだ。ルイの手を借りて馬車に乗り込むと、ルイが御者台に乗り手綱《たづな》を持つ。ルイの指示で馬が動き出す。小型の馬車なので、振動《しんどう》がかなり大きい。車輪の揺《ゆ》れを感じながら、セシアは馬を操るルイの背中を見つめていた。

仕事だとわかっていても、ルイに置いていかれそうになって悲しかった。

それがなぜなのか考える。

——既視感《きしかん》ね。私ったら、ばかだわ……。

クロードだ。森で迷子になったあと、「帰り道がわかる？」と心配するセシアに「大丈夫だよ」とクロードはいつも答えてくれた。セシアの手を引いて少し先を歩くその背中を覚えている。この人がいるから大丈夫。迷子になんてならない。

広い背中、セシアを気遣いながら歩いてくれる存在。クロードとルイを重ねていたのだと気付く。まったくの他人にクロードの面影《おもかげ》を重ねるなんて、どうかしている。妄執《もうしゅう》というものだろう。いつまでも幼い頃《ころ》の思い出にしがみついているなんて情けない。

——私ももう、二十二歳。いい大人なのだから、一人でも平気にならなくちゃ。

たとえ迷子になっても自分で対処できなくては。

一人で生きていくとは、そういうことのはずだ。

駅で馬車を待機所に停めたあと、二人は連れ立って窓口に向かった。

海祭り中だからだろう、駅はずいぶん混んでおり窓口には長い行列ができていた。ルイは列に並ぶつもりはないようで、駅員に声をかける。セシアはそのやり取りをほんの少し離《はな》れて聞いていた。列の人いきれに二日酔《ふつかよ》いがぶり返し、気持ち悪くなっていたためだ。

「混んでいるから発券に少し時間がかかるらしい。風通しのいい場所で待っていてくれ」

セシアの顔色がよくないことに気付き、ルイが声をかける。セシアはおとなしく頷いて、その場を離れることにした。

コンコースの北口付近は人が少ないようだ。少し薄暗《うすぐら》いが、風が涼《すず》しい。ルイがいる窓口もここから見えなくもない。

セシアはそこに立ち、北口を背に駅の構内を見つめた。……その北口を出たあたりが失業者のたまり場であり、そのせいでセシアの立つ一帯を人々が避《さ》けているとは知らずに。


「一人かい？」

どれくらいたっただろうか。涼しい風のおかげで多少気分がよくなってきたセシアに、誰かが背後から声をかける。

振り返ると三人……四人、五人……。薄汚《うすよご》れた服装の、体の大きな男性たちがセシアに近づいてきていた。

片目がない。義足。揺れるような歩き方をする。一目見てわかった。傷痍《しょうい》軍人だ。

「……いいえ、人と一緒《いっしょ》です」

「その人はどこだい？　なんで貴族のお姫《ひめ》さんがこんなところに一人で？」

ニヤニヤしながら最初に声をかけてきた男が近づく。

セシアは無視して立ち去ろうとしたが、さっと目の前に仲間のうちの一人が立ちはだかる。その男を避けようとしたが今度は違う男が目の前に。セシアはいつの間にか男たちに取り囲まれていた。

「どいていただけますか？　私、行かなくては」

セシアは声が震えないようにおなかに力を入れながら、最初に声をかけてきた男に伝えるが。

「お姫さん、きれいな身なりをしているからお金持ちだよねえ……オレたち、体がこんなだからさ」

目の前にいる男がシャツをめくる。肘《ひじ》から先がなかった。

「ようやく国に帰れたと思ったら、どこにいっても腕《うで》がない人間は雇《やと》えねえだって」

「働き口がないんだよ、オレたち」

別の男が口を挟《はさ》む。どうやら強請《ゆす》られているようだが、どうしたらいいのだろう。わからない。怖《こわ》い。

「高貴なるお方は、立ち話はしないみたいだ。ゆっくり話せる場所に移動しようか」

一言も発さないセシアに、最初に声をかけてきた男が言う。両側にいる男たちがセシアの腕をそれぞれつかむ。それが捕虜《ほりょ》の連行方法だとは知らなかったが、さすがのセシアも悲鳴を上げた。

「離してください！　人と待ち合わせているの！　呼びますよ！」

「へえ、どこに？」

最初に声をかけてきた男が言う。この男がリーダー格らしい。

「助けて……助けてください……っ」

セシアは腕をつかまれたまま首をひねって声を上げたが、コンコースを歩く人が気付いて立ち止まる気配はなかった。

「諦めなお姫さん。面倒事《めんどう》はみんな嫌《きら》いだからさ。こんなところに一人でいたのが運の尽《つ》きだよ」

リーダー格が言う。セシアはつかまれた腕を引っ張ってみたが、びくともしない。

「ルイ……ルイ！　ルイ!!　助けて!!」

セシアはずるずると引きずられるように歩きながら叫《さけ》んだ。ようやく行き交う人々がちらりとこちらを向くが、助けようとする人はいない。つかまれた腕が痛い。せめてもの抵《てい》抗《こう》として足に力を込めたら、下腹部の傷から突《つ》き刺《さ》すような痛みが走った。額にじんわりと脂汗《あぶらあせ》がにじむ。

――どうしたらいいの……！

「手を離してもらおうか」

その時、聞き慣れた声が間近で聞こえた。聞き慣れてはいるが、聞いたこともないような怒気《どき》を孕《はら》んでいる。

　はっとなって顔を上げると、セシアの腕をつかんでいる男の腕を、ルイの左手がつかんでいた。走ってきたのか、顔が上気し肩《かた》で呼吸をしている。

「誰だ、おまえ」

「その娘《むすめ》の連れだ。もう一度言う。手を離せ」

　ルイが手に力を入れたのか、男が呻《うめ》いてセシアの右腕《みぎうで》を離す。緩《ゆる》んだ隙《すき》にセシアは腕を引き抜《ぬ》いた。

「聞こえなかったのか？　手を離せと言っている」

　ルイの低い声に左腕《ひだりうで》も解放される。

　セシアは急いでルイに体を寄せた。ぐい、とルイがセシアを自分の体の後ろに追いやる。

「おい、待てよ。おまえの顔には見覚えが……黒髪《くろかみ》に青い目……まさか」

　片目の男が何かに気付いたようだ。

「こいつだぞ、間違《まちが》いない。アレンの忠犬。オレたちを囮《おとり》にしたあげく、橋を爆破《ばくは》した張本人だ」

　片目の男の言葉に、残りの全員がルイに敵意を向けたのがわかった。怖くなり、セシアはルイの背中に隠《かく》れる。

「おまえか……！」

「あと一時間もあれば、オレたちの部隊の撤収《てっしゅう》は完了《かんりょう》していたのに！」

「一時間もしないうちに敵が橋を突破《とっぱ》していた」

気が立つ男たちに対し、ルイが静かに答える。

「だからオレたちを見殺しにしたのか!!」

一人の男がルイに殴《なぐ》りかかる。ルイはそれをかわし、左腕で男をはねのけた。

——左腕……また左腕。

ルイの動きがなんだかおかしい。さっきからずっと左腕だけで男たちの相手をしている。

そのことにセシアは違和感《いわかん》を持った。

ルイは右利き《みぎき》のはずだ。ペンも食器もそう。利き腕が右なら、とっさの時に右腕が出てもおかしくないのに、今は左腕のみで相手をしている。明らかに右腕をかばっている。

「俺に言いたいことがあるんじゃないのか？　アレンに伝えてやるよ。だがこの娘は関係がない。巻き込むようなら……の……を……するぞ」

ルイがぐっとセシアを右手で押し、体を離す。

「……いいだろう」

セシアには、ルイのひそめた声は聞き取れなかったが、リーダー格には聞き取れたようだ。

「セシアは駅員に保護してもらえ。俺のことは気にするな。——行け、すぐに」

そう言い残してルイは男たちと連れ立って、薄暗い路地のほうへ歩きだす。

傷痍軍人とはいえ相手は五人。いくらルイが現役の軍人だとしても分が悪すぎる。しかも相手はルイに対して恨《うら》みを持っている。

セシアは踵《きびす》を返すと切符《きっぷ》売り場に向かって走り始めた。駅員を呼ばなくては。

スタイルをよく見せるために裾《すそ》が引き絞《しぼ》られている長いスカートは、足が動かしにくい。はしたないと思いつつもスカートをつかみ、膝《ひざ》のあたりまで引き上げる。スカートをまくりあげ、髪《かみ》の毛を振《ふ》り乱しながら走る令嬢《れいじょう》の姿に行き交う人々が奇異《きい》の目を向ける。

ルイは右手が使えない。動かないわけではないが使えない。些細《ささい》な違和感ではあったが
セシアはそう結論を出していた。そんな人が、一人で戦えるわけがない。早く人を呼ばなくては。それにしても、かかとの高いおしゃれな靴《くつ》は走りにくい。案の定、床材《ゆかざい》のタイルの目地につまずいてバランスを崩《くず》し、派手に転んでしまう。

体を起こすと、通りかかった何人かがこちらを見ているのがわかった。だが誰《だれ》もセシアに声はかけてこない。

――駅員ならすぐに対応してくれるのかしら？　本当に？

そんな考えがムクムクと心の奥にわき起こる。失業者は今までにも問題を起こしているはずだ。でもこの駅は失業者を排除《はいじょ》したりはしていない。見て見ぬふりをしているのは、対応が面倒だからではないか？

——もしすぐに対応してもらえなければ、ルイが危ない……！

「大丈夫《だいじょうぶ》かい、お嬢《じょう》さん」

不意に声をかけられ、バッと振り返る。

少し離《はな》れた場所に、デッキブラシとバケツを持ったおじさんが立っていた。駅の清掃員《せいそういん》だろうか。

「何か急いでいるみたいだけど、どうかしたのかい？」

セシアは埃《ほこり》だらけの床に座り込んだまま、近づいてくるおじさんを見上げた。じわ……と涙《なみだ》が浮《う》かんでくる。声をかけてくれる人がいた……！

「……お、夫が、変な人たちに絡《から》まれて、連れて行かれてしまったんです」

薄暗《うすぐら》い路地裏を指さすと、おじさんは「ああ」と頷《うなず》いた。

「駅の北口の路地裏だね、あのあたりに失業者がたくさん住み着いていてねえ。ほら、リーズ半島の戦争でロディニアにつかまっていた人たちが最近帰されているだろう？」

「傷痍《しょうい》軍人は国の施設《しせつ》で保護してもらえるはずでしょう……？」

そういう法律があるのだ。

「もうどこもいっぱいなんだよ。あふれた人間はあんなふうに人を頼ったり、脅《おど》したりするしかないんだ。働き口がないからね。国が世話をしてくれるのは、もともと裕福《ゆうふく》な生まれの人だけだよ」

「そんな……」

傷痍軍人の現実を知り、セシアは青ざめた。それでなくてもルイに恨みがある人たちだ、容赦《ようしゃ》なんてするはずがない。なぶり殺しにされてしまうかもしれない。

「お願いがあります。私のかわりに駅員を呼んでください。私、夫を助けなくちゃ。……このデッキブラシを貸してください！　あとで必ずお返しします！」

セシアはそう言うと立ち上がり、おじさんの手の中にあるデッキブラシをつかんで奪《うば》い取った。

「あ、これ。そんなものでどうしようと……」

おじさんの言い分はもっともだ。けれど悠長《ゆうちょう》に助けが来るのを待っていたのでは、ルイがどうなるかわからない。大声で怒《ど》鳴《な》り込んでデッキブラシを振り回せば、隙のひとつくらい作り出せる気がする。

セシアは靴を脱《ぬ》ぎ捨て、ついでにスカートの縫《ぬ》い目を引っ張る。

織細《せんさい》な生地でできているスカートが音を立てて裂《さ》ける。勢いあまって下のペチコートまでつかんでいたようで一緒《いっしょ》に裂けてしまったが、ちょうどいい。これで足が動かしやすくなった。

セシアはストッキングをはいた足をひらめかせながら、デッキブラシを持って再びルイが消えたあたりを目指した。

うまくいくかどうかわからないから、本当は怖《こわ》くてたまらない。おとなしく助けを待ったほうがいいに決まっている。ここまでする必要はないのかもしれない。しょせんかりそめの関係なのだ。

でも、と思う。左手を握《にぎ》り込んで、薬指にはまっている指輪の感触《かんしょく》を確かめる。かりそめの関係でも、契約《けいやく》の最後の日までは「本物の夫」なのだ。

——「夫」を見捨てて逃《に》げるなんて、私にはできない。

脳裏に両親が、クロードが、祖父が浮かぶ。みんなセシアを置いていった。悲しいなんて言葉では表現できないくらい、大きな喪失感《そうしつかん》を与《あた》えた。

大切な人を失う痛みを知っている。だからこれ以上、失いたくない。

——大切な人？　ルイのことが？

最初はセシアを疎《うと》んじている、いけすかない男だと思った。必要以上は関わらないと言ったくせに、架空《かくう》の設定や思い出話を用意してくれていたり、海祭りでは足を引きずるセシアを思いやって休ませてくれたり、ゆっくり歩いたり、お酒を飲んでひっくり返ったセシアを運んでくれたり。

嘘《うそ》つき。言葉と態度が正反対ではないか。

ルイと関わった時間は長くない。でもルイの仕事ぶりから、彼が真面目《まじめ》で高いプロ意識を持っている人物だというのはわかる。セシアのために、多くを差し出してくれている。

ないがしろにしていい人ではない。自分があがくことでルイを失わなくて済むのなら、あがくに決まっている。

——だから何もしないでいるなんて、無理！

その時、セシアの向から先から乾《かわ》いた発砲《はっぽう》音がいくつか聞こえた。心臓が握りつぶされそうな恐怖《きょうふ》を覚えつつ、路地裏に飛び込む。

雑然とものが積まれた薄暗い路地を曲がってすぐの場所に、複数の人間が倒《たお》れ、一人だけその場に立っているのが見えた。硝煙《しょうえん》が立ち込めていて、立っているのが誰なのかまではわからない。

立ち止まり、目をこらす。ゆっくりと薄《うす》れていく煙《けむり》の向こう、背の高い人物がこちらを向く。青い瞳《ひとみ》。黒い髪。ルイは、ぞっとするほど冷たい目をしていた。

セシアはデッキブラシを抱《かか》えて凍《こお》りついた。この人は誰？

「……なぜ、戻《もど》ってきた。駅員に保護してもらえと言っただろう」

セシアを認めると、ルイの氷のように冷たかった瞳に苛立《いらだ》ちが宿る。左手に持っていた拳銃《けんじゅう》を投げ捨て、足早に近づいてきて腕《うで》をつかむ。……やはり、左手で。

「あなた……その右腕《みぎうで》……」

ルイがそばによってきたことで初めて、彼の上着の右袖が血にまみれ、指先から下にしたたっていることに気が付く。

「かすり傷だ、たいしたことはない」

ルイが言う。その時、視界の隅《すみ》で何かが動くのが見えた。目を向けると、ルイの後ろに倒れている男の一人と視線が合う。地面に伏《ふ》せたまま、ルイが先ほど投げ捨てたのとは別の銃口《じゅうこう》をこちらに向けている。

セシアは慌《あわ》ててルイを押し倒した。

鋭《するど》い衝撃《しょうげき》がセシアの右腕に走る。

二人して地面に倒れ込んだ次の瞬間《しゅんかん》には、ルイがセシアのつかんでいたデッキブラシを取るとやり投げの要領で銃口を向けた男に投げた。

ガツンと大きな音が響《ひび》き、男が崩れ落ちる。

ルイは何も言わずにセシアを助け起こすと、腕をつかんだまま引きずるようにして足早にその場をあとにした。

「どうして戻ってきた」

コンコースに戻るなり、ルイが怖い顔でセシアを振り返る。

「俺は駅員に保護を求めろと言った。戻ってこいなんて言ってない。忘れているようだが、俺は戦闘《せんとう》職だ。何もできない娘《むすめ》の助けは必要ない」

「だ、だって、ルイが殺されたら、私が困るもの……っ」

いきなり怒《おこ》られると思っていなかったセシアは、怒《いか》りをあらわにするルイに震《ふる》えあがった。

「セシアの契約はイヴェールとの間のもの。イヴェールはフェルトンを逃がしたくないから次の手を打つ。あんたはイヴェールの役に立つとみなされているから、見捨てられることはないはずだ。セシアは何も困らない」

「困るわよ!!」

つまりルイは、自分が危機に陥《おちい》った時は見捨てろと言っているのだ。ルイの身勝手な言い分に思わず怒鳴り返す。

「あなたは残される人の気持ちがわかってない!!」

ルイが怪訝《けげん》そうな顔をし、じっとセシアを見つめる。ああ本当にわかっていない。

「夫を……家族を見捨てるなんて、私にはできない！」

込み上げる涙を抑《おさ》えられず、セシアは泣きながら叫《さけ》んだ。見捨てること、見捨てられることに対して割り切った考えをしているのは、長く軍人をしているせいだろうか。だとしたら、セシアはそのことがとても悲しい。普通《ふつう》の人は、見捨てることも見捨てられることもつらいものなのに。

涙で視界がにじむ。その向こう側でルイが顔を歪《ゆが》めるのが見えた。セシアと関わりたくないというルイに対し、「見捨てられない」は「あなたと関わりたい」と言っているのも同じ。彼が不快に感じてもおかしくない。

――だから何!? 私は怒っているんだから!

自分を大切にしないルイが許せないのだからしかたがない。なんと言われようと引き下がるもんかという気持ちでルイを睨《にら》みつけた時。

不意に、大きな左腕が伸《の》びてきて、ルイがセシアを抱《だ》きしめた。あまりの強さにセシアの背骨がしなる。

「……悪かった」

ルイが耳元で囁《ささや》く。

「真っ先に言うべきなのは、セシアの勇気に対する感謝の言葉だったな。……ありがとう。でも俺は、セシアを巻き込みたくなかった。傷つけたくなかった。それなのに、けがをさせてしまった」

非難の言葉が飛び出してくるかと身構えていただけに、ルイの言葉はセシアの胸を衝《つ》いた。

嗚《お》咽《えつ》を堪《こら》えきれず、ルイにしがみついて泣きだす。

怖かったのだ、とても。

この人を失うかもしれないと、そう思ったら、とてもとても怖かった。

周囲に人が集まってくるのがわかる。デッキブラシのおじさんが人を呼んできてくれたのかもしれないし、通りかかる人たちも大泣きするセシアをさすがに無視できなかったのかもしれない。

いい年齢《ねんれい》の、しかも貴族の身なりをした女性が人前で泣いていいわけがないのだが、セシアはどうしても泣き止むことができなかった。

ルイが何度も背中を撫《な》でてくれる。もう大丈夫《だいじょうぶ》だからと繰《く》り返す。

本当にもう大丈夫？　本当にこの人は自分を置いていかない？

だがルイは任務を帯びた軍人。任務が終わったらセシアを置いていってしまう。どこか遠くへ。セシアの知らないところへ。

そう気付いてしまうと、悲しくて悲しくて、涙《なみだ》が止まらない。

初めからわかっていたことなのにこんなに悲しいのは、いつの間にか自分の中でルイの存在が大きくなってしまったせいだ。

セシアをかき抱《いだ》くルイの体温に、腕の力強さに、胸が締《し》め付けられる。

いなくなってしまうなんて、嫌《いや》だ。この人との関係が幻《まぼろし》でしかないなんて、嫌だ。

けれどセシアにはルイを引き留める権利はない。そういう契約を交わしているからだ。


翌日、セシアとルイはエルスターから連れてきたメイドを引き連れて、王都行きの列車に乗り込んだ。駅での騒動《そうどう》があったため出発を一日延ばしたのだ。一週間の滞在《たいざい》のはずが三日に短縮されたあげく、二人してけがを負ってきたことにセシアの祖父母は驚《おどろ》きを隠《かく》さなかったが、仕事があるからという理由で押し切った。

「最近の若い人はせわしないのね。また会いに来てね、セシア。ルイさんも」

祖母に優しく言われ、セシアはちょっと泣きそうになった。ルイと二人で祖父母に会うことはもうないからだ。親しい人を騙《だま》す心苦しさを覚えながら、「もちろんよ」とセシアは微笑《ほほえ》んで祖父母と別れた。

そして列車に揺《ゆ》られること六時間。夕方、というには少し早い時間に、セシアたちは王都に到着《とうちゃく》した。

「お待ちしておりました」

列車から降りたところで、一人の青年がにこやかに出迎《でむか》えてくれた。

「僕はマルセル・フランク。イヴェール少佐《しょうさ》の下で仕事をしています。王都では僕がセシア様のお相手をします。どうぞよろしくお願いいたします」

癖《くせ》のある短い赤毛に明るい褐色《かっしょく》の瞳の青年は、優しい顔立ちに笑みを浮《う》かべ穏《おだ》やかな口調でセシアに挨拶《あいさつ》をしてきた。

「よろしくね、フランクさん」

セシアがにっこりと笑ってみせると、途端《とたん》にフランクが顔を赤らめる。

純朴《じゅんぼく》だ……。

「フランクには事情を話してある。好きに連れ回していいぞ」

「あははは、どこへでもお供しますよ！」

にこやかに言うフランクに案内されたのは、王都でも指折りの高級ホテルだった。しかもその最上階、最も高価なスイートルーム。メイドのための控《ひか》え室までついている。

「こんな高価なお部屋を取ってくださったの？」

セシアは目を大きく見開いて部屋を見回した。

「イヴェール少佐からの指示です。今は社交シーズンということもあり、『この部屋しか用意できなかった』との伝言を承っております」

「……事情をわかっているくせに、やりやがったな、あいつ……今度会ったら、カエルを投げつけてやる。特大のヒキガエルをな」

寝室《しんしつ》を覗《のぞ》いて、ルイが忌《い》ま忌ましげに呟《つぶや》く。寝室には、ダブルサイズのベッドがひとつ。

「そんなことしたら絶交されますよ」

ルイの言葉に対し、フランクが冷静にツッコミを入れる。イヴェールはカエルが苦手らしい。底知れない不気味さがあるくせに、妙《みょう》にかわいい弱点を持っているではないか。

「そういうことなら、私はおじい様の部屋があるホテルへ行くわ。叔父《おじ》様がタウンハウスに住んでいるから、ホテルの部屋を通年で借り切っているのよ。まだ解約はしていないから」

「いや、大丈夫だ。俺にも王都滞在用の部屋がある。明日は仕事で一日不在にするから、フランクにエスコートしてもらえ。俺とは違《ちが》って王都にも詳《くわ》しい。新しい服を仕立ててもらったらどうだ？　金額は気にしなくていい、イヴェールは金持ちだからな」

「ああ確かに、イヴェール少佐はお金持ちですよね。それも半端《はんぱ》ない」

ルイの言葉を受けてフランクが笑う。

「この作戦に関わる費用は軍が持つという話だったけれど、もしかしてイヴェール少佐の個人資産から出ているの？」

驚いてセシアが問うと、フランクは曖昧《あいまい》に微笑み、ルイは目を逸《そ》らした。答えたくないらしい。二人の態度から事情を察し、余計な詮索《せんさく》はやめておくことにする。

「明日は九時過ぎにお迎《むか》えにまいりますね。そうそう、イヴェール少佐が、チケットが取れないことで有名な歌劇のチケットを職権濫用《らんよう》で取ってくれています。あ、歌劇はお好きですか？」

「ええ、歌劇は好きよ」

「よかった。では、また明日」

にっこり笑って、フランクが部屋を出ていく。

セシアはちらりとルイを見た。

あの様子なら、フランクは問題なくセシアをエスコートしてくれるだろう。でも本当は、ルイと一緒《いっしょ》に行きたかった。期間限定の関係だからこそ、ひとつでも多く二人の思い出を作りたいと思ってしまう。

――だめだめ。ルイは仕事でそばにいるだけなんだから。私にできることは、この人の邪魔《じゃま》をしないこと。任務遂行《すいこう》に協力をすること。

「明日は一日お仕事なのね。……お仕事、頑張《がんば》ってね」

セシアが声をかけると、ルイが短く「ああ」と答える。

ルイの広い背中を頼《たよ》ってはいけない。彼に、迷子になるたびに自分を捜《さが》して手を引いてくれた、クロードの面影《おもかげ》を重ねてはいけない。クロードはもう遠い過去の存在なのだ。一人に慣れなくては。

ルイはセシアとホテルのレストランで夕食をとり彼女を部屋に送り終えたあと、歩いて目的地に向かった。ビルの一階のドアを叩《たた》くと、フランクが顔を出す。ここはイヴェールとルイが共同経営者ということになっている貿易会社の事務所だ。フランクはここの従業員、という設定である。もちろん、方便だ。

「なんで奥方と別々に泊《と》まるんですか、あんなに大きな部屋を取ってもらったのに」

コードネームは赤。今はフランクと名乗っている彼の本名は知らない。

「白い結婚《けっこん》が前提なのに、アレンはアホなのか。……俺の軍服は届いているか？」

王宮に行くことがわかっていたため、エルスターから事務所に軍服を送っていたのだ。かさばるし、誰《だれ》にも見つけられたくなかったから旅行には持ってこなかった。

「ええ、届いていますよ。……殿下《でんか》を呼び捨てにするの、黒さんだけですよ」

「本人に対しては敬語を使っている。ところで、ドワーズ家のタウンハウスのほうはどうなっている？　アレンからは屋敷《やしき》を使えなくすると聞いているが」

部屋に入り、胸元のタイを緩《ゆる》めながら聞く。

「三日ほど前に水道管に細工してあの屋敷を使用不可にしたんです。王都のホテルで使える部屋全部、殿下が押さえてしまっているから、ジョスラン・イル・ドワーズは宿泊《しゅくはく》できる部屋を見つけられず、実家に帰りました。フェルトンの姿は確認できていません。まあそういうわけで、黒さんとセシア様もダブルベッドの部屋以外をご用意できたんですけど、そこは殿下が」

ルイはフランクを睨《にら》んだ。面白がっていたフランクがその視線に気付いて、肩《かた》をすくめる。

「じゃあ、ジョスランは今、エルスターにいるのか。……なら、フェルトンもエルスターにいるはずだな」

フェルトンの試験薬は未完成の状態で、生きた菌《きん》を使用することから時間がたつほど完成が難しくなる。ジョスランはフェルトンに試験薬を完成させてほしい。そのためには少なくとも設備を確保する必要がある。それでなくてもジョスランの財政状況《じょうきょう》はよくない。まとまった金が必要だ。そしてそれは、姪《めい》を消しさえすれば手に入る。実父にその薬を使った男が、姪に使わないはずがない。

ジョスランと結託《けったく》しているとはいっても、フェルトンが大切な試験薬をジョスランに委ねるとは思えないから、薬を使う時はフェルトンが現れるはずだ。

「エルスターに戻《もど》った時が、正念場だな」

ルイはぽつりと呟いた。

——俺はセシアを守れるか？

自問をする。

——必ず守る。

右手は使えない。左手だけで。

もし、この作戦で左手が使えなくなっても……、セシアを守れたら、それでいい。

十五歳の自分は非力だった。今は違う。

彼女の笑顔を守りたい。それ以上は望まない。

フランクに別れを告げ、軍服を持ってアレンが押さえているホテルのうちのひとつに移動する。セシアが泊まっている部屋と遜色《そんしょく》ない豪華《ごうか》さだった。フェルトンを追い詰《つ》めるために、アレンはいったいいくら使ったんだ?

部屋に着くとすぐに髪《かみ》の毛の色を戻す薬剤《やくざい》を持ってバスルームに向かう。ルイの黒髪は特殊《とくしゅ》な染料で色を乗せているだけであり、この染料を落とす薬剤を使えば元の色に戻せる。だがこの薬品を使うとしばらくはほかの色が入らなくなるため、すぐに黒に染められない。

銀髪《ぎんぱつ》姿を見られたら、セシアになんと思われるだろう。

見せないに越《こ》したことはなかったが、こうなってしまってはしかたがない。なんと言われてもシラを切るしかない。他人のふりをすると決めたのだ。

ルイは何年ぶりかで見る自分の銀髪姿に目を細めた。

翌日。きっちり軍服を着こんで、王宮に向かう。東方及《およ》びアレンの現状を、実質的に政治を取り仕切っている第一王子ジェラールと宰相《さいしょう》であるカロー公爵《こうしゃく》に説明するためである。

国王は病気を理由に国政をこの二人に委ねている。この二人から見たアレンは邪魔者《じやまもの》ゆえに、東方に追いやられたのだ。アレンによると、リーズ半島での戦争を引き起こしたのはこの二人らしい。さらに東方への応援《おうえん》を頼《たの》んだのに「司令官はおまえだ。そちらでなんとかしろ」と言ってきたのもこの二人だという。

そもそもリーズ半島の領有権に関しては交渉《こうしよう》が続いていたのに、交渉を無意味だとぶった切ったのがジェラールなのだ。それを機にロディニア帝国が侵攻《しんこう》してきたのである。

『戦争を起こさないようにするのが国のトップだろ。黒、悔《くや》しくないか？　あの戦争はする必要がないものだった。オレは悔しい』

『オレを殺すために戦争の引き金を引ける連中に、この国を任せたらだめだ』

いつだったかアレンがぼやいていたことがある。アレンはいつも最前線にいた。

もしアレンが形だけの司令官なら、九年もおとなしく従ったりしない。

アレンから連絡《れんらく》が来ているはずだが、予想通り、建物内で脱帽《だつぼう》した自分の姿に多くの人が一瞬《いつしゆん》だけ動きを止め、すぐに目を逸らす。

指示された部屋に赴《おもむ》いてしばらく待つと、ジェラールが一人で現れた。異母兄弟だからか、ジェラールとアレンは似ていない。

「アレンに直接来いと言ったのに、部下をよこして説明責任を果たした気になるとは、私も舐《な》められたものだな。しかも銀髪か」

開口一番、ジェラールはルイを見て冷笑を浮《う》かべた。

ジェラールとの面会を終えて懐中《かいちゅう》時計を見ると、ちょうど十五時を過ぎたところだった。

定時報告は電信で入れているため、今回の呼び出しでルイが説明すべき事項《じこう》はほとんどない。ジェラールの憂《う》さ晴らしに付き合わされただけだった。それも侍従《じじゅう》が呼びに来て終わりを告げる。

王宮を出てすぐに帽子《ぼうし》をかぶる。こうすれば銀髪も目立たない。自分の滞在《たいざい》先に向かうべく歩いていると、道の向こうに楽しげにしているセシアとフランクが見えた。

ああ、そういえばこのホテルはセシアが滞在しているところだったか……と思っていると、セシアだけがホテルの中に消えていく。その様子を見るとはなしに見ていたら、道の向こう側にいるフランクと目が合った。

気付かれたのなら無視するのもおかしい。しかたなく道路を渡《わた》ってフランクの前に行ってやる。

「セシア様って、かわいらしい方ですねえ」

フランクがニコニコとルイに笑いかけてきた。

「歌劇には行ったのか？　アレンが無理やり取ったとかいう」

「いえ、まだですよ。休憩《きゅうけい》と衣装替《いしょうが》えをしてもらって、十七時にここにもう一度迎《むか》えに来る予定です。僕と交代しますか」

フランクが申し出る。

「断る」

「黒さんの奥様ですよ。夫がエスコートしないでどうするんですか」

非難がましい口調のフランクを、ルイは睨みつけた。

「便宜上《べんぎじょう》の、書類だけの関係だ。今日のエスコートはおまえの仕事だろう。王子殿下たちのわがままに付き合わされて、俺は疲《つか》れた。……セシアを頼む」

そう言ってルイはフランクの返事を聞かずに背を向ける。

「あっ、そうそう、黒さんがアレン殿下に依頼《いらい》していた件について、面会の約束が取れたそうです。明日十一時、ホテル前に馬車を用意します」

去りかけたルイの背中に、フランクが声をかける。

ルイは足を止めてフランクを振《ふ》り返った。

「アレンは何か言っていたか？」

「健闘《けんとう》を祈《いの》る、と」

フランクの言葉にルイは肩をすくめ、今度こそ本当に背を向けて歩き出した。今日の用事は終わった。セシアはフランクに任せておけばいいと思いながら、自分の滞在先に向かう。

そのフランクに向けたセシアの笑顔が離《はな》れない。「ルイ」に対し、セシアはあんなふうに笑ってはくれない。それはそうだ、自分で遠ざけているのだから。それなのにフランクに対してムカムカしてしまう。

エルスターにいた頃《ころ》、あの笑顔は自分にも向けられていた。自分に向けられるように仕向けた。自分を真っ先に呼んでほしくてわざとセシアを一人ぼっちにしていたなんて、本人には言えない。

小さなセシアを守ることはたやすい。セシアを怖《こわ》がらせるものは全部払《はら》いのけてあげる。そうすればセシアは自分だけを見てくれる。でもそれは驕《おご》りだった。

あの冬の日、足を滑《すべ》らせたセシアをつかまえられなかった。

もっと強く制止していたら。あの日も、それができたのに。できたはずなのに。

——俺は、最低だ……。

ホテルに戻り、着替《きが》えようとして、ルイは時計を見た。

十六時前。

ホテルの前で十七時に待ち合わせ。なら開場は十八時で開演は十八時半、終演は二十一時といったところか。

——クソッ。

ルイは脱《ぬ》いでいた帽子を手に取ると、着替えることなくホテルの部屋を出た。


セシアは鏡に映る自分を確認し、頷《うなず》いた。完璧《かんぺき》だ。

「ルイ様とご一緒《いっしょ》でないのが残念ですね」

着付けをしてくれたメイドが残念がるのも頷ける。今のセシアは、婚礼《こんれい》衣装を除けば最も華《はな》やかな装いだからだ。

「そうね。お仕事だからしかたがないわ」

これからフランクと歌劇を観に行くのだ。

着ているのはセシアの持っている中でも一番のお気に入りのドレス。黄金《こがね》色のシルクサテンの生地の上に、濃《こ》い茶色のシルクシフォンでできた楢《なら》の葉の模様が細やかな刺繡《ししゅう》で施《ほどこ》されている。上半身はすっきりと、ウエストは細く絞《しぼ》られ、流れるようなスカートのラインが美しい。色味を抑《おさ》えてあることもあり、華やかだが派手過ぎず、優雅《ゆうが》。セシアの髪色にも映える。長い髪の毛を結って飾《かざ》りを挿《さ》し、首元と耳元にはおそろいの意匠《いしょう》のアクセサリーをつける。

今朝は約束通り、九時過ぎにフランクが迎えにきてくれた。なんと運転手付きの大きな自動車で。馬車は慣れているが自動車は初めてなので驚《おどろ》いた。

フランクの案内で、まずはドレスショップに連れて行かれる。ルイの提案を真に受けて、マイール駅でだめにしたドレスのぶんを買ってくれるということだった。この一連の作戦でかかったお金はすべて持ってくれる約束だが、新しいドレスまで作ってくれるとは思わなかった。

昼食は人気のレストランを予約してくれており、午後には王都の名所のひとつである植物園を案内してくれた。大きな川に面しており、木陰《こかげ》を選んで歩いているととても涼《すず》しかった。その後、一度ホテルに戻《もど》り、着替えてから歌劇場に向かう。

選んだのはお気に入りのドレスだ。この姿を見せたかったな、と思う。ルイには酔《よ》っぱらってひっくり返った姿や、破いたスカート姿や、泣いて化粧《けしょう》がぐちゃぐちゃになった姿など、とんでもない姿ばかり見せてしまっているからだ。

待ち合わせ時間になったのでホテルの玄関《げんかん》に出てみると、フランクが先ほどの黒塗《くろぬ》りの自動車とともに、盛装で迎えに来てくれていた。

「うわあー、おきれいですね！　これは役得だなぁ」

フランクの手を借りて自動車に乗り込む。隣《となり》に乗ってきたフランクがセシアの装いを褒《ほ》めた。

「あなたは女性のエスコートに慣れているみたいね。ルイは苦手そうだけれど」

「ルイ？　……ああ、そう、トレヴァーさんも」

ルイの名前にフランクが一瞬戸惑《いっしゅんとまど》った様子に、ふと、ルイが名乗っている「ルイ・トレヴァー」という名前は偽名《ぎめい》なのかもしれない、と思った。考えてみれば人を偽《いつわ》る任務に本名を使うわけがない。なぜその可能性に気付かなかったのだろう。

ルイの本名は別にある。心の奥をちらりとクロードがよぎる。

自動車は夕方の王都を縫《ぬ》うように走り、ほどなくして王立歌劇場が見えてくる。遠目にも立派な建物だが、近づけばその大きさに圧倒《あっとう》される。そしてドレスアップした人たちの多さ。歌劇場は舞踏《ぶとう》会と並ぶ社交の場だ。だからみんなめかしこんで訪れる。

やがて自動車は滑るようにして歌劇場前のロータリーに入る。案内係に従って正面に自動車をつけてもらい、フランクに促《うなが》されて降りたところで、ふと目の前が暗く……いや、黒くなった。

顔を上げると、黒い軍服に帽子を目深にかぶったルイが立っていた。

意外な人物の登場に、セシアはぴたりと動きを止めてルイをまじまじと見つめた。

「……ルイ？　仕事帰り、なの？」

最近は私服姿ばかり見ているせいだろうか、こんな人だっただろうかと思う。間違《まちが》いなくルイなのだが、全然知らない人のようにも思える。

「トレヴァーさん、どうかしましたか？　何か急ぎの用件でも？」

どこかおかしそうに言うフランクを、ルイが睨《にら》む。

「仕事が早く終わったので、セシアと観劇に行こうと思ったのだが、何か問題でも？　セシアと仲良くするというのが俺の任務だからな」

「ああ、そうですね！　じゃあ、僕はこれで。あ、自動車のほうは、どうしますか？　一応、終演の時間に迎《むか》えに来ることになっているんですが。あと、夕食は終演後、セシア様がお泊《と》まりのホテルのレストランを予約しています」

「わかった。自動車はこれだな？」

ルイがセシアとフランクの背後にある自動車を見る。

「あとは俺が引き継《つ》ぐ。チケットを」

「引き継ぐって……言い方がひどすぎますよ」

フランクが笑いを堪《こら》えきれない様子で、上着のポケットからチケットを取り出してルイに手渡《てわた》した。

「せっかく盛装してきたのに残念だな。ではセシア様、行ってらっしゃいませ」

フランクにニコニコと送り出されたおかげで、彼への後ろめたさが少しだけ減った。

ルイが手を差し伸《の》べてくる。その手に自分の手を乗せた。

フランクのエスコートが物足りなかったわけではないが、ルイが隣にいなくて寂《さび》しかった。ルイと一緒に王都を回りたかった。ジョスランのせいですっかり苦手意識がついてしまった王都の社交界も、ルイと一緒なら平気だと思う。

セシアはそっと、傍《かたわ》らのルイを見上げた。まだ建物の外だからか、帽子《ぼうし》を目深にかぶっているのでその表情はよくわからない。スッと通った鼻梁《びりょう》に引き結んだ唇《くちびる》、目つきが鋭《するど》いけれど顔そのものは整っていてかっこいいと思う。それにルイは体も手も大きくて、背中も広くて、本当に、そばにいてくれたら心強い。

最初に「必要以上に関わらない」と言ったくせに、ルイはずっとセシアを気にかけてくれている。セシアからボロが出たら作戦が失敗してしまう、というのもあるが、ジョスランの目がないマイールの散策には付き合う必要がなかった。それなのに、傷をかばうセシアのスピードに合わせて歩いてくれた。

本当の彼は優しい。本当の彼をもっと知りたい。けれど、ルイはずっとセシアと距離《きょり》をとりたがっている。

——一番の目的は、おじい様の無念を晴らすことだものね。

時が来たらこの関係は解消されるのだ。絆《きずな》を結ぶ必要なんてない。雰囲気《ふんいき》から察するに、事件解決後のルイはきれいさっぱりセシアの前から消えるだろう。そして二度とセシアの前に現れることはない。

自分も大人だ、わがままは言うまい。でもやっぱり寂しい。この人のそばにいたい。

——この人のことが好きなんだわ、私……。

ストンと、ルイが気になってしかたがない理由が胸に降りてきて、セシアは納得した。

関係の解消が前提であり、解消後は行方《ゆくえ》がわからなくなる人に恋《こい》をするなんて。

叶《かな》うことのない恋心を噛《か》みしめながら、ルイを見つめる。ふと、彼の帽子から覗《のぞ》く髪色《かみ》が、黒色でないことに気が付いた。夕闇《ゆうやみ》のせいでわかりにくいが……。

――白……いえ、銀……？

そのことに気付いた途端《とたん》、冷たい水を浴びたような気持ちになる。青い瞳《ひとみ》に銀色の髪の毛はレストリア人の色。

今日は仕事だと言っていた。どうして今、その色になっているのだろう。

ルが示した偽装結婚《ぎそうけっこん》の期間は三か月だが、場合によってはもっと早くに終わる可能性は示《し》唆《さ》されていた。ルイにもう次の仕事が入ったのだとしたら、彼がそばにいてくれる時間は、セシアが思うよりもずっと短いのかもしれない。

歌劇場の中、ルイとともに歩きながら、セシアは黄金色のスカートを握《にぎ》り締《し》めた。

係員に案内されたのはボックス席。そこで初めてルイが帽子を取る。薄暗《うすぐら》い場所でもルイの髪の毛は目立った。せっかくイヴェールが取ってくれたチケットにもかかわらず、セシアは気付いてしまった事実に気を取られ、歌劇の間をうわの空で過ごした。

そのあとは、迎えの自動車でホテルに戻り、予約してあるレストランに行く。合流してからルイとの会話はほとんどない。なぜ彼が何も言わないのかはわからないが、こちらを見ようとしないので話しかけてほしくはないのだろう。

席に着いて初めてセシアは、銀髪《ぎんぱつ》姿のルイを正面から見ることができた。初めて会った時、クロードに似ていると思ったことを思い出す。改めて見ても、やっぱり似ている、気がする。でも自信はない。今まで何人ものレストリア人に会ってきたが、みんな似た系統の顔立ちをしているし、クロードと別れて十二年もたっている。あの時、クロードは十五歳、まだ大人になる前の華奢《きゃしゃ》な体つきをしていた。生きていれば二十七歳だ。だいぶ変わっていると思う。……ルイの年齢《ねんれい》は聞いていないが、セシアよりは少し年上に見えるから、現在のクロードと同じくらいだろうか？

「ねえ、その髪色はどうしたの？」

正面にいながら気付かないふりをするのも不自然かと思い、疑問を口にする。

「ああ、これ。イヴェールの指示だ。あいつは中央の人間がカエルより嫌《きら》いだからな。嫌《いや》がらせの一種だろう。目の色のせいで髪を銀色にすると、レストリア人に見えるから」

前髪をつまみながら、ルイが答える。

イヴェールの代わりに中央司令部に顔を出したのか。

「嫌がらせのためにあなたの髪色を銀にさせたというの？　イヴェール少佐《しょうさ》って、ひどい人ね。レストリア人をばかにして」

「レストリア人をばかにしているのはむしろ中央の連中だけどな。一度髪色を変えると、しばらくはこの色でいないといけない。悪いが、少しの間我慢《がまん》してくれ。なるべく近くにはいないようにするから」

人種差別による視線のことだろうか。

「私は気にしないわ。昔、屋敷《やしき》にレストリア人の使用人がいたの。仲良くしてもらっていたわ」

「そうか」

セシアの言葉に、ルイが頷《うなず》く。それ以上の反応はない。

――やっぱり違《ちが》うのかしら。違うのでしょうね……。

記憶《きおく》の中のクロードと目の前のルイを同一人物だとするには、決め手に欠ける。というか、外見以外だと年齢が近いという共通点以外は何もないから、たぶん他人。

そしてルイはセシアと距離をとろうとし続けている。これはおそらく、仕事相手と面倒《めんどう》なことにならないための対策だという気がする。それならルイの意図を汲《く》むのが「正解」というものだろう。

気持ちを押し殺しながら、セシアは店員おすすめのワインを口にした。喉《のど》を通り過ぎてしばらくすると、体の中が熱くなり気持ちがふわふわしてくる。さっきまでの悩《なや》み事が遠くなり、楽しい気持ちでいっぱいになる。

「セシア、ワインというのは料理に合わせて少しずつ飲むものなんだ。そんなにごくごく飲んだら、すぐに酔《よ》いが回る」

「そうなの？　でもおいしいんだもの。おかわりはもらえる？」

空になったグラスを振《ふ》って楽しそうにするセシアに、ルイが呆《あき》れたような視線をよこしてくる。

グラスを振るセシアに気付いて、店員がワインボトルを差し出した。

「今日は、たくさんは飲まないから大丈夫《だいじょうぶ》よ。前は何杯《なんばい》で寝《ね》ちゃったんだっけ」

「四杯だな」

「わかったわ、今日は三杯《ばい》までにしておくわね」

なんとも言えない顔をしたルイの前で、セシアは店員に新しく注いでもらったグラスに口をつけた。

料理はおいしかった。ワインも、ルイのアドバイス通り三杯で止めておいた。食事が進むにつれ眠気《ねむけ》が強まってきているのは気付いていたが、三杯しか飲んでいないから大丈夫なはずだ……。ああだめ、目を開けていられない。

デザートの前に、セシアは限界を迎えた。マイールとまったく同じ展開だ。

――私のワインの適量は、二杯までね……三杯はだめだわ……。

とろける瞼《まぶた》の向こうで店員とルイが慌《あわ》てる気配を感じながら、セシアは心の中でそう結論を出した。実際のところは酒量より飲み方の問題なのだが、時すでに遅《おそ》し、である。

ゆらゆらする。

ゆらゆら……ふわふわ……。

ベッドの上かな、と思ったが、それにしては体に自由がない。それに前後左右にゆらゆらと揺《ゆ》れる。体の揺れに合わせてコツコツという音が聞こえる。これは、靴《くつ》の音だ。

「こちらです」

「ありがとう」

男の人の声。ドアが開く音……閉まる音……鍵《かぎ》がかかる音。

わかった。ルイが部屋に連れてきてくれたのだ。なんということだ、マイールの二《に》の舞《ま》いをやってしまった。今すぐ起きて「ありがとう」と言わなければ。あの時は服を脱《ぬ》がしてもらったが、あれをもう一度やられたら恥《は》ずかしいし、情けない。ああ、眠《ねむ》い……。

体がそっと柔《やわ》らかいものの上に横たえられる。ベッドに寝かされたのだとわかる。もう少しゆらゆらしていたかった。

「セシア」

ルイの声が聞こえる。ちゃんと聞こえているが、瞼は開かないし声も出ない。

「寝ているのか？　セシア」

ぷにぷにと頬《ほお》をつねられる。

――痛いです。寝てないわ。でも眠くてたまらないの。

このまま眠ってしまいたいけれど、歌劇を見に行くためにドレスアップしているから、脱がなければ。今日着ているのはお気に入りのドレスだし、合わせているアクセサリーも高価で繊細《せんさい》なものだ。このまま寝たら大変なことになる。

「人の気も知らないで、いい身分だな。でもな、少し、痩《や》せたほうがいい。落とさなかった俺は偉《えら》い」

ルイのぼやきが聞こえる。珍《めずら》しい。セシアが寝ていると思っているからだろう。だがぼやきの内容は失礼すぎる。人が気にしていることを。最近のドレスの流行が細身のデザインだから、胸が大きいセシアはどうしても太って見えてしまうのだ。

内心で憤《いきどお》っているセシアだが、眠気が強くて指先ひとつ動かせない。朝になったら文句をつけてやろう。そう思っていた時だった。ルイの手がセシアの首筋をまさぐる。くすぐったくて思わず身をよじってしまう。

「動くな。外せないだろう」

どうやら首飾《くびかざ》りを外そうとしてくれているようだった。しかたがない、おとなしくしてあげる。

しばらくして、首元にあった重みがスッと離《はな》れていった。かちゃり、と固いものを置く音がする。首飾りは外せたらしい。その次に耳に触《ふ》れ、重たいイヤリングを取り去る。

これでおしまいかな、と思って安心していたら、ルイの手がスッと頬を撫《な》でた。

「セシアは危機感がなさ過ぎる。男と二人きりの時に酔っぱらって潰《つぶ》れるなんて、襲《おそ》ってくださいと言っているようなもんだぞ。……俺以外のやつと飲むなよ、絶対に」

頬を撫でていた指先が、今度は唇《くちびる》に触れてくる。ゆっくりと輪郭《りんかく》をたどるように唇をなぞる。ルイの意図はわからないが、まるで大切なものを愛《め》でるような触れ方に頭が混乱する。ルイは自分のことなんて、なんとも思っていないはずではなかったか？

しばらくして、セシアの唇をなぞっていた指が離れる。優しくてほんの少し甘い時間が終わってしまい、寂《さび》しい。立場上、ルイはセシアと距離《きょり》を保たなければならないのだとわかっているけれど、ちょっとくらいは気にかけてくれているのだろうか。そうだと嬉《うれ》しい。

不意に、ルイがセシアの頭のすぐ横に手をつく。

ぎし、とベッドが鳴る。

なんだろうと思った次の瞬間《しゅんかん》、ふわりとセシアの唇に指よりも柔らかいものが触れてきた。

さすがに眠気が吹《ふ》っ飛ぶ。目を開けると、すぐ前にルイの顔があった。

ルイは角度を変えてセシアの唇をついばむ。

——どういうこと……!?

ルイはセシアには女としての魅力《みりょく》を感じていないのではなかったか。だから同室でも平気だと言い切っていたではないか。

大混乱しているうちに、ルイが体を離す気配がしたので、セシアは慌てて目を閉じた。

起きていることがバレたら、自分たちの関係が壊《こわ》れてしまう気がした。残りわずかな日々を気まずい思いで過ごしたくはない。

「……俺は、ずっと、セシアのことが好きだった」

ややあって、ぽつりとルイが呟《つぶや》く。

「手が届かないお嬢様《じょうさま》のままでいてほしかった。俺の手は汚《よご》れている。セシアに触《さわ》る資格なんてないんだ。なのになんで、こんなことになったんだろうな。偽物《にせもの》の夫婦なんて」

ルイが自嘲《じちょう》する。

セシアは動揺《どうよう》が表に出ないよう気を付けながら、ルイの告白を聞いていた。

ずっと好きだった？　手の届かないお嬢様のままでいてほしかった？

そんなことを言いそうな青い目の持ち主なんて、一人しかいない。

——まさか、そんな……。

心臓が早鐘《はやがね》を打つ。目を開けてルイを問いただすべきだろうか。いや、だめだ、平静さを保てない。とんでもないことを口走りそうで怖《こわ》い。そんなことをしたら、ルイとの関係が決定的に壊れてしまう。それだけは嫌《いや》だ。

しばらくして、ルイが体を起こして部屋から出ていく。

パタンとドアが閉じて一人になった途端《とたん》、セシアは目を開けて盛大に息を吐《は》いた。寝たふりというのもけっこう気を遣《つか》うようで、体ががちがちだ。

――ルイはクロードだったんだわ……。

セシアは堪《こら》え切れず、ベッドの中で顔を覆《おお》った。なんだか泣いてしまいそうだ。

彼は、ずっと会いたいと思っていた人の今の姿。

エルスターを出て彼は軍隊に入り、戦争にも行った。名前を捨て別人になりすます任務に就いた。だから今も徹底《てってい》して「他人のふり」をしている。

――そうよ、答えなんてとっくに出ている。私たちは「他人」なのよ。

だから決して「あなたはクロードでしょ？」なんて聞いてはいけない。

せっかく会えたのに。会いたくてたまらなかったのに、他人のふりをし続けなければならないなんて……。

でも他人のふりをすると決めたのだ。これはルイのためにも守らなければ。

そんなことを考えているうちにドアがノックされ、返事をする前に連れてきたメイドが入ってきた。

「セシア様、起きてくださいませ。着替《きが》えましょう」

大きな声で呼びかけられる。

セシアは、今気がついたかのように目を開けて、のろのろと体を起こした。

「セシア様のお着替えのお手伝いは、前回で懲《こ》りたそうですよ、ルイ様」

メイドに「そう」と小さな声で答えて、ベッドサイドに降りる。

体がひどく重かった。

第四章　偽装夫婦の終焉

王都三日目の朝。セシアはメイドに「ルイ様とお出かけの予定が入りましたので、起きてください」と叩《たた》き起こされ、身支度を調えられ、ホテルのロビーに送り出された。

思いっきり朝寝坊《あさねぼう》してしまったのは、「ルイがクロードだった」という事実について思いを巡《めぐ》らせてなかなか寝付《ねつ》けなかったからである。

ロビー横のラウンジには、きちんとスーツに身を固めたルイが新聞を読みながら待っていた。髪《かみ》の毛は銀色のままだ。

「……おはよう、と言うべきなのかしら……」

「もうすぐ昼だが」

セシアが声をかけると、ルイが手にした新聞をたたみながら答える。

「……昨日は、また迷惑《めいわく》をかけてしまったみたいね。メイドから聞いたわ。実は、途中《とちゅう》からまったく記憶《きおく》がないの」

「セシアはもう人前で酒は飲まないほうがいいな」

何も覚えていないふりで話しかけると、ルイがいつも通りに答える。

「あのあと、あなたはどこに？」

「イヴェールが押さえているほかのホテルに行った。そのイヴェールがヴェルマン伯爵《はくしゃく》と会う約束を取ってくれた。イヴェールからの詫《わ》びだ」

「どなた？　それに、詫びって？」

「セシアはエルスターに工場を誘致《ゆうち》したがっていただろう。でもドワーズ侯爵《こうしゃく》の急逝《きゅうせい》で話が止まっている。その話をイヴェールにしたら、ちょうどいい人物が知り合いにいるから紹介《しょうかい》しようと言ってくれたんだ。ヴェルマン伯爵は製糸工場を経営しているし、経済にも明るい。若い頃《ころ》、外国で暮らしていたから見識も広い。セシアの心意気を買ってくれる人物だろうと、イヴェールのお墨付《すみつ》きをもらっている」

「どうしてイヴェール少佐《しょうさ》は、そこまでしてくださるの？」

ルイには迷惑をかけている。間違《まちが》いなく。でもイヴェールがそこまでセシアに気を遣う理由がわからない。

「フェルトン確保はイヴェールにとって最重要事項《じこう》だからだよ。セシアに無茶を言っている自覚があるんだろう。だからイヴェールはセシアに、とことん恩を売りたいんだ。仇《あだ》で返されたくないから」

「仇ねえ……」

本当にそれだけだろうか。何か裏がありそうな気がする。

「確かにイヴェールは面倒《めんどう》くさいヤツだが、今回に関してはおとなしく受け取っておいても問題ない。……表に馬車を待たせている。そろそろ行こう」

ルイがそう言うのなら、大丈夫《だいじょうぶ》なのだろう。

ルイが手を差し出す。セシアはその手に自分の手を重ねた。あと何回、「夫婦」のふりができるのだろう。

一緒《いっしょ》にいられる時間を大切にしなければ。彼の顔も、声も、広い背中も、記憶に刻み付けて忘れないようにしなければ。

上流階級の女性に見えるセシアを伴《ともな》っているからか、銀髪《ぎんぱつ》のルイに対してもホテルの職員たちは丁寧《ていねい》な対応をするが、視線は冷ややかだ。

上質な服をまとっていても、貴婦人をエスコートしていても、この国の人のレストリア人への意識はそんなものだという現実。

銀色の髪の毛は、時として「埃《ほこり》をかぶったかのようだ」と表現されることもある。

「……あなたのその髪、私はきれいだと思う」

セシアは歩きながら小さな声で囁《ささや》いた。

「それは、どうも」

聞こえなくてもいい。そう思って呟いたのに、ルイが返事をしてきたので驚《おどろ》いた。

イヴェールの紹介だけあり、ヴェルマン伯爵は知識が豊富にもかかわらず非常に気さくな人柄《ひとがら》で、ルイの髪色にもセシアの夢にも動じることなく協力を申し出てくれた。

一も二もなくセシアへ協力してくれることになった理由が「イヴェール少佐に恩人とまで言われる方をお断りする理由なんてありませんよ」だったあたりに、イヴェールの底知れなさを垣間《かいま》見《み》た気持ちのセシアだった。


ヴェルマン伯爵との面会を終えた翌日、セシアとルイはたくさんの土産《みやげ》を抱《かか》えて久々にエルスターに戻《もど》った。

屋敷《やしき》に戻ってみるとなんだか様子がおかしい。使用人たちがずいぶんバタバタと動き回っているのだ。

「ジョスラン様たちがお越《こ》しになっています」

玄関《げんかん》に出《で》迎《むか》えのため現れた執事《しつじ》のトーマが、ルイの髪色の変化に気付いてわずかに目を瞠《みは》った。だが、そのことには言及《げんきゅう》せずに、セシアに耳打ちする。

「……『たち』？」

「ジョスラン様と奥様が、ご友人を連れていらっしゃっているんです。あとは王都のお屋敷にいる使用人たちが何人か」

セシアが傍《かたわ》らにいるルイと顔を見合わせる。

「その友人というのは、小汚《こぎたな》い格好をした不健康そうな顔の男か？」

「ええ、そうです」

ルイの質問にトーマが頷《うなず》く。

「今、その男はどこに？」

「これが、姿が見えたり見えなかったりなんですよ。食事も部屋に置くように指示されるだけで、いつ召《め》し上がっているのか……。部屋にもいつ戻っていつ出かけているのかよくわからないのです。それなのに気が付くと、物陰《ものかげ》から使用人をじっと見ていたり」

「不気味ね」

その男がおそらくフェルトンだろう。常識がない人物らしい。

「そのご友人もですが、ジョスラン様のご様子も少し気になります」

トーマがまわりを警戒《けいかい》しつつ声をひそめる。

「何かを探されているようで、あちこちの部屋に勝手に入っているようなのです。書斎《しょさい》にも入りたがるので、そこはさすがに阻止《そし》しましたが」

「書斎にも？」

セシアが訝《いぶか》しげに聞き返した時だった。

「やあ、セシアにルイ君！」

階段の上から大きな声が降ってきた。玄関ホールにいるセシア、ルイ、トーマの三人が顔を向けると、ジョスランが階段を下りてくるところだった。手には紙の束を持っている。物音でセシアたちの到着《とうちゃく》に気が付いたのだろう。

「おや、ルイ君。なんだ、その髪は。まるでレストリア人じゃないか」

近づきながら、ジョスランがルイの色素のない髪の毛に目を留めて言う。ルイの顔からスッと表情が消える。

「ところで、困ったことが起きてね。王都のタウンハウスで水道管の破裂《はれつ》があって、復旧するまで半月くらいかかるらしいんだ。新婚《しんこん》の君たちには悪いと思ったんだが、王都のホテルというホテルが社交シーズンということで空室がないと断られて。しばらくこっちに来ることにしたよ」

ジョスランがニヤニヤしながら見つめてくる。

なんということだ。ジョスランが乗り込んできてしまった。

セシアは怖《こわ》くなり、一歩後ずさった。すぐ隣《となり》にいるルイの腕《うで》に、自分の腕が当たる。

「なあに、半月もすれば王都に戻るんだ、問題ないだろう？」

「え……ええ、もちろん」

セシアは掠《かす》れる声で答えた。

「そういうことなら、ゆっくりしていってください……」

怖い。ジョスランが怖い。初めてそう思った。自分の命が狙《ねら》われているとわかっているからだろう。怯《おび》えた姿を見せれば相手の思うつぼだから、普段《ふだん》通りにするべきだ。そう思うのだが、どうしても体がこわばってしまう。

その時、冷たくなった指先をルイの手が包んできた。

セシアははっとなる。

——私は一人じゃない……。

そう、今は、一人でジョスランを相手にする必要はないのだ。

セシアの指先に触《ふ》れているルイの手を、セシアはぎゅっと握《にぎ》り返した。そしてひとつ大きく呼吸をする。

「ゆっくりしていってもらって構いませんが、この屋敷にはこの屋敷のルールがありますので、お連れの方々にもそうお伝え願えますか？　それから、書斎には出入りしないでくださいませ。意味はおわかりですね？」

凛《りん》とよく通る声でセシアが告げると、ジョスランがむっとした表情になった。

「いいだろう」

明らかに納得していない様子で、ジョスランが答える。

「では失礼しますわ、叔父《おじ》様。たった今、王都から戻ってきたばかりなので疲《つか》れているの。少し休まなくちゃ。荷ほどきもしなくてはならないし」

「僕はおまえに用がある」

「私はありません」

「ここで話をしてもいいのか？　大勢の人がいるが？　それとも全員すでに知っていておまえの茶番に付き合っているのか？　それにそいつのその髪色《かみ》、なんだって今さら元に戻したんだ？」

ジョスランが意味ありげにルイを目指してあごをしゃくる。

――茶番？　元に戻した？

その思わせぶりな態度に、セシアは表情を険しくした。ちらりと傍らのルイを盗《ぬす》み見る。相変わらず無表情だが、わずかに目つきを険しくしているようだ。

ジョスランに視線を戻す。ジョスランはじっとこちらを見たままだ。

「今すぐ？」

「ああ、今すぐ」

「私だけに？」

「そうだ。まずはおまえだけに話を聞きたい。……僕の恩情だよ、これは」

嫌《いや》な言い方に、セシアは思わずルイの手を握る指先に力を込めてしまった。

――何か証拠《しょうこ》をつかまれたんだわ。

冷や汗《あせ》が出る。偽《ぎ》装結婚《そうけっこん》だということが明るみに出れば、屋敷や領地を奪《うば》われるだけでなく、セシア自身が罪に問われる可能性がある。

イヴェールには「案件が片付いたら」という条件でセシアの戸籍《こせき》はきれいに戻してくれる約束をしてもらっているが、片付く前に偽装結婚がバレた場合は？　その話はしていない。

――そんなの、今考えてもしかたがないこと。

今ここに、イヴェールはいないのだ。

――大丈夫《だいじょうぶ》、私は一人じゃない。……なんとかなる。

セシアはそっとルイの指先に絡《から》めていた手をほどき、一歩前に出た。

「いいでしょう、話を聞くわ」


ルイとトーマを玄関ホールに残したまま、ジョスランがセシアを案内したのは、先ほど出入りするなと告げた書斎だった。

ここは当主の許可なく立ち入りできない部屋なのに、ジョスランがドアを開けてセシアを中に促《うなが》す。

自分が有利に立っているという意思表示だと、セシアは受け止めた。

「座ったらどうだ？」

書斎の手前にある応接セットへの着席を促され、セシアは腰《こし》をかける。

「セシア、おまえは夫であるルイ・トレヴァーとは、一年ほど前に奉仕《ほうし》活動で出会ったと手紙に書いていたな？」

「ええ」

「おまえはあいつが『ルイ・トレヴァー』だと思っているのか？」

「どういうことでしょうか？」

セシアはジョスランを睨《にら》んだ。

「これはなんだ？」

ジョスランは手にしていた紙束から一枚を抜《ぬ》き、セシアの目前に突《つ》き付ける。

ルイに書かせた偽装結婚に関する誓文《せいもん》だった。

セシアはざっと青ざめた。なぜこれがここにあるのか。

「これを見る限り、おまえたちの結婚が便宜《べんぎ》的なものであることが明白だな？　屋敷《やしき》の使用人たちに確認したぞ、おまえは今まで夫探しをしたがらなかったこと、今年は夫を見つけるために王都へ行ったこと。本当は、おまえにはすぐに結婚できるような相手はいなかった」

ジョスランは立ったままぎらぎらとした目つきで睨む。

「ということは、この結婚は僕がドワーズ家を継《つ》ぐのを阻止《そし》するために仕組まれたものだ」

「違《ちが》うわよ」

　セシアはジョスランから紙をひったくると、ビリビリと破いた。拾い集めてつなぎ合わせるのも無理なほど細かく破き、わざと床《ゆか》に紙をばらまいてみせる。ジョスランの顔が怒《いか》りのあまり赤くなっていく。

　これが見つかったということは、ルイの誓文と一緒《いっしょ》にしまっていたアレン王子の誓約書《せいやくしょ》も見つかったのだろうか。あれは本物だ。もしジョスランに奪われていたら、アレン王子に迷惑《めいわく》がかかってしまう。

「単なるお遊びを真に受けてもらっても困るわ。私たちの関係は急ごしらえに見えるわねって、冗談《じょうだん》で作っただけ。叔父様に誤解を与《あた》えたのなら謝ります。そんなことより、私の部屋に勝手に入るなんて、あまりにも失礼だわ」

「どっちが失礼なんだ。僕が何も知らないとでも思っているのか？」

　ジョスランが顔を歪《ゆが》め、残りの紙束をセシアの前にぶちまけた。

　テーブルの上に、何枚かの写真と新聞の切り抜きが散らばる。

「本物のルイ・トレヴァーだ」

「本物？」

　セシアは写真を手に取った。

　がっしりした体つき、鷲鼻《わしばな》に角ばった頬《ほお》の顔、髪の毛は黒くて癖《くせ》がある。

続いて、新聞の切り抜きに手を伸《の》ばす。尋《たず》ね人の切り抜きだった。目を落とすと、トレヴァー子爵《ししやく》が軍隊に入った息子《むすこ》を捜《さが》しているという。名前はルイ・トレヴァー。二十八歳……東方軍所属、階級は少尉《しょうい》。リーズ半島で消息を絶ち今も行方《ゆくえ》がわからない……。

頭の中でピースがかちりと当てはまる音がした。

「おまえの夫も北部出身で、トレヴァー子爵の縁者《えんじゃ》だと言ったが、どうにも胡散臭《うさんくさ》い。だから弁護士をしている友人と『ルイ・トレヴァー』について調べたよ。トレヴァー子爵の次男で、庶子《しょし》ゆえに軍隊に入った。長男が病没《びょうぼつ》したため、トレヴァー子爵はこの次男を捜しているんだそうだ。もっとも、リーズ半島で行方不明になっているのなら生存は絶望的だが」

ジョスランが新聞の切り抜きの端《はじ》っこ、尋ね人の広告を出している依頼《いらい》人の名前をトントンと叩《たた》いた。

「本物のトレヴァー子爵にも会った。この写真は、トレヴァー子爵から借りてきたものだ。全然似ていないな？」

覚え書きだけでなく、本物の証拠まで用意されているなんて。

セシアは体が震《ふる》えないよう、腹に力を込めた。動揺《どうよう》していると知られたら、ジョスランの言い分を認めてしまうことになる。

「ここまで言っても言い逃《のが》れるつもりか？　おまえの夫が『ルイ・トレヴァー』だと」

「何をおっしゃっているのかしら。私たちの結婚は本物よ。本物ということはつまり、彼は実在する人物だということよ」

それでもやはり少し声が震えてしまった。

「そりゃ『ルイ・トレヴァー』は実在の人物だからな。だが、なりすまし男との結婚が成立するはずがない。おまえは国を騙《だま》してドワーズ家の財産を手に入れた。これは立派な詐《さ》欺《ぎ》罪だぞ。しかも相手は昔ここにいた、銀髪《ぎんぱつ》の使用人の息子だな？　義姉《あね》上が気まぐれに拾ってきた。おまえも最低だが、おまえの夫も最低だな」

「……っ。何を証拠に」

「証拠ならあるさ。これだ」

ジョスランが執務《しつむ》机の上から何かを取り、テーブルへ乱暴に置いた。セシアのからくり箱だった。置かれた衝撃《しょうげき》でバラバラになる。すでに壊《こわ》されていたようだ。

セシアはそれを信じられない思いで見つめた。

これは、父がセシアにプレゼントしてくれた思い出の品。

箱の残骸《ざんがい》の中から、ジョスランがぼろぼろの紙きれを取り出す。クロードの手紙だ。

「こんな走り書きを大切にとってあるくらいだ、おまえにとってクロードは特別な人間だった。侯爵令嬢《こうしゃくれいじょう》と戦争難民とじゃ身分違いも甚《はなは》だしいからな、おまえたちの関係を公にできるわけもない。おまえが王都の社交界を避《さ》けていたのは、こいつがいたからだろう？」

「何を言っているの？　私はクロードとは……」

「父上が亡くなり結婚する必要が出てきた。だからおまえはクロードに話を持ちかけた。それとも向こうから提案されたのか？　解《げ》せないのは、クロードが他人になりすましている点だ。戦争で行方不明になっている人間ならバレないとでも思ったんだろうが、身分を合わせるためにそこまでするか？　バレたらおまえともども破滅《はめつ》するだろうに。そして実際、僕にバレた。ここから導かれる結論はひとつ」

ジョスランは勝ち誇《ほこ》ったような顔で、クロードの手紙をビリビリと破り始めた。

セシアは瞬《まばた》きも忘れ、その様子を見つめた。見つめることしかできなかった。

「あいつの目的は、おまえを助けることじゃない。間違《まちが》いなくドワーズ家への復讐《ふくしゅう》、そして破滅だろう。違うのか？　でなければなぜ正体を偽《いつわ》る必要がある？」

破り終えた手紙を床にばらまき、ジョスランがこれ見よがしに踏《ふ》みにじる。

「トーマに聞いた。クロードはおまえに大けがをさせた咎《とが》で解雇《かいこ》され、母親と一緒に領地から追放されたんだってな。この国で庇護《ひご》のないレストリア人難民がまともに生活できるわけがない。転落のきっかけになったおまえを、あいつは許していない。だからおまえに付きまとうんだろう。未練がなければそんなことはしないはずだ」

ジョスランがセシアを睨む。

「もしかして、父上に妙《みょう》な遺書を書かせたのも、父上を殺したのも、あいつかもしれないな。正直にいって都合よすぎるもんな。おまえの相続の条件に結婚がついているなんて。そうは思わないか？　セシア。おまえはあの悪党にまんまと騙されたんだよ！」

「適当なことを言わないでください！」

ついにセシアは叫《さけ》んだ。

「証拠《しょうこ》もないのにルイを悪者にして！　あなたは最低だわ」

込み上げる涙《なみだ》を堪《こら》えられず、菫色《すみれいろ》の瞳《ひとみ》からぽろぽろと涙をこぼしながら、セシアはジョスランを睨んだ。

頭の中で今まで言葉にならなかったもやもやとしたルイへの疑念が、すべて晴れていく。

そうだ、都合がよすぎるのだ。

祖父が死んだ原因はジョスランにある。祖父にフェルトンの試験薬が使われたのもほぼ確実……というところまでは納得できるものの、ルイの登場は確かに都合がよすぎた。

――本当に偶然《ぐうぜん》なの？　私に対して恨《うら》みを持つ人物が、仮の夫として抜擢《ばってき》されるものなの？

何かあるのではないかと勘繰《かんぐ》ってしまう。何しろ差し出すのは、セシアの伴侶《はんりょ》という立場だ。イヴェールは東方軍司令官アレン王子の言質《げんち》を取ってくれたが、本当に果たされるかどうかわからない。

つまりセシアの立場は、とても危ういもののままなのだ。

信頼《しんらい》しようにも、彼らのことはほとんど知らない。ただ「アレン王子」や「軍」という国家権力を信用して話に乗っただけ。はしごを外される可能性はある。

――また私が愚《おろ》かなせいで……。

今度は何を失うのか。身分？　立場？　それともドワーズ家そのもの？　それだけで済む？

「男にあっさり騙されるようなやつに、この家の相続を認めるわけにはいかないよなあ⁉正統な相続人の一人である立場の人間からするとなァッ！」

ジョスランが言いながら、バンバンとテーブルを叩いた。からくり箱の破片が勢いで飛び散る。大きな物音と飛んできた破片に、セシアは悲鳴を上げて耳を塞《ふさ》いだ。

ジョスランを騙しこの家を相続したのは事実だ。ジョスランが激昂するのも当然だ。

「偉《えら》そうに当主面するのはやめることだな、おまえの所業を裁判所に訴《うった》えればどちらの主張が認められるのか、はっきりしている」

「裁判を起こすの⁉」

セシアはぎょっとして思わず大声で言い返した。

「ああもちろん、父上の遺言書もおまえの結婚《けっこん》も、正式に国に認められているものだからな。おまえたちの所業を暴いて僕がドワーズ侯爵《こうしゃく》になるためには、裁判が必要なんだ。おまえの行いに対して正しく報いを与《あた》えてやる」

セシアの背筋を冷たいものが走り抜《ぬ》けた。

ジョスランの、自分と同じ菫色の瞳がねっとりとセシアを見つめる。

「それが嫌《いや》なら……わかっているよな？」

「報い……？」


書斎《しょさい》を出て自分の部屋に向かう。階段を上がったところで、ルイが待っていた。

「ジョスランとの話は終わったのか？」

セシアはうつろな目で、心配そうに見てくるルイを見つめた。

クロードに違《ちが》いないとジョスランは言った。セシアも、そうだと思う。でもルイが言わないから黙《だま》っていようと思った。けれど、やっぱり見過ごしてはいけないのだ。

なぜならクロードであれば、自分を憎《にく》んでいるはずだから。

「……あなたは誰《だれ》なの……？」

セシアはルイをまっすぐ見つめたまま問いかけた。

「何を言われた？　顔が真っ青だ。それに、涙のあとが」

「答えて！　あなたは誰なの。なんの目的でここに……私のもとに来たの」

「説明したはずだが。軍の命令で」

「そうじゃないわ！　あなた自身の目的よ！」

ルイの顔からスッと表情が消える。この人が感情を読まれたくない時はこんな顔をすることを知っている。だからこれは困惑《こんわく》している証拠。伊達《だて》にここしばらく「妻」を演じているわけではないのだ。

不意に再び涙が込み上げてきて、セシアは慌《あわ》てて目元を拭《ぬぐ》った。

「ここで立ち話もよくない。ひとまず部屋に行こう」

「どの部屋に？」

「主寝室《しゅしんしつ》に。荷物はそこに運んでもらったから」

そう、自分たちは本物の夫婦。泣きたいような笑いたいような気持ちが込み上げてきたが、セシアは促《うなが》されるままおとなしく主寝室に向かった。

元は両親が使っていた部屋だ。いきなりこんなことになったから、模様替《が》えはせずベッドカバーとリネンの交換《こうかん》だけで間に合わせた。ここもジョスランに荒《あ》らされたのだろうか。

両親が使っていた当時のまま残しておいた部屋なのに。

悔《くや》しい。なんだかいろいろと悔しい。

——みんな私のことを好き勝手に……！

ドアを開けて部屋に入る。見た限り、荒らされている感じはしなかった。新婚《しんこん》旅行で増やした荷物が運び込まれている。

「……改めて話を聞こう。ジョスランになんと言われた?」

主寝室に入るなり、ルイが聞いてくる。

セシアは唇《くちびる》を噛《か》みしめて、ルイを見上げた。

切れ長の目、スッと通った鼻筋、引き結んだ唇。顔は整って男らしく、どこか硬質《こうしつ》で冷たい印象を与える。瞳の色は深い青、短い髪《かみ》の毛は銀色。

初めて見た時は「似ている」と思った。でも他人の空似だろうと思った。どうしてそう思ったのだろう。今見れば、目の前にいる人物は間違いなくクロード。セシアの初恋《はっこい》の人、そしてセシアがこの屋敷《やしき》から追い出した人。

どこでどうしているだろう。いつもそう思っていた。

いなくなってしばらくは行方《ゆくえ》を捜《さが》していたが、レストリア人に向けられる差別の実態を知るにつれ、セシアは恐《おそ》ろしくなった。

屋敷から追い出した祖父のことを、クロードは絶対に恨んでいる。そのきっかけを作った、わがまま娘《むすめ》のセシアのことも、許していないかもしれない。クロードを捜し出したら、その結論にたどり着いてしまう可能性があるから、捜すことをやめてしまった。

きれいで楽しい思い出だけ、残しておきたかったのだ。

――卑怯《ひきょう》者なのよ、私は。

セシアは目の前の男を見上げた。

好きだった。好きになっていた。このままそばにいてほしいと願うくらいには。

でも、ジョスランに突《つ》き付けられた事実は胸を揺《ゆ》さぶる。

『あいつの目的は、おまえを助けることじゃない。間違《まちが》いなくドワーズ家への復讐《ふくしゅう》、そして破滅《はめつ》だろう。違うのか？　でなければなぜ正体を偽《いつわ》る必要がある？』

結婚式の時の「借り物の家族」、そして王都で会った「フランク」……イヴェールには使える部下がいくらでもいる。ルイでなくてもよかったはずだ。

「私の質問に答えて。……あなたは……あなたの名前は、クロード……ね？　昔、ここにいた」

セシアの問いかけに、ルイは無表情のまま答えない。

セシアはおかしくなって笑い出した。

「否定しないのね。お久しぶり、と言うべき？　それにしても、なんてひどい茶番なのかしら。あなたと夫婦ごっこだなんて」

「……俺の名前は」

「ルイ・トレヴァー、北部出身でトレヴァー子爵《ししゃく》のご令息ね。知っているわ、東方軍に所属していて、リーズ半島の戦争で行方不明になっているんですって」

セシアの言葉に、ルイはわずかに眉《まゆ》を動かした。やはり、否定しない。

ジョスランの言う通りなのだ。

『ルイ・トレヴァー』が偽名《ぎめい》だということは、わかっていたのよ。でもちゃんと実在する人だったのね！」

「どうしてそう思う？」

「新聞に尋《たず》ね人が出ていたのよ。さっき叔父《おじ》様に、その新聞を見せてもらったわ。そうよね、軍人で行方不明になっている人物なら、なりすますことは可能でしょうね。あなたも軍人だもの」

セシアは大げさに頭を振《ふ》りながら、ルイから距離《きょり》を取った。言っているうちに、目の前の男が本当に信用ならなくなってくる。

この人は信用できると思った。ちゃんとセシアのことを考えてくれると。だから好きになったのに……。

「どうして本当のことを言ってくれなかったの」

「それは無理だ。任務に差し支える」

「任務！　便利な言葉ね。……で、あなたの目的は何？」

ルイからずいぶん距離を取り、セシアはもう一度聞いてみた。

「最初に説明したはずだ。フェルトンをつかまえることだと」

「あなたの目的よ？　この家に……私に……復讐しに来たんじゃないの？」

セシアの問いかけに、ふう、とルイが溜息《ためいき》をつく。

「なるほどな。ジョスランから何を言われたか、だいたい予想がついた。俺は自分の仕事を選べない。フェルトンを追いかけていたら、たまたまその先にジョスラン、そしてセシアがいた。それだけだ。俺が抜擢《ばってき》されたのは、エルスター育ちだからだ。ドワーズとの関係は一切口にしていない」

「信じられないわ」

暗にクロードだと認めたルイをセシアは睨《にら》みつけた。

「信じられなくても、それが事実だ。別にセシアを騙《だま》そうとしたわけじゃない。俺は上官の命令に従ったまでだ。セシアから見れば騙されたように思えるだろうが」

「……」

「ここを出てからいろいろあったのは事実だが、セシアを恨《うら》む気持ちも持っていないし、ドワーズ家に復讐するつもりもない」

「……」

「俺が信用できないというのなら別にそれでもいい。俺は与えられた任務を全うするだけだ。そのためにセシアには協力してもらう。報酬《ほうしゅう》も用意してある。全部最初に話しただろう？」

ルイはどこまでも「職務に忠実な軍人」として接してくる。

「……もういいわ。もういいわよ!!」

セシアはついに叫《さけ》んだ。

「あなたなんて頼《たよ》りにするんじゃなかった！」

セシアはそう言い捨てて、主寝室を飛び出した。向かうのは自分の部屋だ。

そこに向かいながら、その部屋はジョスランに荒らされたのだということを思い出して苛立《いらだ》ちが募《つの》る。ジョスランが横柄《おうへい》な態度を取るのは、セシアの秘密を知ったからだ。セシアを当主の座から引きずり下ろせると思っているのだろう。

そしてそれは間違いではない。ルイだって認めた。少なくとも「ルイ・トレヴァー」という人は別にいる。リーズ半島で行方不明になっていると言っていたから、おそらくきっと、生きていない。そんな人物になりすまして侯爵令嬢《こうしやくれいじよう》に近づいた。ルイはもうそれだけで十分罪に問われる。そしてなりますしとは知らなかったとはいえ、丁寧《ていねい》に調べていけばセシアとルイの関係が即席《そくせき》のものであることもわかるだろう。イヴェールはこのことを公にしたくないようだった。イヴェールの助けがなければ、裁判になったらきっと負けるし、ドワーズ家からも追い出されるだろう。自分がジョスランや、クロードにそうしたように。

皮肉なものだ。自分の行いが自分に返ってくるなんて。

ただ守りたかっただけなのに。父と母の面影《おもかげ》が残るこの屋敷を、祖父が大切にしていた侯爵《こうしやく》家としての伝統を、クロードと歩いたエルスターの森を。

――どこで間違えたの？

いや、そもそも偽装結婚《ぎそうけっこん》なんてものをしようと考えたのが間違いだったのだ。初めから間違えていた。イヴェールには「普通《ふつう》に」協力すればいいだけだったのに、欲《よく》を出すからこんなことになってしまったのだ。

セシアは自室に飛び込むと鍵《かぎ》をかけ、ぐるりと部屋を見回した。

一見荒《あ》らされているような感じはしないが、ジョスランが勝手に入ったのは間違いない。机の引き出しを開けてみると、きちんと整理していたはずの中がぐちゃぐちゃになっていた。

次に、からくり箱をしまっていた収納棚《だな》を確認する。膝《ひざ》をついて下の扉《とびら》を開けてみると、こちらも中がぐちゃぐちゃになっていた。

あのからくり箱は父からのプレゼントだった。とてもきれいな箱だったから、自分にとって一番の宝物を入れようと決めたのだ。そこに、もう会うこともないのだろうと諦《あきら》めていたクロードから手紙をもらって、嬉しくてこのからくり箱にしまいこんだ。

しかしジョスランに壊《こわ》されてしまった。

大切な思い出そのものを壊されたみたいで、悲しくてたまらない。涙《なみだ》が込み上げてくる。

セシアは床《ゆか》に座り込んで膝を抱《かか》え、スカートに顔を押し付けた。

なんてひどい。

叔父にとって自分は本当にどうでもいい存在なのだ。ずけずけとセシアの領域に踏《ふ》み込んでくるのが、何よりの証拠《しょうこ》だ。この人が当主になったら自分はどうなるのだろう。誰《だれ》を頼ったらいい？　きっと「ドワーズ侯爵ジョスラン」が怖《こわ》くて誰もセシアなんて助けてくれない。貴族社会というのはそういうところだ。

ふと、棚《たな》の奥に何かが落ちているのに気付く。手を伸《の》ばして取り出すと、それはアレンの誓約書《せいやくしょ》だった。

どうしてこれだけがここに残されているのだろう。でも無事だったのがこれだけなんて、なんだか笑えてしまう。

――あの時、イヴェール少佐《しょうさ》の申し出なんかに乗らなければ。もっと冷静に考えていれば。

だがイヴェールとしては、セシアをどうしても取り込みたかったのだろうとも思う。だから考える時間を与《あた》えずに、決断を迫《せま》ったに違《ちが》いない。

イヴェールの件に関しては、まだ事態が動いていない。ジョスランがセシアに試験薬を使う際、フェルトン本人も近くにいるはずだから、そこを捕《と》らえるという話だった。ジョスランとフェルトンがどう出てくるかわからないが、セシア一人では太刀《たち》打ちできないのは確実である。

――つまり、できるだけルイと一緒《いっしょ》にいなければならないということね。なんという皮肉。今一番そばにいたくない人物なのに。

「セシア様、そろそろ晩餐《ばんさん》のお時間なのですが」

その時、ドアがコンコンとノックされ、聞き覚えのあるメイドの声が聞こえてきた。

ジョスランと同席の晩餐なんて、まっぴらごめんだ。一瞬《いっしゅん》断ろうかと思ったが、それではジョスランの言い分を認めたように受け止められかねないと思い直す。これ以上ジョスランに侮《あなど》られないためにも、毅然《きぜん》とした態度でいるべきだ。

「わかったわ。私、旅装のままなの。着替《きが》えなくてはならないんだけれど、手伝ってくれるかしら」

セシアはそう言うと、アレンの誓約書を手に持ってのろのろと立ち上がった。この誓約書だけは肌身《はだみ》離《はな》さず持っておかなくては。今となっては、自分を守るものがこれしかない。でもはしごを外されたらおしまい。

また考えなしのせいで、大変なことになってしまった。

どうして自分はこんなに愚《おろ》かなのだろう。情けなくてたまらない。

混乱した頭のままドレスを着替え、食堂に向かう。

そこにはすでにルイとジョスラン、カロリーナの三人がそろっていた。

無表情のルイに、こちらをニヤニヤと見ているジョスラン。気味が悪い。おそらく何も知らされていないのだろう、カロリーナだけがこの場の異様な雰囲気《ふんいき》におどおどとしている。

──叔父様《おじ》の持っている試験薬が、どんな形をしているのかわからないけれど、口にしなければ効かないはず。

料理が運ばれてくる。給仕が同じものを全員の前に並べる。

祈《いの》りを捧《ささ》げたあと、それぞれがフォークやナイフを手に食事を始める。セシアはその様子をじっと見つめていた。

「どうしたセシア。食べないのか？」

料理に手をつけないセシアに向かって、どこか面白そうな顔をしながらジョスランが声をかける。

「毒なんて入れていないぞ？　なんだったら僕の皿と交換《こうかん》するかい？」

「遠慮《えんりょ》します」

セシアはテーブルの下でこぶしを握《にぎ》り締《し》めた。からかい口調から、ジョスランはわかって言っているのだ。

会話がないため重苦しい雰囲気だが、そのせいで晩餐は淡々《たんたん》と進み、あっという間にデザートの時間となった。

「まあ……この赤いものは何かしら。ベリー？」

ムースの上に載《の》っている赤い実に反応して、カロリーナが部屋の片隅《かたすみ》に控《ひか》えていたトーマにたずねる。

「いえ、赤クルミです」

「クルミ！　よかったわ、口にする前に聞いて。私、ひと口でもクルミを食べると具合が悪くなってしまうの……体がかゆくなったり、おなかが痛くなったりするのよ」

「食事がまずくなる。カロリーナ、あれこれ文句をつけるくらいなら残せばいいだろう」

トーマに答えていたカロリーナに対し、ジョスランが吐《は》き捨てるように言う。イライラした口調のジョスランに、カロリーナは縮こまった。

見ていてあまり気持ちのいい光景ではない。セシアはそっとカロリーナから視線を逸《そ》らした。

「ルイ君、外国で手に入れた蒸留酒があるんだが、いかがかな？」

デザート後、ジョスランが作法通りに食後の談話に誘《さそ》う。

「……妻の具合が悪そうなので、遠慮させていただく」

ルイに促《うなが》されてセシアは立ち上がり、振《ふ》り返ることなく食堂をあとにした。

「何も食べなかったのは、試験薬を警戒《けいかい》したのか。あとで厨房《ちゅうぼう》から何か持ってこさせよう」

「ねえ、私たち、いつまで夫婦のふりを続けなければならないの？　叔父様には、あなたが本物のルイ・トレヴァーでないことはバレているの」

廊下《ろうか》を歩きながら、セシアは力なくルイに問いかける。

「ふり？　俺たちは本物の夫婦だろう」

「書類上はね。私はもう、疲《つか》れたわ。あなたと夫婦でいることも、叔父様やフェルトンさんを警戒することも」

「イヴェールには連絡《れんらく》を入れた。数日以内に片付ける。それまでの我慢《がまん》だ」

予想外のことを言われ、セシアはぎょっとした。

どうしてそう大切なことを、当事者でもある自分に伝えないのか！

「何をするつもりなの」

「信頼《しんらい》されていないのはわかっているが、俺に課せられているのはセシアの安全確保だ。絶対に守る。だがいつどのように仕掛《しか》けてくるかわからないから、なるべく俺と一緒にいるんだ。いいな」

ルイがまっすぐセシアを見つめる。強い視線を受け止めきれず、セシアはふいと顔を背けた。頭がぐちゃぐちゃして何も考えられない。

しばらくして、リンがサンドイッチを持ってきてくれた。ルイの毒見のあと、もそもそとそれを食べ、入浴に向かう。湯で一日の汚れと疲れを流すと、どうしようもなく眠《ねむ》くなった。今日は朝から列車に揺《ゆ》られており、相当に疲れていたらしい。

主寝室《しゅしんしつ》に戻《もど》るとルイがそこにいた。

「寝《ね》る場所だけど、半分はあけておくわ。長椅子《ながいす》では疲れは取れないでしょ。でも私には指一本触《ふ》れないで。触れてきたらイヴェール少佐に言いつけるから」

眠くてほとんど開かない目のままルイに告げ、ルイの返事を聞かないうちに両親が使っていたベッドに体を放り投げる。

仮にルイに何かされても気付けそうにないな……とぼんやり思ったところで、意識は途《と》切《ぎ》れた。

夢を見た。

幼い頃《ころ》の夢だ。エルスターの森を歩いている。セシアはまた迷子になっていた。

——またこの夢……。

何度も見た。心細くて泣きながらクロードの名を呼べば、必ずクロードはセシアを見つけてくれた。

「どうして勝手にうろうろしちゃうんだよ」

いつもクロードはちょっと焦《あせ》ったような困った顔をしていた。怒《おこ》られたことは一度もない。

「だって」

クロードが自分を見つけてくれるのは、彼がセシアより少しだけ大人だから。でも本物の大人ではない。クロードからどれくらい離《はな》れても大丈夫《だいじょうぶ》なのかな。遠く離れてしまっても見つけてくれるのかな。そんなことを考えていたことを思い出す。

幼いセシアはクロードを試していたのだ。

……本当にひどい……。

クロードが自分に優しかったのは、仕えるべき屋敷《やしき》のお嬢様《じょうさま》だからにほかならず、セシアのことが大切だからというわけではないのだと気付いたのは、もっとずっとあとになってから。

今ならわかる。

自分は命令に逆らえないクロードに甘えるだけの、わがままで傲慢《ごうまん》なお嬢様だった。それでも、クロードが必ず迎《むか》えに来てくれる安心感はセシアにとってかけがえのないもので、そのあとつないでくれる手の温かさは特別だったのだ……。

眩《まぶ》しさにセシアはぼんやりと目を開けた。

——月？

きちんと閉じられていなかったカーテンの隙間《すきま》から、月明かりがセシアの顔を直撃《ちょくげき》したようだ。その月明かりを避《さ》けて寝返《ねがえ》りを打つと、広いベッドの上に一人でいることに気付く。

——それはそうよね……。

半分あけておくとは言ったが、さすがにルイもそれを真に受けたりはしなかったようだ。

あと何日、こんな夜が続くのだろう。あと何日で、ルイはいなくなるのだろう。

外はまだ暗く、あたりは静寂《せいじゃく》に包まれている。夜明けまではまだある、しっかり眠っておかなくては。夜が明けたらまた、ジョスランとの攻防《こうぼう》が待っている。

そう思うのだが、なんだか目が冴《さ》えてしまって眠れない。

セシアはそっとベッドから抜《ぬ》け出し、裸足《はだし》のままそろそろとドアに近づいた。

居間に続くドアを開けると、長椅子の上で寝ているルイの背中が目に飛び込んできた。体が大きいから窮屈《きゅうくつ》そうだ。

そのルイが身じろぎした拍子《ひょうし》に、体の上にかけていた夏用の上掛《うわが》けが床《ゆか》に落ちる。

セシアは息を殺してルイに近づき、落ちた上掛けに手を伸《の》ばす。

拾った上掛けをそっとルイの体にかけた、その時だった。

バタバタと誰《だれ》かが廊下を駆《か》けてくる音がした。

何事だろう、と耳を澄《す》ますと足音はセシアたちの部屋の前で止まり、派手にドアを叩《たた》き始める。その音の大きさにルイがバッと体を起こしたので、セシアは思わず小さく驚《おどろ》きの声を上げてしまった。

ルイが振り返り、セシアと目が合う。

「セシア様、ルイ様、大変です」

「何用だ。真夜中だぞ」

トーマの切羽詰《せっぱつ》まった声にルイが急いで長椅子から降り、ドアを開ける。

そこには寝間着《ねまき》にガウン姿のトーマが、ランプを片手に立っていた。

「カロリーナ様の様子がおかしいのです。医師を呼ぶ許可をいただこうかと思いまして」

「カロリーナの？」

セシアもドアに駆けつける。ルイの体を押しのけて顔を出すと、トーマのこわばった表情が見てとれた。

「どう様子がおかしいの？」

「呼吸ができないようで、喉元《のどもと》をかきむしりながら悶《もだ》えておりまして。それ以外ですと、体中に発疹《ほっしん》が」

ルイとセシアは顔を見合わせた。

「フェルトンさんの試験薬かしら？　でもカロリーナに使う理由なんて」

「セシアに濡《ぬ》れ衣《ぎぬ》でも着せるつもりかもしれない。部屋はどこだ」

こちらですと言うトーマのあとについて、ルイとセシアは部屋に向かった。

ジョスランたちが使う客間に入ると、ベッドの上でのたうち回るカロリーナとその横で名を呼び続けるジョスランの姿があった。

「医師を呼んでいたら間に合わない！　誰か医師のもとに連れて行ってくれ！」

セシアたちが来たことに気付いたジョスランが、焦った様子で訴《うった》える。

「ですが、こう暗い中で馬車を使うことは。今、医師を呼びに行きますので」

「間に合わなかったらどうする！　医師を待っている間にカロリーナに何かあったら！　お……おい、ルイ君、君は……君ならできるんじゃないのか？」

ジョスランがルイにすがるような眼差しを向ける。

「トレヴァー子爵《ししゃく》の息子《むすこ》には軍歴がある。夜の行軍にも、馬の扱《あつか》いにも慣れているんじゃないか？　この館で死人が出ることにでもなったら、大変だぞ。当主の不手際として顰《ひん》蹙《しゅく》を買う。セシアにも累《るい》が及《およ》ぶ」

「……わかった。俺が連れていこう」

必死な様子のジョスランから、ベッドの上で苦しげに呼吸するカロリーナに視線を向け、ルイが決断を下す。

「馬車の用意を。――あなたはどうする、ジョスラン殿《どの》？　一緒《いっしょ》に行くか？　彼女はあなたの妻だろう」

「ぼ……僕が行って役に立つのか？　そうじゃないなら……ここで待つよ。そのかわり、カロリーナの世話をしているメイドをつける。それでいいだろう？　夜のエルスターは暗すぎて苦手なんだよ！」

ジョスランが取ってつけたように行きたくない理由を叫《さけ》ぶ。そのジョスランに呆《あき》れたような一瞥《いちべつ》をくれたあと、ルイはトーマに言いつけて男性使用人を呼んだ。

「セシアに何かしたら、ただでは済まさないからな。セシアも一人になるな。わかったか。今すぐ部屋に戻り鍵《かぎ》をかけておくんだ」

そう言い残し、ルイはやってきた男性使用人にカロリーナを上掛けごと抱《かか》えさせると、トーマとともに階下へと降りていった。階下が騒《さわ》がしくなる。起こされた使用人たちが、カロリーナを運ぶ準備をしているのだろう。

部屋にはジョスランとセシアだけが残された。寝間着姿でぼさぼさ頭のジョスランに目を向ける。怠惰《たいだ》な雰囲気《ふんいき》はいつものことだが、今は目が血走っているせいか雰囲気が物々しい。

ルイの言いつけ通りここは早く去ろう。この人は怖《こわ》い。

「……はは、おまえも僕を疑っているのか？　僕が何かしたと？　だが僕じゃない！　僕は何もしていない！　カロリーナが勝手に食べたんだ」

セシアの視線に気付いてジョスランが叫ぶ。

「食べた？　何を」

「クルミをさ！」

「クルミ？　どうしてそんなものがここにあるの」

セシアは首をひねった。

「おまえたちのせいで眠《ねむ》れないから、ワインとつまみとして木の実の盛り合わせを頼《たの》んだんだ。そうしたら……暗かったせいだろうな、カロリーナがワインと一緒に木の実を……その中にあったクルミを口にして。……嫌《きら》いだとは知っていたんだが、あんなことになるなんて」

ジョスランが項垂《うなだ》れる。確かに明かりを落とした寝室《しんしつ》なら、木の実の種類まではわからない気がする。ジョスランのうろたえぶりを見ても不慮《ふりよ》の事故に思えるが、タイミングがよすぎるのが気になる。

――まさかね……。

何か別の狙《ねら》いがあるような気もするが、それが何なのかまではわからない。なんにしても、ルイがいないのだからジョスランを警戒《けいかい》しなければ。

「いつまでこの部屋にいるつもりなんだ？　さっさとこの部屋から出ていけ」

「言われるまでもないわ」

ジョスランに睨《にら》まれて部屋を出る。セシアは廊下《ろうか》を足早に……最後には駆け足に近い速さで部屋に戻《もど》って、鍵をかけた。

怖い。ジョスランが怖い。ルイがいないだけで、こんなに心細い。もしルイのいない間に命を狙われたらどうしよう。

ドアにもたれるようにして床に座り込み、セシアは自分の体をかき抱《いだ》いた。真夏にもかかわらず、がたがたと震《ふる》えが止まらない。

しばらくそうしているうちに、自分の戻ってきた部屋が主寝室《しゅしんしつ》であることに気付いた。娘《むすめ》時代に使っていた部屋ではなく、わずか一日ばかり使っただけの主寝室。

にわかに外が騒がしくなる。出発の準備が整ったのだろう。セシアは力の入らない体を引きずるようにして窓辺に向かい、建物の下に目を向けた。ここからはちょうど玄関《げんかん》が見える。

すでにカロリーナは馬車の中にいるようだ。付き添《そ》いのメイドが乗り込むと、ルイがドアを閉めて御者台《ぎょしゃだい》にまわり、馬に鞭《むち》を入れる。

馬車はあっという間に夜の中に駆け出していった。

あとは医師に任せるしかない。

――どうか、カロリーナが助かりますように。

セシアには祈《いの》ることしかできなかった。そして、口にするものには徹底《てってい》的に注意しなければと心に誓《ちか》った。少なくとも、ルイが戻ってくるまでは。

眠れない夜が明けた。ベッドに戻る気になれず、セシアはぼんやりと長椅子《ながいす》に座って、だんだん明るくなっていく空を眺《なが》めながら夜を明かした。

「おはようございます、お嬢様《じょうさま》。起きていらっしゃいますか」

朝日が部屋に差し込む頃《ころ》、ノックの音とともにリンの声が聞こえた。セシアは長椅子から転げ落ちるように降り、ドアを開けた。

「起きているわ、リン。ねえ、カロリーナはどうなったの？」

「ルイ様が迅速《じんそく》にお医者様のもとへ連れて行ってくださったので、大事には至らなかったようです。先ほど使いの者が知らせて来ましたよ」

「よ……よかった……」

祖父の最期を知るだけに、優しいカロリーナが同じ目に遭《あ》わなくてほっとした。安堵《あんど》のあまり、セシアはその場にへなへなと座り込んでしまう。

「まあまあ、お嬢様。安心して気が抜《ぬ》けたんですね。そんな場所に座ってはお寝間着が汚《よご》れてしまいます。そろそろルイ様もお戻りになりますから、きちんと着替《きが》えましょう」

リンに促《うなが》されて立ち上がり、セシアはリンとともに衣装《いしょう》部屋に向かった。母の衣装だけのはずなのに、いつの間にか手前側にセシアの自室にあるはずの衣装が引っ越《こ》してきている。セシアのために、リンが気を利かせてくれたらしかった。

その中からセシアは菫色《すみれいろ》のデイドレスを選んだ。自分の瞳《ひとみ》の色。

「お食事はどうしますか。こちらに運びますか？　それとも食堂で？」

「食事はここへ。その前にトーマに会いたいのだけど、いいかしら」

「ここへお呼びしますか」

「ええ……いいえ、下に行くわ。書斎《しょさい》に。呼んでくれる？」

セシアはリンにそう言いつけ、書斎に向かった。書斎には鍵がかかるからジョスランに乱入されることもない。

トーマなら昨夜の出来事を詳《くわ》しく報告されているだろうから、話を聞かなければ。自分の身を守るためにも、何があったのか知っておきたい。

そのことで頭がいっぱいのセシアは、ルイから「一人になるな」と言われていたことをきれいに忘れていた。

第五章　この手を離さない

書斎のドアを開け、セシアはぎくりとした。

着替えを済ませているジョスランが椅子《いす》に座って、執務机《しつむ》で何か作業をしている。大きな机の上には、書類やアタッシェケースが広げられていた。

「おはよう、セシア。こんなに朝早くにどうした？　眠れなかったのか？」

セシアに気付いて顔を上げ、そう声をかけてきた。

「どうしてここにいるの。この部屋には勝手に入らないでと、お願いしたでしょう」

「この期《ご》に及《およ》んでも当主面か。まあいい、おまえを呼び出す手間が省けた」

ジョスランが作業の手を止め、かつて祖父が座っていた場所からセシアを見つめる。

「セシア・ヴァル・ドワーズ。昨日も話したが、おまえはドワーズ家の相続人としてふさわしくない」

「ええ、昨日も聞いたわ。でもそれは、今話し合う必要があることなの？　カロリーナもまだ帰ってきていないのに。まずは彼女の心配を……」

「カロリーナは一命を取り留めたようだ。よかったよ。本当に、よかった」

ジョスランが頷《うなず》きつつ立ち上がる。

「今話し合う必要があることか？　もちろん今でなければならない。軍の犬にうろうろされては面倒《めんどう》だからな」

「軍……なんのこと」

「またまた、しらばっくれちゃって～」

間延びした高めの声がすぐ近くから聞こえ、セシアはバッと振《ふ》り返った。

セシアが立つドアのすぐ脇《わき》に、ひょろりとした男が立っている。まったく気が付かなかった。

顔色が悪く、肌《はだ》がカサカサして頰《ほお》がこけた男。髪《かみ》の毛はぼさぼさで無精髭《ぶしょうひげ》だらけ、よれよれのシャツにズボンと、およそ貴族の邸宅《ていたく》には似つかわしくないくたびれた格好の男だ。

「誰《だれ》……あなた、誰なの……」

「名乗ってもいいのかなぁ～？　ねえ、ジョスラン？」

言いながら男が近づいてきて、セシアを室内に追い込むと書斎のドアをパタンと閉めた。内側からかちゃりと鍵《かぎ》をかける。

しまった、と思った時にはもう遅《おそ》かった。閉じ込められた。

「まあ、最後に教えてやるよ。その男の名前はジャン・フェルトン。……といえば、もう誰なのかわかるだろう？」

正体不明の男の代わりに、ジョスランがその名を明かしてきた。

──フェルトン！

セシアは慌《あわ》てて、すぐ横に立つフェルトンから距離《きょり》をとった。

「侯爵《こうしゃく》夫人のご主人、ルイ・トレヴァーだっけ。あいつのコードネームは『黒』。アレン直下の工作員の一人さ。髪の毛が黒いから黒と呼ばれているはずだったんだけど、昨日見た時は銀髪《ぎんぱつ》だったよね。なんでだろう～」

工作員？　特殊《とくしゅ》な任務に長けているというのは、そういうことだったのか。

「オレあんまり人が得意じゃないからさ～、この屋敷《やしき》の人たちが帰ってくるっていうんでずっと隠《かく》れて見てたんだ～。そうしたら黒がいるじゃない……ははは、怖《こわ》いねえ～。あいつは東方軍でも有名なヤツなんだ。アレンの命令ならなんでもやる。何万人ものバルティカ人兵士を見殺しにすることもできるんだよ～。目の前で唯一《ゆいいつ》の退路の橋を爆破《ばくは》してさあ～」

怖いというわりには楽しげな様子のフェルトンに、セシアはぞっとした。フェルトンという人について詳しくは教えられていないが、そもそも軍事用の薬を開発したがる人だ。

セシアはじりじりと後ずさりしながら、フェルトンから距離をとった。だがすぐにトン、とかかとに何かがあたる。

振り返ればもう壁《かべ》だった。いつの間にか部屋の角に追い込まれていた。

目の前にはフェルトンが、書斎の奥からはジョスランが近づいてくる。

セシアは唇《くちびる》を嚙《か》んだ。逃《に》げ道がない。

「おまえの夫の正体を暴いておまえを欠格事由に該当するようにしてやってもいいが、それでは時間がかかることに気付いたんだ。我々には時間がない。実は一刻を争う事態でな、手っ取り早い方法を採ることにした」

「私を殺すの?」

「まさか、そんなわかりやすいことはしないさ」

その時だった。いきなり書斎のドアノブが外からがちゃがちゃと回される音がした。その場にいる三人がドアに目を向ける。

「セシア! ここにいるのか、セシア!!」

ドアがバンバンと叩《たた》かれる。チッと舌打ちしたのはジョスランだったのか、フェルトンだったのか。

「ル……!」

助けを求めようとしたセシアの口を、正面からフェルトンが大きな手のひらで押さえる。

「大声を出すとあんたの腕《うで》を折る。知ってるか。ぐちゃぐちゃになった関節は二度と元に戻《もど》らない。戦地で言うことをきかない捕虜《ほりょ》相手にいっぱいやったから、よく知ってるんだ～。どこにどう力を加えたらぽっきりいくのかとか、骨が皮膚《ひふ》を突き破《やぶ》って出てくるのかとか」

　そうだ、この人も従軍経験があるんだった。その脅《おど》しがあながち嘘《うそ》ではなさそうだとすくみ上がっている間にフェルトンにつかまり、体の後ろで両腕《りょううで》が拘束《こうそく》される。ぎりぎりと締《し》め上げられて、セシアは痛みに呻《うめ》いた。

「おとなしくしていたら傷つけないさ……僕たちは」

　言いながら近づいてきたジョスランがセシアの顔をつかんで上向かせ、手にしていた小《こ》瓶《びん》を口にねじ込んだ。心の準備も何もできていない状態での早業に、慌てて口の中に液体を溜《た》め込んだが、いくらかは喉《のど》の奥に落ちていった。

　呼吸が苦しくなって派手にむせかえると、口の中に溜め込んでいた液体がまわりに飛び散る。自分にかかるのを嫌《いや》がってジョスランが飛びのく。セシアはフェルトンに背中で両腕を拘束されたまま、咳《せ》き込んだ。

「飲み込めたか、少しは。効き目は」

「原液に近かったからね～、少しでも短時間は効くとは思うけど～、どうかなあ。だいぶ吐《は》いちゃったよね～、もったいない。三人……いや五人分はあったのに～」

「開けたら使い切らないといけないんだから、しかたがないな」

「まあね～、いやでも自分の奥方には薄《うす》めて飲ませて、こっちのお嬢《じょう》さんには原液を与《あた》えるなんて、ジョスランもえげつないね～」

二人の会話にセシアは目を見開いた。

――カロリーナには薄めて、私には原液ですって……!?

カロリーナも飲まされていたのか。

「サンプルはあと一本か。もう使いたくはないな」

「それはこっちのセリフ～。オレは試験薬の効き目を証明してみせたんだから、ジョスランはちゃんと偉《えら》い人に売り込んで、早く研究施設《しせつ》作ってよ～。もたもたしてるとオレの菌《きん》が死んじゃうよ～……おっと、急いだほうがいいな」

フェルトンが何かに気付いて言う。

――飲まされたのは、おじい様を殺したあの薬。

大部分は吐いたと思う。でもいくらかは喉の奥に落ちていった。薄めて使われたというカロリーナですらあの苦しみようだ。

――私は死んでしまうの？　おじい様みたいに、喉をかきむしって、泡《あわ》を吹《ふ》きながら。

くやしい。くやしいくやしい。死にたくない。

どうして祖父を殺した叔父《おじ》が断罪されずにこの家を手に入れて、この家を守ろうとした自分が死ななくてはならないのか。

――私はただ……優しい思い出が残っているこの家と、エルスターの森を、守りたかっただけなのに……。

頭がぼんやりしてくる。紗《しゃ》がかかったみたいに、視界も思考もぼやけてくる。

「瞳孔《どうこう》が開いてきた。薬が効いてきていると思う。いくら原液といっても飲んだ量からして長くは持たないよ、やるなら早くやらないと～」

「そうだな」

ジョスランがセシアに背を向けて歩き出す。フェルトンにぐい、と押される形でセシアもジョスランのあとに続いた。体がどんどん冷たくなっていく。何かがじわじわと、体の内側からセシアを侵食《しんしょく》しようとしているのを感じる。

「今からおまえは遺書を書く」

書斎《しょさい》の机の上にジョスランが一枚の白い紙を広げる。

ぼやけた視界でセシアは紙を見つめた。

――い、しょ？　いしょって……なに……？

「言われた通りに書け。『夫に騙《だま》されていたことがわかったので、私は死にます』」

ジョスランの言葉が頭の中でわんわん響《ひび》く。

フェルトンが拘束を解き、自由になった手にジョスランがペンを差し出す。祖父が愛用していた羽根ペンだ。ペンを受け取り、セシアは言われるがままペンを走らせた。

「最後に名前を書け。おまえの名前だ、セシア・ヴァル・ドワーズ」

自分の名前は何度も書いたから、書き慣れている。セシアはすらすらと署名を入れた。

「よし……いいぞ。その次は」

寒い。とても寒い。耳の奥でどくどくと心臓が鳴って、うるさい。

「今すぐ三階から飛び降りろ。三階からだ、いいな」

ジョスランが繰《く》り返す。

今すぐ、三階から。

飛び降りなければならない。

――行かなくちゃ……。

突然《とつぜん》、大きな音とともに書斎の窓ガラスが飛び散った。

ジョスランとフェルトンがはっと振《ふ》り返る。

「セシアに何をした!!」

窓を蹴破《けやぶ》って飛び込んできたのはルイだった。

「セシアに何を!」

「行け、セシア!!」

ルイとジョスランが叫《さけ》ぶのはほぼ同時だった。セシアがビクリと体を震《ふる》わせる。

「行け、セシア。行くんだ!」

ルイが何か言うよりも先に、ジョスランが叫ぶ。

――行かなくちゃ……。

セシアは踵《きびす》を返すと書斎のドアの鍵《かぎ》を開け、飛び出して行った。

行かなければ。三階へ。

そこから飛び降りなければ。


ルイがカロリーナを医師のもとに連れ込んだのは、夜明け前のことだ。

カロリーナを医師に引き渡《わた》したら、すぐに引き返すつもりだった。だが、同行のメイドが「一人にされたくない」と不安がるうえに、医師もルイがいたほうがいいと言うので、結局カロリーナの容体が落ち着く明け方まで医師のもとにいることになった。

医師からは「どうすることもできない」と言われたカロリーナだが、幸いなことに容体は時間がたつほどに落ち着いて一命を取り留めた。

ルイが知っているフェルトンの試験薬の犠牲者《ぎせいしゃ》とは、症状《しょうじょう》が似ているようで少し異なるのが気になった。

呼吸困難になるのは同じだが、試験薬を飲まされた人間の体に発疹《ほっしん》は出ていなかった。

「毒とは限らないかもしれない。こういう症状の患者《かんじゃ》をたまに診《み》る。その人にとって食べられないものを食べると起こるんだ。ここまでひどい人は初めて診たが」

容体が落ち着いてきたところで、診察《しんさつ》に当たってくれた医師が教えてくれた。

「その人にとって？」

「体質というのかな、たまにあるんだよ。ほかの人にとってはなんでもない食べ物が、その人にだけは毒のように作用をすることが」

医師の説明にふと、晩餐《ばんさん》の時のカロリーナを思い出す。クルミが食べられないと言っていなかったか？　だからクルミを使ったデザートは残していたはずだ。だがカロリーナには、食べられないものを食べた時の症状が出ている。

食べられないと自覚しているものを、カロリーナが自分から口にするとは思えない。

──フェルトンの試験薬か……！

直接飲ませて死に至らしめるのではなく「自分から死に向かう」ように仕向けたというわけだ。死因が別にあるなら、ジョスランは身の潔白が証明される。

フェルトンは屋敷《やしき》にいる。試験薬もまだある。

セシアが危ない。

メイドが引き留めるのを無視して、ルイは乗ってきた馬車から馬を外し、裸馬《はだかうま》の背に飛び乗った。作業中、そのメイドが「旦那様《だんなさま》に怒《おこ》られます」と叫んでいたことから、彼女はルイの引き留め役だったと気付く。

──畜生《ちくしょう》！

ルイにカロリーナを連れて行くようジョスランが暗に仕向けたのは、セシアとルイを引き離《はな》すためだったのだ。セシアには部屋に戻《もど》って鍵をかけるように指示したが、明るくなっても部屋に引きこもっているかはわからない。空はすでに明るい。屋敷は目を覚まし、動き出している。

何事もなければいい。

そう願いながら、ルイは一路ドワーズ家の屋敷を目指した。

「セシアはどこだ⁉」

屋敷に戻るなりルイは、近くにいた使用人に大声で問う。使用人はルイの怒気《どき》に怯《おび》えながら「申し訳ございません」と首を振るばかりだ。

主寝室《しゅしんしつ》だろうかと思い、二階に駆《か》け上がる。だが主寝室にセシアはいなかった。次にセシアが娘《むすめ》時代に使っていた部屋を覗《のぞ》く。……いない。

まさかと思ってジョスラン夫妻が使っている部屋に駆け込んでみたが、ここも無人だ。

ぐるりと見渡《みわた》した客間のベッドサイドのテーブルに、グラスが二つと木の実がいくつか載《の》った小皿が残されていた。まだメイドはこの部屋を片付けていなかったらしい。

ルイは近づいて小皿を凝視《ぎょうし》した。クルミの破片《はへん》が残っている。

カロリーナはひと口でもクルミを食べると具合が悪くなる、と言っていた。残っている破片を見ると、口にしたのはひと口どころではなさそうだ。

ワイングラスに目を向ける。

——ワインに混ぜて試験薬を飲ませたのか？

ではセシアはどうやって試験薬を飲まされるのだろう？　試験薬さえ口に入れてしまえば、あとは思いのままになる。ジョスランは、手段なんて選ばないはずだ。

ジョスランの狙《ねら》いはセシアの命。

ルイは慌《あわ》てて部屋を飛び出した。セシアはどこにいる？　誰《だれ》に聞けばわかる？

——セシア!!

階段を駆け下りたところで、横からスッと姿を現したリンにぶつかりかけた。

「どうかなさいましたか、ルイ様」

「セシア……セシアがどこにいるか知らないか？」

小柄《こがら》な老婦人は、ルイの切羽詰《せっぱつ》まった様子に目をぱちくりとさせた。

「お嬢様《じょうさま》なら、トーマに話があるから書斎に呼んでとおっしゃっていましたので、書斎でしょうか……」

「トーマと話をしているのか？」

「私がどうかしましたか」

背後からそのトーマの声がして、ルイは振り返った。

「セシアはどこだ？」

「さて？　私はセシア様に書斎に来るよう申しつけられ、これから向かうところですが」

ルイは目を見開くと、書斎に向かった。

玄関《げんかん》ホールを駆け抜《ぬ》け、重厚な書斎の扉《とびら》に体当たりする勢いでドアノブに手をかける。

鍵がかかっていた。

「セシア！　ここにいるのか、セシア!!」

ドアを叩《たた》き大声で叫ぶが、中から声はしない。

何が起きている？

「ルイ様……っ、どうか、されましたか」

後ろからルイに追いついたトーマが声をかけてくる。高齢《こうれい》なのに走らせてしまったせいで、トーマはずいぶんと息が上がっていた。

「鍵……書斎《しょさい》の鍵は!?」

「書斎の鍵でしたら、私の部屋で管理を……」

血相を変えて叫ぶルイに、トーマがきょとんとする。

トーマを待っていたら間に合わない。ルイはそう判断すると、そのまま再び玄関ホールを突《つ》っ切って外に飛び出した。建物の外にまわり、書斎の窓から中を覗く。

セシアがフェルトンとジョスランに挟《はさ》まれ、執務《しつむ》机に向かって何かを書いている。

——何を書いているのか？　書かされているのか。

現在のセシアはドワーズ家の当主。そのセシアに何かを書かせているということは、きっとよくないことだ。セシアが守ろうとしたものをすべて奪《うば》うような何か。

考えるよりも前にルイは書斎の窓を蹴破《けやぶ》った。セシアは動じない。

ジョスランとフェルトンが振り返る。

ガラスを蹴散らして中に飛び込む。

「セシアに何をした!!」

ルイがジョスランに詰《つ》め寄る。

「セシアに何を！」

「行け、セシア!!」

ルイとジョスランが叫ぶのはほぼ同時だった。

「行け、セシア。行くんだ！」

なんのことだと思う間もなく、セシアがくるりと背を向けて走り出す。かかっていた鍵《かぎ》を開けると、そのままものすごい勢いで部屋を飛び出して行った。

ジョスランの手元にはセシアの直筆の何か。そしてこの部屋にはフェルトンがいる。セシア本人は飛び出していった。

アレンの命令はフェルトンの確保だ。が。

ためらったのは一瞬《いっしゅん》で、ルイはセシアのあとを追おうとドアに向かった。

刹那《せつな》、大きな破裂《はれつ》音とともに背後から何かがすぐそばをかすめる。立ち込めるのは、硝《しょう》煙《えん》のにおいだ。ルイは動きをぴたりと止めた。

「それ以上動くな。セシアを追うなよ、軍の犬。手を挙げろ」

カチリ、とこちらに照準が合わされる音が響《ひび》く。

ゆっくりと振《ふ》り返ると、ジョスランが拳銃《けんじゅう》の銃口をこちらに向けていた。姿勢や持ち方のぎこちなさから、ジョスランはあまり拳銃の扱《あつか》いに慣れていないようだ。不意を衝《つ》けば勝機はありそうだが、至近距離《きょより》で撃《う》たれてはさすがにまずい。

「僕は本気だぞ」

引き金に力が込められるのを見て、ルイは両手を挙げた。

「フェルトン……こいつの腕《うで》をやれ。得意なんだろう」

「え〜、嫌《いや》だな〜。こいつはアレンの犬だ……それも一番厄介《やっかい》な。表情を変えずに何万人も殺せるやつだ」

ジョスランの指示にフェルトンが尻込《しりご》みする。

「命令だからな」

ルイはそう言って目を細めた。あの時のことは思い出したくない。目の前で爆破《ばくは》に巻き込まれ落ちて行くバルティカ兵の顔を、今でも覚えている。橋の向こうに取り残されたバルティカ兵が何をされたかも、ちゃんと伝え聞いている。

罪悪感がないわけではない。だが、あの時はアレンを無傷で逃《に》がすことが最優先だった。ルイ自身も死にかけた。右腕はもうだめだと思った。今でも命があり、腕がつながっているのは、奇跡《きせき》としか言いようがない。

「四の五の言わずにさっきセシアにやったみたいに……」

「セシアに何をした！」

ジョスランの言葉に、ルイはフェルトンに振り向き詰め寄った。ぎょっとしたフェルトンが敵意のなさを示すためか、軽く両腕を挙げる。

「オ、オレはジョスランに言われた通りにしただけだよ～」

その時、二発目の弾丸《だんがん》が再びルイの近くをかすめていった。ヒィッ、と叫《さけ》び声をあげてフェルトンが頭を抱《かか》えしゃがみ込む。

「動くなと言っただろう。僕は本気だ」

ジョスランが血走った目でこちらを睨《にら》んでいる。ルイはさっと室内に視線を走らせた。

何か使えるものは……。

再び弾丸が撃ち込まれ、後ろに飾《かざ》ってあった何かに当たって鋭《するど》い金属音が響いた。ぎくりとしたところに続けて発砲《はっぽう》される。鋭い金属音がもう一度。

後ろに何か固いものがある。金属でできた何か。

「フェルトン、いい加減起きてそいつの腕を使えなくしろ！」

銃口をこちらに向けたままジョスランが近づいてくる。

「え、ええ～」

「研究費が欲しいんじゃないのか！　早くしないと、おまえのかわいい菌《きん》が死んでしまうんだろうが！」

いつの間にかジョスランが目の前に立つ。

「まあ……」

体に触《ふ》れるほど近くに銃口を構えられては、ルイとしても動けない。しぶしぶといった感じでフェルトンが起き上がり、そろそろと近づいてくる。

次の瞬間《しゅんかん》、ルイはフェルトンの腕をつかんで引き寄せると、勢いよくジョスランに向かって突き飛ばした。フェルトンがいきなり飛んできたことに動転したジョスランが引き金を引き、五発目の銃弾《じゅうだん》が放たれる。その間にルイは後ろを振り返った。なんでもいい、固いもの！

壁《かべ》には盾《たて》とサーベルがかけてある。盾にはドワーズ家の紋章《もんしょう》。ドワーズ家はもともと武門の家柄《いえがら》だ。なるほど家の誇《ほこ》りを、見える場所に掲《かか》げて眺《なが》めながら、ドワーズ侯爵《こうしゃく》は仕事をしていたわけだ。

弾《たま》は盾に当たっており、二箇所《かしょ》に大きなへこみができていた。

駆《か》け寄ってサーベルを引き抜く。

ジョスランとフェルトンが二人して床《ゆか》に転がっている。左手でサーベルを振り上げたルイに向かって、ジョスランがフェルトンを蹴《け》り上げてきた。足元に転がってきたフェルトンに注意を向けた瞬間、ジョスランが放った六発目が右腕をかすめた。

マイールの駅で負傷した場所だ。狙《ねら》いすましたように抉《えぐ》ってきた弾丸に、ルイは歯を食いしばる。

狙いをつけてサーベルを振り下ろすのと、ジョスランが引き金を引くのは同時だった。

鈍《にぶ》い音がして、血しぶきが上がる。

「……飾り物だと切れないもんだな、やっぱり」

ジョスランが、血の噴《ふ》き出す右腕を押さえながら崩《くず》れ落ちる。その腕から床に落ちた拳銃を蹴り飛ばし、ルイはジョスランの髪《かみ》の毛をつかんで上を向かせた。

「あんたは最低だ」

そう言ってみぞおちに容赦《ようしゃ》のない蹴りを加える。

ジョスランが胃液を吐《は》き散らしながら気絶した。

「わ……わわわ……オ、オレは、命令に従っただけだよォ〜」

その様子を見ていたフェルトンが、ぐずぐずと言い訳をしながら、はいつくばってルイから距離を取ろうとした。

「おまえが従うべきは、ジョスランではなくアレンだったんじゃないのか」

「でもあいつは、オレの研究をいらないって言いやがったんだ！」

「軍において命令は絶対だ。俺に下された命令はジャン・フェルトン、おまえの確保だよ」

言うなり、ルイはジョスラン同様に痛烈《つうれつ》な蹴りをみぞおちにお見舞《みま》いする。

人をいたぶることに関しては何も思わないらしいフェルトンだが、自分が痛い目に遭《あ》うのは苦手らしかった。

二人が失神したのを確かめて、サーベルを投げ捨てる。

「誰《だれ》かいるか！」

ドアの外に向かって叫ぶと、トーマが青ざめた顔で姿を現した。

「これは……」

「説明はあとだ。ジョスランの手当てとこっちの小汚《こぎたな》いやつの拘束《こうそく》を！　それからセシアだ。どこへ行った⁉」

「セシア様なら、階段を駆け上がっていかれましたが。……ルイ様、血が出ています」

「たいしたことはない」

傷口から血がにじんでシャツを濡《ぬ》らす。止血のために傷口を左手で押さえながら、ルイは書斎《しょさい》の入り口近くにいるトーマを押しのけると、階段に向かって走り始めた。

セシアはどこにいる？　あいつらはセシアに何をした？　どこへ向かった？

「セシア――――！　どこだ!!」

叫びながらルイは階段を駆け上がっていった。

◇

一番好きな季節は、夏の始まりの頃《ころ》。

幼いセシアは社交シーズンの王都に連れていってはもらえない。もう少し大きくなって、お利口になるまでエルスターでお留守番だ。少し寂《さび》しいけれど、口うるさい大人がいないぶん、クロードとたっぷり遊べる季節でもある。

きらきらと輝《かがや》くエルスターの森へ、何度も二人で出かけた。

気が付くと一人ぼっちになっていることが、よくあった。見回しても同じような景色。寂しくなってその名を呼ぶと、必ずクロードが見つけてくれる。

「どこに行っていたのよ！」

「セシアが勝手にいなくなるんだろう？」

セシアが怒《おこ》ると、クロードが呆《あき》れたように言い返してきた。

「わたしたち、迷子になったんじゃない？　ちゃんとお屋敷《やしき》に着く？」

見渡《みわた》す限《かぎ》り木々に囲まれ、人の気配がない。本当にこの道であっているのか不安になる。

「大丈夫《だいじょうぶ》だよ、道を覚えているから」

「本当に？」

「本当だよ」

「わたしを置いていかない？」

セシアの言葉に、クロードがびっくりしたような顔になる。

「置いていかないよ。なんで？　今まで、一度だってセシアを置いていったことなんかないじゃないか。セシアが僕を置いていったことなら何度もあるけど」

それはそうだけれど……でも、なんだか不安なのだ。

「じゃあ、手をつなごう、セシア」

セシアの不安がわかったのか、クロードが手を差し出す。

「手をつないでおけば、一人ぼっちにはならないから」

気が付くとエルスターの森は消え、セシアは一生懸命《いっしょうけんめい》、屋敷の階段を上っていた。

誰かが手を引っ張る。銀色の髪の毛が揺《ゆ》れる。華奢《きゃしゃ》な背中、セシアよりも少し低い背丈《せたけ》。

なぜか少年時代のクロードがセシアの手を引いている。

ああ、クロード。あなたはそこにいたの。

ずっと捜《さが》していたの。心配していたのよ。私のせいでこの屋敷を追い出されてしまって。あなたはレストリア人だから、この国では差別される。きちんとした仕事には就けないはずだとリンが教えてくれたし、実際そうなんだと思うの。今は私も少しは世の中を知っている。

あなたが幸せであればいい。ずっと願っていた。

でも本当はね、ずっと、あなたに会いたかったの。

もう一度会いたかったのよ。

クロード、どこへ行くの？　三階まで上がるの？　三階には私が子ども部屋として使っていた部屋があるわ。私が眠《ねむ》れない時、いつも一緒《いっしょ》にいてくれたわよね。あそこがいいわ。あそこにしましょう。また昔みたいに、一緒にお話しましょう。

あなたがいなくて、ずっと寂しかった。でもあなたを追い出した私があなたを恋《こい》しがってもいいのかわからないから、一通だけよこしてくれた手紙を眺めていた。けれど、その手紙も叔父《おじ》様に破かれてしまった。

もう何を頼《たよ》りにあなたを思い出せばいいのか、わからないの。

ねえ、クロード。

もう、この手を離《はな》さないで。私とずっと一緒にいてね……。

〇

ルイは血がしたたる右腕《みぎうで》を反対の手で押さえながら、セシアの名を呼んだ。

「セシア！」

声がない。どこに行った？

「セシア、どこだ！」

二階の部屋をひとつずつ確認するか、と思って視線を走らせた先、三階に通じるドアが開いていることに気が付く。どんなドアであっても、使用人はドアを開きっぱなしにはしない。

ルイはすぐに三階に向かった。

三階には、セシアが子ども時代に使っていた寝室《しんしつ》がある。祖父母や両親の部屋から遠いため、セシアは子ども部屋に一人残されることを本当に嫌《きら》っていた。特に夜が苦手で、よく呼ばれたものだ。

そんなことを思い出しながら、階段を駆《か》け上がる。セシアが三階に用があるとしたら、その子ども部屋だろうか。だがセシアは何をしに三階へ？

三階の廊下《ろうか》にたどり着くと、思った通り、子ども部屋として使っていた部屋のドアが開いている。

そのドアを全開にして部屋に飛び込む。夏の朝の風がふわっとルイを出迎《でむか》えた。眩《まぶ》しい朝日が差し込む窓は全開で、カーテンがひらひらと動いている。眩しさに一瞬《いっしゅん》目がくらんだルイは、その窓枠《まどわく》に手をかけて身を乗り出しているセシアに気付くのが一瞬遅《おく》れた。

「セシア、待て！」

ルイの声にセシアが振《ふ》り返る。

セシアは笑っていた。

そして顔を戻《もど》すと、窓を乗り越《こ》えていく。

この時ほど、間に合え、と思ったことはない。

窓枠にかけられたセシアの右腕が離れる瞬間、ルイは左腕でその腕をつかんだ。

がくん、と衝撃《しょうげき》が体全体にかかる。遠い昔、橋から落ちるセシアをつかんだ時の記憶《きおく》が残っていたが、あの時とは比べ物にならない衝撃だった。持っていかれないように慌《あわ》てて窓枠に右腕をかけたら、先ほどの傷が悲鳴を上げた。

上半身を窓枠から乗り出すようにして、ルイは片腕でセシアをつかまえていた。

「セシア……あんたはもう少し、痩《や》せたほうがいい……！」

歯を食いしばり、持ち上げようとするのだが、肝心《かんじん》のセシアが意識を失って体がだらんとしているので、重くてならない。

落とさないようにするのが精いっぱいだった。それに傷口を押さえていたため、左の手のひらもべったり血がついている。そのせいで滑《すべ》りやすい。失敗した。傷口なんて押さえるんじゃなかった。

トーマにはジョスランとフェルトンの世話を頼《たの》んできたので、ルイには誰《だれ》もついてきていない。誰も、セシアが三階の窓からぶら下がっていることを知らない。そしてそのセシア自身、ルイの手をつかんでいないのだ。力が入らない成人女性を腕一本で支えていられる時間なんて、たかが知れている。何よりセシアの腕が心配だ。

セシアにフェルトンの薬が使われたことは明白だ。

セシアも死んでしまうのか？　もうしばらくしたら、あの薬の副作用が起こるのか？

フェルトンの試験薬の人体実験なら何度か見た。被験者《ひけんしゃ》は最終的には全員呼吸不全に陥《おちい》り、苦しみながら絶命した。あの副作用が襲《おそ》ってきたら、この手は離れてしまう。セシアが落ちてしまう。三階は高い。無事では済まされない。

「セシア、目を覚ませ！」

ルイは大声で叫《さけ》んだ。せめて意識が戻ってくれたら。

「セシア‼」

セシアは反応しない。

「セシア……重いんだよ！　痩せろって言っただろ！」

ぴくりとセシアが身じろぎする。

聞こえてはいるようだ。

「両手で俺の手をつかめ！　引っ張り上げるから！」

セシアがルイの声に反応して、顔を上げる。

「ル……ルイ……？　わたし……？」

焦点《しょうてん》の合わない瞳《ひとみ》が徐々《じょじょ》に、光を取り戻す。そして自分の置かれている状況《じょうきょう》に気が付いたらしく、まわりを見渡して小さく悲鳴を上げた。

がくがくと震《ふる》えが、つかんでいる腕を通じて伝わってくる。

「俺はセシアを落とさない。絶対に手を離さない！　だから両手で俺の腕をつかめ！」

セシアがルイの腕にもう片方の腕を伸《の》ばしかけたところで、激しく咳《せ》き込んだ。

衝撃で、ずる、とつかんでいる部分が滑る。

ルイは慌てて右手もセシアに伸ばした。ペンもまともに使えない腕を精いっぱい伸ばし、セシアの腕に添《そ》える。

「ルイ……血が……！」

「俺の血じゃない。でも右腕は力が入らない、セシアがつかまるんだ！　そうしたら引っ張り上げてやれるから！」

ルイの叫び声に反応して、セシアが腕を伸ばし、両腕でルイにつかまる。

よし、と思って力を込める。けがをした右腕が痛む。力が入らない。腕を伝った鮮血《せんけつ》がセシアのドレスを染めていく。血糊《ちのり》のせいで手が滑る。左腕は痺《しび》れて感覚が薄《うす》れていくし、右腕は傷口が痛い。体中から脂汗《あぶらあせ》が噴《ふ》き出す。

セシアがまた激しく咳き込んだ。ルイがつかんでいないほうの手が外れ、再び片腕だけでぶら下がることになる。動いた衝撃で大きく負荷がかかって、ルイ自身も持っていかれそうになり、踏《ふ》ん張る脚《あし》に力を込めた。

ずる、と一段セシアが下がる。セシアの腕も小刻みに震えている。セシアももう限界だ。

セシアが再び咳き込む。

――副作用が出てきたか……！

絶望で目の前が染まる。副作用を止める手立てはないが、このまま落下させるわけにはいかない。早く引き上げなければ。だが、つかんだセシアの腕はずるずると血糊で滑って、もうそろそろセシアの手首に届きそうだ。

ルイは限界まで体を伸ばして、セシアをつかむ腕に力を入れた。指先が食い込むほど強く。

「もう……もういいわ、ルイ……あなたまで落ちてしまう。手を離して……私は、もう、いいの」

ルイの左腕にぶら下がった状態で、セシアが苦しい息の合間に掠《かす》れた声で呟《つぶや》く。

「いいわけないだろう！　諦《あきら》めるな!!」

「これ……おじい様と一緒ね……息が、苦しいの」

「諦めるな、セシア！　薬を使われたジョスランの妻は生きている。無事だった！　彼女は薬を飲まされても死ななかった！　だからセシアも」

言っている途中《とちゅう》でまたしてもセシアが咳き込む。ずる、と手が滑り、いよいよセシアの手首をつかむことになった。もうあとがない。これ以上滑ったら、セシアが……！

「ルイ、……いいえ、クロード。あなたに会えてよかった」

咳《せき》が落ち着いたところでセシアが再びルイに顔を向け、淡《あわ》く微笑《ほほえ》んだ。顔色が真っ青だ。いつもは血色のいい唇《くちびる》が、紫色《むらさきいろ》になっている。

「遺言なんて、早すぎるだろ……っ」

「息ができないの……力も……もう、無理みたい」

セシアの瞳にみるみる涙《なみだ》が盛り上がり、ミルク色の頰《ほお》を伝い落ちていく。

「ずっと後悔《こうかい》していたの……あなたに謝りたかったの……ごめんなさい……」

「何を謝る!?　セシアは何も悪いことなんてしていないだろう！」

「あなたはフェルトンさんをつかまえに行って。私は……もう……」

「諦めるな！　もう少し、もう少しだけ耐《た》えてくれ……！　誰か来るから！　誰かが助けに来るから！」

「わ……わたし、ね……」

セシアの菫色《すみれいろ》の瞳が少しためらったように揺《ゆ》れたあと、

「……わたしもね、ずっとあなたのことが……」

だが、その続きを聞くことはできなかった。

手が滑る。ルイの手のひらの中からセシアの腕がすり抜《ぬ》けていく。

十二年前の冬の光景がよみがえる。つかんだはずの手が離《はな》れ、セシアが濁流《だくりゅう》に飲み込まれていく。見開かれた菫色の瞳を忘れたことはなかった。あの時、手を離したことを死ぬほど後悔した。どうして彼女をつかんでおけなかったのか。もう少し力を込めていればよかったのに。それだけなのに。

そうすればセシアは大けがを負うこともなかった。歩くだけで痛む体になることも、結《けっ》婚《こん》という未来を諦め、一人で生きていく道を選ばせることもなかった。

今度は絶対に離さない。絶対にだ。

そう思うのに、無情にもセシアの白くて細い腕はルイの手から離れていった。

「セシア……!!」

十二年前と違《ちが》い、セシアは微笑んでいた。

「セシア――――!!」

ルイはセシアが地上に吸い込まれていくのを、ただ見つめることしかできなかった。


どうして窓の外にいたのか、覚えていない。ルイが泣きそうな顔で必死につかまえていてくれたのに、力が入らなくて手が滑っていく。その絶望より、最期に会えたのがルイでよかった……という気持ちのほうが不思議と強かった。

それにしても寒い。

なぜこんなに寒いのだろう。今は夏のはずなのに。指先なんて、氷水に浸《つ》かっているみたい。

不意に、冷え切った指先を誰《だれ》かが握《にぎ》り締《し》めてくれた。

――温かい。

ぽたぽたと、これまた温かいものが顔に降りかかる。

――何……？

さっきから誰かが呼んでいる。

――誰？

意識がはっきりしてくると、まわりに大勢の人が行き交う気配がする。すぐ近くで誰かがうるさいほどセシアの名前を呼んでいる。

うっすら目を開けると、至近距離《きより》でルイがセシアを覗《のぞ》き込んでいた。青い瞳が涙に濡《ぬ》れている。

「……泣いているの……？　どうして？」

「気が付いたんだな。よかった……！」

ルイがセシアを抱《だ》きしめる。体中の骨がきしむほどの強い力に、一瞬《いっしゅん》息が詰《つ》まった。

そういえばここは、どこなのだろう。

抱きしめられたまま少しだけ頭を動かし、あたりをうかがってみる。

頭の上には大きな木。どうやら自分は建物のそば、木陰《こかげ》ではあるが地面の上に寝《ね》っ転《ころ》がっていて、上半身をルイに抱きしめられているようだ。少し離れたあたりで複数の人がうろうろとしている気配がある。

その気配の中から一人、誰かが近づいてくる足音が聞こえ、セシアはそちらに目を向けた。

「久しぶりだね、セシア嬢《じょう》」

軍服姿のイヴェールが、スッとセシアの傍《かたわ》らに膝《ひざ》をつく。

「まずは我々に協力してくれたことに礼を言う。あなたのおかげで無事フェルトンを確保できた。あなたの叔父上《おじうえ》とフェルトンはあなたに薬を飲ませたあと、すぐにここを発《た》つつもりだったみたいでね。ご丁寧《ていねい》にあなたの署名入りの遺書と、試験薬の最後の一本が入ったアタッシェケースが見つかった。あなたを自殺に見せかけて殺害しようとしたらしい」

「……」

「フェルトンはこちらで始末……いや身柄《みがら》を預かる。叔父上に関しては病院送りだが、脱《だっ》走《そう》しないようにうちの若い者を見張りにつけよう。こっちは警察の案件だがね。あなたが不利にならないように裏で手を回しておくから、安心してくれたまえ」

イヴェールの口から、麗《うるわ》しい顔に似つかわしくない物騒《ぶっそう》なセリフがぽんぽん飛び出してくる。

「あとはあなたが事情聴取《ちょうしゅ》に応じて調書が作成できれば、おしまい。あなたは私に力を貸してくれた。いくら感謝してもしきれないほどだ。だから私は約束を守るよ。あなたの名《めい》誉《よ》の回復と証拠《しょうこ》の提供だ。これで、あなたのおじい様の仇討《かたきう》ちが叶《かな》う」

「……私、生きてるの……？」

イヴェールの話を聞いているうちに、ようやく現実感が戻《もど》ってきた。

ただ、目の前にいるのがイヴェールだというのはわかるのだが、なぜイヴェールがここにいるのかわからない。

「生きている。あなたが落ちてきた時、我々があなたを受け止めたからね。うまくいってよかった」

イヴェールによると、テーブルクロスを広げて、落ちてきたセシアを受け止めたのだという。ぶら下がっており、落ちるスピードが速くなかったのもよかったと言ってイヴェールが笑った。ぎりぎりまでルイが手をつかんでくれていたから間に合ったのだ、とも。

「黒から連絡《れんらく》は受けていて、この屋敷《やしき》には見張りがついていた。夜のうちに動きがあったから、何かあるかもしれないと待機していたんだ。でもまさか、セシア嬢が三階から飛び降りるなんて思わなかった。一応、どこも打ったりはしていないんだが、痛むところはあるかな？　黒、セシア嬢を離せ。動けない。あと、ほかの人間が見たら驚《おどろ》くから顔は拭《ふ》いておけ」

イヴェールの指示を受け、ルイがそっと体を離す。彼が涙を拭《ぬぐ》う気配を感じながら、セシアは手足を動かしてみた。

大きな力をかけていたせいか、腕《うで》は痛い。でもそれ以外にこれといって問題はないようだ。そういえば、先ほどまで感じていた息苦しさもなくなっている。

「……どうして私は助かったのかしら……。フェルトンさんは、原液に近いって言っていたのに……。大部分を吐《は》き出したから？」

「ああ、なるほど」

問いかけるように振《ふ》り向いたセシアに、イヴェールが頷《うなず》いた。

「それであなたの試験薬の効き目が、とても弱かったんだね。短かったというべきか。黒から経緯《けいい》を聞いたが、試験薬を口にしたにしては、効果が切れるのが早いなとは思ったんだ。大部分を吐き出せていたのなら納得だ」

　どうやら、あの時の抵抗《ていこう》がセシアの命を救ってくれたようだ。

飲み込む量が多かったから祖父は亡くなり、薄《うす》めて与《あた》えられたカロリーナと、大部分を吐き出したセシアは助かった、ということらしい。

「ところで黒、おまえの任務はフェルトンの確保とセシア嬢の身の安全を守る、だったわけだが、フェルトンはともかくセシア嬢に関してはかなり危険な目に遭《あ》わせた。オレたちが間に合わなければセシア嬢の命はなかった。これは明らかにおまえの落ち度だ。あとで処分を下す。それまでは謹慎《きんしん》だ」

　イヴェールが険しい表情でルイを睨《にら》む。

「えっ!?」

　声を上げたのはセシアだった。

「待って……待ってください！　ルイはずっと、任務に忠実でした。私を守ってくれたわ……！」

「セシア嬢。こいつは軍人だ。軍人は軍規に従わねばならない」

　イヴェールの厳しい視線に射《い》貫《ぬ》かれ、セシアが動きを止める。

「おまえは本日中に警察の取り調べに応じ、明日、グレンバーに戻ること。ジョスランの悪行は警察の管轄《かんかつ》だから、あっちに任せる」

イヴェールがクイクイと親指で何かを示す。目を向けると、警察の関係者らしき人が何人かうろうろしているのが見えた。

「婚姻《こんいん》無効の手続きは数日以内に行う。完了《かんりょう》したら連絡するよ」

そう言ってイヴェールは立ち上がり、足早に去っていった。

この偽装《ぎそう》結婚の目的は果たせた。イヴェールはフェルトンを確保でき、試験薬も回収できた。セシアはジョスランが遺産目的で祖父を殺害し、自分までも殺そうとしていた証拠を手に入れた。これで祖父の無念を晴らせる。ジョスランは相続人としての資格を失うだろうから、ドワーズ家の相続問題に悩《なや》まされることもない。仕事を見つけて家を出ていく必要もなくなった。

つまり、この一件は大団円……というわけには、いかない。

「……あなたは私を憎《にく》んでいる？」

セシアはルイの腕を抜け出すと、おそるおそる一番気になることを聞いてみた。

「まさか」

セシアのすぐそばに膝をついたまま、ルイが即座《そくざ》に否定する。

「私のわがままのせいで、エルスターを追い出されたのよ。そのあとは、とても苦労したんでしょう？」

「あれは不幸な事故だった。セシアを危険な目に遭わせないことが俺の役割で、それが果たせなかったから責任を取らされた。それだけだ。セシアは悪くない」

「でも」

「それとも俺に恨《うら》んでいてほしかったのか？」

「そういうわけじゃ……」

否定しかけ、セシアは言葉を呑《の》んだ。

「……そうなのかもしれない。よくわからない。私を助けてくれた人をおじい様が追い出したことは、私の中では許せないことだったわ。でもおじい様を恨むことはできなくて、どうしたらいいかわからなかったの。私の……私たちの傲慢《ごうまん》さが招いたことなのに、あなたがいなくなって寂《さび》しいなんて……」

感情を言葉に変えていくうちに気持ちが高ぶってきて、再びセシアの瞳《ひとみ》からほろほろと涙《なみだ》がこぼれる。濡《ぬ》れた目を見られたくなくて、セシアは顔を伏《ふ》せた。

こんなに泣いたのはいつぶりだろう。今日だけで一年分の涙を流してしまったかもしれない。

「それで自分が悪いと思い込んだのか」

ルイが呆《あき》れたような声で言う。

「私が悪かったの。あなたは止めたのに、私が覗《のぞ》き込んだばっかりに」

「だから」

「寂しかったの。ずっと。あなたがいなくなって、寂しくて寂しくて。あんなことしなければ、あなたはずっとそばにいてくれたのにって……」

「……たぶん、俺があのまま屋敷に残っていても、ずっとそばにいることはできなかったと思う」

セシアの言い分を聞き終え、ルイが静かに切り出す。

「セシアは侯爵《こうしやく》家の一人娘《ひとりむすめ》で、俺はただの使用人だったからな。住む世界が違《ちが》うんだよ。……任務とはいえ、久しぶりにセシアと一緒《いつしよ》にいられて、俺は楽しかった」

ルイの言葉に、セシアは目を上げた。

「数日以内にイヴェールがこの結婚を無効にする。セシアは侯爵令嬢《れいじよう》の生活に戻れ。俺も名無しの軍人に戻る。その指輪は捨ててくれてもいい」

指輪を捨てる？

ぎょっとしてセシアがルイの顔を見つめた、その時。誰《だれ》かが近づいてきた。

足音に気付いて二人が顔を向けると、壮年《そうねん》の男性が警察のバッジを見せながら切り出した。

「少しよろしいですか？」

その日の昼過ぎに、セシアは警察から解放された。

ジョスランは病院に搬送《はんそう》されつつ、セシアへの殺人未遂《みすい》容疑で現行犯逮捕《たいほ》されることとなった。ちなみにフェルトンの試験薬に関してはイヴェールの圧力がかかり、入手経路不明の毒物ということにされたようである。さらにジョスランはドワーズ前侯爵の死亡に関しても関与《かんよ》が疑われており、容疑が固まり次第、再逮捕される見通しだという。

イヴェールと彼が連れてきた軍人たちはフェルトンと試験薬を回収し、午前中のうちにグレンバーへと引き揚《あ》げていった。

イヴェールたちと入れ替《か》わるように屋敷《やしき》に戻《もど》ってきたのは、カロリーナだ。屋敷での騒《そう》動《どう》が伝えられ、事態が落ち着くまで戻らないようにしていたらしい。

顔色もよく、自力で歩けるようになったカロリーナを見て、セシアは心底ほっとした。

そしてジョスランの行いを聞いて涙ながらにセシアに謝るカロリーナに、胸が痛くなった。カロリーナ自身ジョスランに殺されかけたのに。もっともその事実は知らないらしく、セシアに向かって必死に謝る姿を見て、カロリーナには伝えないでおこうと決めた。

ジョスランはセシアにとっては恐《おそ》ろしい存在だが、カロリーナにとっては大切な夫らしい。夫婦のことはわからないものだ。

そのカロリーナとともに昼食をとったあと、疲《つか》れのあまりセシアは自室で寝《ね》込んでしまった。

目が覚めたのは夕方近くになってから。

起き上がり、人を呼ぼうと思ったセシアの目に、机の上に置かれたからくり箱の残骸《ざんがい》が飛び込む。誰かがセシアのために気を利かせて、集めてくれたのだろう。さすがに床《ゆか》にばらまいたクロードの手紙やルイの誓文《せいもん》までは、集めてくれなかったようだ。

椅子《いす》に腰《こし》かけ、バラバラになったからくり箱を組み立てようとしてみる。だが、部品が壊《こわ》れているため、元には戻せなそうだった。

明日にはルイは出て行ってしまう。

セシアは左手の薬指にはまっている指輪に目をやった。

名無しの軍人に戻ると言っていた。彼は、与《あた》えられた任務はやり遂《と》げる。セシアの前から消えると決めたら、二度と現れないだろう。

ルイはこの指輪を捨ててもいいと言っていた。結婚を無効にするのだから、薬指に指輪をはめておくのはおかしいと思う。捨てろという指示は間違《まちが》いではない。

最初はセシアを遠ざけようとしていた。でも、彼は何度もセシアを助けてくれた。ジョスランに絡《から》まれた時も、マイールで祖父母に質問攻《ぜ》めされた時も。駅で傷痍《しょうい》軍人に絡まれた時も、フェルトンの試験薬を飲まされた時も。

たくさん気を遣《つか》ってくれた。迷惑《めいわく》もかけた。けがも負った。けれど彼は「任務だから」の一言で片付けた。セシアを責めるようなことはしなかった。

考えれば考えるほど、どれだけ大切にされていたのかわかる。

そんな彼からもらった指輪を捨てることなんてできない。

セシアは自分の手を見つめた。今朝、ルイにつかまれた部分はあざとなって残っている。

セシアが落ちないように渾身《こんしん》の力でつかんでくれたから、その部分は内出血を起こして青黒くなって、実に痛々しい。

彼は何度もセシアに手を差し伸《の》べてくれた。

落ちそうになるセシアを助けが来るぎりぎりまでつかんでいてくれた。

でも今は手を離《はな》そうとしている。セシアは手を離したくない。

それなら、自分にできることはひとつしかない。

セシアは立ち上がると、ドアに向かった。


ルイことクロードは、川にかかる橋の上に立ち、手すりに腕《うで》を乗せて暮れていく空と川面を見つめていた。

十二年前、ここからセシアは川に落ちた。しばらく雨が降っていないため、あの日と違って川の流れは穏《おだ》やかだった。

エルスターで過ごす夕方は今日が最後。明日の朝にはここを発《た》つ。その間、セシアと過ごしたのは二か月に満たない時間だが、いろんなことがあった。その間、セシアは偽装《ぎそう》とはいえ妻でいてくれた。

左手にはめた指輪に目を落とす。セシアとおそろいのデザインの結婚指輪だ。わざわざ青い石をはめたのは、夫婦のまねごとをすることになった時、これくらいなら……と思ったからだ。

セシアとは住む世界が違う。なんの因果かその世界が一時的に重なりはしたが、再び離れていく。二度目はない。だからセシアに本心を言うつもりはなかった。

——俺は、彼女を守れたか……？

命の安全だけではなく、その心を傷つけたりはしなかっただろうか。気になるのは、その一点だけだ。

心に浮《う》かぶのは、幼い日のセシアだ。エルスターの森で迷子になっていた姿を思い出す。

彼女のこれからが、幸せでいっぱいでありますように。

迷子になりやすい彼女の手を取ってくれる人が、現れますように。

──俺なら……今度こそ絶対に、手を離さない……。

そんなことを考えている時だった。唐突《とうとつ》に、誰もいないはずの橋の上で人の気配を感じて振《ふ》り向く。

セシアが立っていた。

近づいてきていることにまったく気付かなかった。それだけ、ぼんやりとしていたということだろう。

「こんなところにいたのね。捜《さが》しちゃったわ」

川面を渡る風に長い髪の毛をなびかせながら、セシアがゆっくりと歩み寄ると、すぐ隣《となり》に立った。

「十二年前、ここから落ちたのよね」

セシアが手すりから川面を覗《のぞ》き込む。あの日のように身を乗り出したりはしなかった。

「あなたは私をつかまえてくれた」

「……」

「今日も、あなたは私をつかまえてくれた」

「……次は落とさないつもりだったんだけどな」

クロードの返事にセシアがくすりと笑う。

「普通《ふつう》は次なんてないものだけど、本当にありがとう。あなたがいてくれてよかった。私の夫があなたでよかった」

「……。そうか。それはよかった」

クロードの言葉を聞き、セシアが何か言いかけ、言葉を呑《の》む。先を促《うなが》すと、ぽつりと「明日のことを、聞きたかったの」と呟《つぶや》いた。

「明日は朝一番に出ていく。身の回りのものは持っていくが、全部は無理だ。置いていくものについての処分は任せる」

「捨てないわよ、別に……」

セシアはそう呟き、しばらくクロードと並んで川面を見つめていたが、やがて意を決したように振り向いた。

「今朝、指輪を捨ててもいいという話をしてきたけれど……あれ、断るわ」

「え……？」

菫色《すみれいろ》の瞳《ひとみ》がまっすぐに見つめてくる。

言われている言葉の意味がわからなくて、思わず聞き返してしまった。

「私は誰《だれ》とも結婚《けっこん》しない。私の夫はあなただけよ。これからもずっと」

「何を言っているんだ。これはフェルトン確保のための方便だろう」

「始まりはそうかもしれないわ。でも私はあなたが好き。ううん……もっと前から好きだった。あなたがここにいた頃《ころ》から、私はあなたのことが好きだった」

セシアの視線にも言葉にも迷いがない。

なぜ。どうして。

クロードは混乱の中、セシアの言葉を聞いていた。

「あなたがいなくなって寂《さび》しかった。ルイ・トレヴァーという知らない人の名前を名乗られたけれど、あなたが再び戻ってきて……あなたと過ごせて私は幸せだった。一人で生きていくなんて言ったけれど、やっぱりだめね……心が弱すぎて」

微笑《ほほえ》むセシアの瞳からぽろりと涙《なみだ》がこぼれ落ちる。

「だから……お願い。この指輪を私から取らないで」

「……『ルイ・トレヴァー』は別にいる。俺じゃない……それに、本物はたぶん、もうこの世にいない。どのみちセシアの結婚は無効になる」

「本物には悪いけれど、関係ないわ。私が神様の前で永遠を誓《ちか》ったのは、あなただもの。それとも嫌《いや》なの……？　もしそうなら」

「嫌じゃない！」

セシアの問いかけに対し、クロードは思わず大声で返してしまった。

声の大きさにセシアがビクリとなる。

怖《こわ》がらせてしまった。そんなことがしたかったわけじゃないのに。クロードの心にさっと後悔《こうかい》が広がる。

「私をこのままあなたの妻にしておいてくれる……？」

セシアがこわごわといった感じで聞いてくる。

「……でも俺は、軍の犬として汚《きたな》いことしかしていない……身分も住む世界も違《ちが》う、甲斐《かい》性《しょう》もない……俺はセシアに何もしてやれない……」

「そんなことはない。あなたが何者であろうと関係ない！　あなたがいてくれたら、寂しくないもの。心が迷子にならないの」

セシアが手を伸ばし、手すりの上に乗せたままのクロードの腕に触《ふ》れてくる。

「俺はレストリア人で、戦争難民だ」

「知ってる」

「軍の工作員で……汚い仕事ばかりやっている。とても人に言えないようなことを、だ」

「この国のために、でしょう」

「たくさんの人を、殺してきた」

「……つらい役目を引き受けてきたのね」

セシアの言葉ひとつひとつが、胸に染みる。

本当はずっと怖かった。セシアが自分をどう思っているのか、知りたくなかった。セシアを気遣《きづか》っているふりをしながら、セシアから目を逸《そ》らし続けていた。

「セシアと一緒《いっしょ》に生きるには、俺は汚《よご》れすぎている」

「だから、何？　前も言ったけれど、あなたのその髪《かみ》の毛、とてもきれいだと思うわ。あなたは何ひとつ汚れてなんかいない。与《あた》えられた任務をきちんとこなす、立派な人よ。私や叔父《おじ》様なんて、遠いご先祖様の功績にすがっているだけだもの。私たちに比べたら、この国のために尽《つ》くしてきたあなたのほうが何倍も、何十倍も、立派だと思う」

　セシアの言葉に涙がにじんできて、思わずうつむく。泣いている姿なんて見られたくない。

「立派なんかじゃない。命令に従ってきただけだ。俺はセシアが思うような人間じゃない」

「今日は私を助けにきてくれた」

「だからそれは」

「任務だから？」

「……」

　セシアに問われ、クロードは緩《ゆる》く首を振った。

「私は、そんなあなたが大好きよ」

　腕《うで》を伸《の》ばしてセシアを抱《だ》きしめ、彼女の肩口《かたぐち》に目を押し付ける。嗚咽《おえつ》を漏《も》らすことだけはプライドが許さなかった。

　子どもの頃ならまだしも、今はセシアも世の中を知っている。セシアに生まれで差別されるかもしれない、自分の仕事に対しても不快感をあらわにされるかもしれない。

でもセシアは自分のことを丸ごと肯定《こうてい》してくれた。

好きになったのがセシアでよかった。

今までは自分はセシアにふさわしくない、釣《つ》り合わないと思って、一方的にセシアの幸せを願うばかりだった。だが、初めて心からセシアとともに生きたいと思った。

ともに生きて、幸せになりたい。

小さい頃からセシアは自分を慕《した》ってくれていた。陽《ひ》だまりみたいなセシアの笑顔が大好きだった。

この子のそばにはいられない。セシアは侯爵《こうしやく》家のご令嬢《れいじよう》。やがて身分が釣り合う誰かと結婚する。そんなことは初めからわかっていた。

それでも手をつないで歩きながら、このままずっと彼女のそばにいたいと願っていたことを思い出した。

「あなたは住む世界が違うと言うけれど、私にはそうは思えない。だってこうして、あなたに触れることができる」

まるでクロードの心を読んだかのようにセシアが呟く。

「望んでもいいんだろうか？　セシアと生きることを」

思わず聞くと、

「当たり前じゃない」

セシアが腕の中で力強くそう答えた。

「あなたは私を守ってくれた。それにあなたは国のために身を捧《ささ》げてきた。そんなあなたを誰が非難するというの。もしそういう人がいたら私が黙《だま》らせるから」

「どうやって」

「そうね……ああ、私、いいものを持っているの。アレン殿下《でんか》の誓約書《せいやくしょ》。私の名誉《めいよ》を回復してくれるというものよ。拡大解釈《かいしゃく》して、私の要求を呑んでもらうわ。王子様なんだからなんだってできるでしょ？　私のおかげでアレン殿下は助かったのだから、文句は言わせないわ」

セシアが小さく笑う。

「でもいきなりアレン殿下にお会いしたいと言っても、難しいのかしら。イヴェール少佐《しょうさ》に相談すれば、なんとかしてくださる？」

「……ああ、イヴェールならなんとかしてくれる。アレンとも知り合いだから」

「知り合いなら話が早いわね。もし文句を言うならカエルを投げつけるから。私、カエルどころかオタマジャクシも、なんだったら卵も平気よ」

そういえばセシアは虫も爬虫類《はちゅうるい》も平気なタイプだった。アレンとは仲良くできそうにない人種だ。

両手にカエルを持ったセシアがアレンを脅《おど》している様子を思い浮《う》かべ、クロードは思わず噴《ふ》き出した。

「何よう……」

抱きしめられたまま、いきなり笑われて、セシアが不満そうに呟《つぶや》く。

セシアのおてんばぶりは健在のようだ。

できない理由を挙げている場合ではない。セシアとともに生きると決めたなら、欲しいものを手に入れる努力をしなければ。

「イヴェールに俺からも願い出てみる。セシアを俺の妻にできないかと……ただ、俺にはもともとこの国の戸籍《こせき》がないし、今回の処分もあるからセシアを待たせることにな……」

言葉の途中《とちゅう》にもかかわらず、セシアがぱっと体を離《はな》して、満面の笑みでクロードを覗《のぞ》き込んできた。

「いくらでも待つわ」

腕の中でセシアが笑う。

ふと、セシアが真顔になり、目を閉じる。クロードはそんな彼女の顔に唇《くちびる》を寄せた。二度目の口づけはほんのり涙《なみだ》の味がした。

終章

大陸暦《れき》一八九七年、十二月。

バルティカ王国東部、グレンバー。東方軍司令部。

ちらちらと雪が舞《ま》う窓の外を見ながら、アレンは司令官室の片付けを行っていた。年が明けたら王太子としてキルスの王宮に戻《もど》ることになっている。

父である国王が王太子時代、そばに置いていた娘《むすめ》との間にもうけたのが第一王子ジェラール。産後の肥立ちが悪くその娘は妃《きさき》の称号《しょうごう》を得る前に亡くなり、国王となった父のもとに嫁《とつ》いできたのが、身分と気位の高い公爵令嬢《こうしゃくれいじょう》である母。

母の実家と対立するカロー公爵《こうしゃく》がジェラールの後見人となったことで、国王の息子《むすこ》たちはわかりやすく対立することになった。

どちらにも国内で力を持つ貴族がついている。どちらを選んでも角が立つ。

そこで父は次の国王の座を「ふさわしい方に」と言って当事者に委ねた。さて、どこから崩《くず》してやろう。そう思っていたところに起こったのがフェルトンの脱走《だっそう》事件である。

フェルトンとジェラールを結託《けったく》させられればいいなと思っていたが、ジェラールと結託する前にジョスランと結託してしまった。試験薬を完成させられるとまずい。とにかくフェルトンを確保することが優先だ。自分の不始末をジェラールに知られては、王位争いに不利になってしまう。

だからジェラールと結託させることは諦《あきら》めようと思っていたのだが、運よくジョスランがジェラール派の貴族に接触《せっしょく》している証拠《しょうこ》ともいえる書類が、最後に回収したアタッシェケースから見つかった。

これでジェラールを失脚《しっきゃく》させられると喜んで機会をうかがっていた今年の九月、ジェラールと宰相《さいしょう》のカロー公爵がロディニア帝国《ていこく》の反皇帝《こうてい》派と結託し、議会を通さずロディニア帝国のクーデターに軍を送る計画を立てていたことが発覚。さらにリーズ半島の戦争もジェラールとカロー公爵によって引き起こされた証拠が出てきて、カロー公爵は宰相の地位から追われ、ジェラールは次期国王の候補から外されることになった。

どうりで東方軍だけでなんとかしろというお達しが来るはずだ。リーズ半島の戦争は、いわばアレンを亡き者にするための壮大《そうだい》な計画の一部だったのだから。

この出来事は父にとって相当ショックだったようで、十月、病気の悪化を理由にアレンを王太子に任命、隠居《いんきょ》することになった。年明けとともにアレンは正式に王太子として、各国にお披露目《ひろめ》される予定である。そして折を見て国王の位を譲《ゆず》られる予定だ。

せっかく手に入れた証拠を使う機会もなければ、あの手この手と考えていたジェラールを失脚させる方法を披露《ひろう》することもなく、王太子の立場が転がり込んできた。なんだか肩《かた》透《す》かしを食らった気持ちになったアレンである。

それにしても部屋が、片付かない。

九年もここで司令官をやっていたのだ。まあ、物も増える。

「黒を手放したのはやっぱり惜《お》しかったな」

もはや魔窟《まくつ》と化した司令官室を眺《なが》めてぼやくと、近くにいたスコットが苦笑した。

「自分から手放したくせに、何をおっしゃいますか」

「いやーだって、セシア嬢《じょう》が乗り込んできたんだからしかたがないだろ」

「あいつもやりますねえ」

ははは、とスコットが明るい声で笑う。

「本当だよねえ。ムカつく。これは偽装結婚《ぎそうけっこん》で関係は白紙に戻すから絶対手を出すなって、あれだけ強く言っておいたのに」

「まあ、無理でしょうな。セシア様、とてもおきれいな方ですからねえ」

スコットがセシアを思い出しているのか、遠い目になる。

「すごく美人だよね。あと気が強い。あのカエルにはまいったよな」

「ああ、あれね。傑作《けっさく》でしたねえ」

「傑作とか言うな。不敬だろうが」

現場を目撃《もくげき》したスコットがうんうんと頷《うなず》いた姿に、アレンがむっとする。

『夫を返して。私の名誉を回復してくださる約束でしょう？　クロードは私が神の前で生涯《しょうがい》をともにすると誓《ちか》った人なんです。夫を返してくれなければ、私はまわりから夫に逃《に》げられた女だと思われてしまうわ。これは私の名誉を著しく傷つける行いだから、立派な約束違反《いはん》です』

国王の隠居に立太子の知らせなど、実にバタバタしていた十月上旬《じょうじゅん》、セシアが直々にグレンバーに乗り込んできた時は驚《おどろ》いた。

まあ向こうも、「イヴェール少佐」が東方軍司令官にして第二王子でもあるアレンだとわかって、さすがにうろたえていたが。だが、すぐさま気を取り直していつか渡《わた》した誓約書を手に迫《せま》ってきた姿には、感動すら覚えた。……カエルを持参してきたのには、閉口したが……。

しかし、いつから二人はそういう関係になったのだろう？

何度聞いてもクロードがはぐらかすので、よくわからないのだ。

あの日、屋敷《やしき》を見張らせていた人間から、夜のうちに動きがあったというので部下を引き連れ駆《か》けつけてみると、どういうわけかセシアが三階からぶら下がっている。彼女を必死につかんでいるクロードに至っては血まみれで、もう何がなんだかわからない。

部下に命じてテーブルクロスを持ってこさせ、ちょうど広げ終わったところにセシアが降ってきた。

ぎりぎりまでクロードがねばってくれたおかげで、セシアを助けられたのだが、あのあとのクロードのうろたえぶりを見ると、二人の関係がただの契約上《けいやく》のものでなくなっていることは一目瞭然《いちもくりょうぜん》だった。

クロードには女性関係の噂《うわさ》がまったくない。だからクロードは、女性に対し淡泊《たんぱく》なタイプだと思っていた。それもあって、セシアの偽装結婚の相手に抜擢《ばってき》したのだが……。

アレンはその事実に面食らった。同時に、なぜかちょっと安心もした。クロードには強《きょう》烈《れつ》な自殺願望がある、と、常々思っていたからだ。そのクロードがこの世に執着《しゅうちゃく》する存在があったことに、ほっとしたのだ。

工作員という仕事柄《しごとがら》、危険な橋は何度も渡らせたが、クロードは作戦成功のために我が身を顧《かえり》みず突《つ》っ込んでいく傾向《けいこう》があった。リーズ半島の撤退《てったい》作戦の時もそうだし、アレンをかばった時もそうだ。自分から攻撃《こうげき》の的になっていった。

工作員は全員が大切な部下だ。クロードもそう。このまま使っていたら、こいつは早晩死ぬ。フェルトンの追跡《ついせき》は仕事としては軽いものだ。これを最後に、工作員の役目から解放してやろうと思っていたのだが、どうやら、クロードはフェルトンが逃げ込んだドワーズ家とは因縁《いんねん》があったらしい。

セシアとの再会がクロードを変えたのだと思えば、自分はいい仕事をしたと言ってもよさそうだ。

気を失っているセシアと、彼女を抱《だ》きかかえて離《はな》そうとしないクロードを眺めていた時、部下の一人がフェルトンとジョスランが見つかったというので、確認しに行くことにした。現場についてみれば二人とも吐《と》瀉《しゃ》物まみれ、一人はさらに血だらけという地獄《じごく》絵図。その場にいた執事《しつじ》に聞けばクロードが一人でやったというのだから、右腕《みぎうで》が使えなくても化け物ぶりは変わらないんだなあと妙《みょう》に感心した。

そしてその場から、使用済みと思われる薬品が入っていた容器に、セシアの遺書とフェルトンの試験薬のサンプルまで、全部まとめてアタッシェケースに入っていた。ほかにもカロー公爵の署名入りの手紙や名簿《めいぼ》など、出るわ出るわ証拠の山。

このあと、自分たちはドワーズ家の財産と爵位《しゃくい》を手に堂々と「商売」を始める気でいたようだ。ちなみに菌《きん》そのものはフェルトンの荷物から回収できた。

ご丁寧《ていねい》にまとめてくれていてありがとう……という気持ちになったアレンである。

ジョスランには以前から小物臭《しゅう》がすごいなあと思っていたが、いやはや。小物中の小物だ。感動すら覚えたほどである。

ドワーズ侯爵《こうしゃく》もジョスランに相続するのをためらうはずだ。

ただ、セシア一人にドワーズ家を守らせるには荷が重いから、結婚《けっこん》を条件につけた。亡き侯爵への憐憫《れんびん》を禁じ得ない。

グレンバーに戻《もど》るなりクロードは、セシアとの結婚を願い出た。そこは予想していたが、そのまま許可を出すわけにもいかないから、謹慎《きんしん》処分とは名ばかりの雑用係としてこき使っていたところにセシアが乗り込んできたのだ。それを機に、クロードの謹慎処分を終わらせ、任務完了《かんりょう》の報酬《ほうしゅう》として、戦争難民でこの国の戸籍《こせき》を持たない母親ともども、戸籍を与《あた》えた。クロードには少尉《しょうい》という軍歴もつけてやった。今度はどこかの誰《だれ》かではない、クロード自身の軍歴だ。

そしてクロードは実に九年ぶりに、セシアを伴《ともな》って、アレンの別荘《べっそう》で使用人をしている母親のもとを訪れた。突然《とつぜん》現れた息子《むすこ》に母親は泣き崩れたという。

そしてクロードは年内いっぱいで軍をやめ、母親を連れてセシアの夫としてエルスターに行くそうだ。何をするのかと思えば、エルスターに誘致《ゆうち》した紡績《ぼうせき》工場の経営を手伝うらしい。

そういえばクロードに頼《たの》まれて、セシアにヴェルマン伯爵《はくしゃく》を紹介《しょうかい》してやっていた。セシアはうまく商談をまとめたのだろう。工場が完成するのは二年後だと聞いている。

その頃《ころ》、自分は王太子のままだろうか、それとも国王になっているだろうか。

机の中をひっくり返していたら、ノーマン・イヴェール少佐《しょうさ》の階級章や身分証明書が出てきた。何年か前に自分のために作った架空《かくう》の人物だ。

「そういえば、以前アレン殿下《でんか》が作られた身分証、返していただけますか。王太子になられたら使うことはないでしょうから」

絶妙《ぜつみょう》のタイミングで背後からスコットが声をかけてくる。

「見つけたら返すよ」

アレンは嘯《うそぶ》いて、スコットに気付かれないようにさりげなく、イヴェールの階級章と身分証明書をポケットにしまった。

スコットが疑わしそうにこちらを見ている姿が窓ガラスに映る。タイミングよく、突風《とっぷう》が吹《ふ》きつけてその窓ガラスがガタガタと鳴った。

窓の外の雪はいつの間にか激しさを増し、見慣れている景色をどんどん白く塗《ぬ》りつぶしている。風も強い。寒そうだ。

ふと、クロードが辞意を伝えてきた時の幸せそうな顔が思い浮《う》かぶ。

あいつは孤独《こどく》を知っている。いい夫、いい父親になるだろう。

ジョスランはアレンが提供した証拠《しょうこ》のおかげで、先のドワーズ侯爵を殺害した疑いと現ドワーズ家当主セシアへの殺人未遂《みすい》で逮捕《たいほ》され、ただいま裁判中だ。

カロリーナは離縁《りえん》し、家族のもとに帰ることになった。

カロリーナ本人は最後まで嫌《いや》がったそうだが、ジョスランからの離縁請求《せいきゅう》に抗《あらが》いきれなかったようである。……というよりも、そのあたりに気を遣《つか》える人物だったんだな、ジョスラン……というのがアレンの偽《いつわ》らざる本音だった。

そしてセシアは、軍に所属していた恋人《こいびと》クロードに協力するかたちで「ルイ・トレヴァー」という人と結婚したように見せかけていたと、まわりに説明した。ジョスランがセシアを殺そうとしたこと、クロードがジョスランの魔《ま》の手からセシアを守ったことは知られているので、二人の結婚に反対する者はいなかったそうだ。

結婚式は挙げているので、春になったら改めて結婚のお披露目《ひろめ》パーティーをやるつもりだとセシアから手紙が届いた。これは冷やかしに行ってやらなくては。

窓の外に目をやりながら、アレンはよく通る声で呟《つぶや》いた。

「春が来るのが楽しみだなあ」

あとがき

初めまして。平瀬《ひらせ》ほづみと申します。このたびは『この手を離《はな》さない　孤独《こどく》になった令《れい》嬢《じょう》とワケあり軍人の偽《ぎ》装結婚《そうけっこん》』を手に取っていただき、ありがとうございます。

この作品は、魔法《まほう》のｉらんど大賞２０２２小説大賞恋愛《れんあい》ファンタジー部門特別賞を受賞し、書籍《しょせき》化していただいたものになります。投稿《とうこう》サイトでは約二十一万字と文庫本二冊分になる物語を文庫一冊にまとめるにあたり、設定やエピソードを見直し、大きく変更《へんこう》しました。あのエピソードもこのエピソードもごっそり削《けず》ることになって、ちょっと残念……。そうはいいましても、実はこの本にまとめたお話こそが、『この手を離さない』の原案に近いストーリーとなります。投稿時に盛り付けたものを、すべて取っ払《ぱら》った感じですね。

私はもともと海外のヒストリカルロマンスが好きで、翻訳《ほんやく》作品をよく読んでいました。海外のロマンス小説は日本にはない魅力《みりょく》にあふれています。しかし舞台《ぶたい》となる地域の文化や歴史を知っていないとわからない部分があり、少々とっつきにくいのが難点。そこで、予備知識ゼロで読める、海外ロマンスの雰囲気《ふんいき》を残した異世界恋愛が書けないだろうか？と思って書いたのが本作です。

書籍化する際に書き直しましたが、投稿版ではわざと地の文に登場人物の心の声を交ぜたり、風景描写《びょうしゃ》を細かく書き込んだりして、「翻訳作品っぽさ」を演出しました。完全に自己満足です。読みやすいとは言い難《がた》いです。その状態で応募《おうぼ》したのに、よく受賞作に選んでいただけたものです。

海外ロマンスを意識しているので、ヒロインのセシアは自立心が旺盛《おうせい》という設定にしました。でもお嬢様《じょうさま》育ちだからもの知らずな一面もあり、物語の中でもいろいろとやらかしています。きっと物語後もやらかしますね。そしてルイが面倒《めんどう》見る羽目になるんですよ。苦労が続くね。

そのルイは特殊《とくしゅ》な任務にあたる軍人で、自分の気持ちを殺すことには慣れています。けれどセシアの前ではそれがうまくできない。しかも無自覚なセシアに何度も理性を試《ため》されます。不憫極《ふびんきわ》まりないです。楽しく書きました。

イラストは、ねぎしきょうこ先生に描《か》いていただきました。凛《りん》としたセシア、どこか陰《かげ》のあるルイがあまりにも素敵《すてき》すぎて、ラフをいただいてから何時間眺《なが》めたかわかりません。ありがとうございました。

この作品を書籍にするためにご尽力《じんりょく》いただきました、担当様。本当にお世話になりました。意外な縁《えん》があってとても嬉《うれ》しいです。

魔法のiらんど大賞２０２２で、選考に関わってくださった皆様《みなさま》。この本を出すにあたり関わってくださった、すべての皆様。この場を借りてお礼申し上げます。

そして最後に、この本を手に取ってくださった読者の皆様に、限りない感謝を。

またどこかでお会いできることを願っております。

平瀬ほづみ

「この手を離さない 孤独になった令嬢とワケあり軍人の偽装結婚」の感想をお寄せください。
おたよりのあて先
〒102-8177 東京都千代田区富士見2-13-3
株式会社KADOKAWA 角川ビーンズ文庫編集部気付
「平瀬ほづみ」先生・「ねぎしきょうこ」先生
また、編集部へのご意見ご希望は、同じ住所で「ビーンズ文庫編集部」
までお寄せください。

この手《て》を離《はな》さない

孤独《こどく》になった令嬢《れいじょう》とワケあり軍人《ぐんじん》の偽装結婚《ぎそうけっこん》

平瀬《ひらせ》ほづみ

角川ビーンズ文庫 24161

令和6年5月1日 初版発行

発行者———山下直久
発 行———株式会社KADOKAWA
〒102-8177 東京都千代田区富士見2-13-3
電話 0570-002-301(ナビダイヤル)
印刷所———株式会社暁印刷
製本所———本間製本株式会社
装幀者———micro fish

本書の無断複製(コピー、スキャン、デジタル化等)並びに無断複製物の譲渡および配信は、著作権法上での例外を除き禁じられています。また、本書を代行業者等の第三者に依頼して複製する行為は、たとえ個人や家庭内での利用であっても一切認められておりません。

●お問い合わせ
https://www.kadokawa.co.jp/ (「お問い合わせ」へお進みください)
※内容によっては、お答えできない場合があります。
※サポートは日本国内のみとさせていただきます。
※Japanese text only

ISBN978-4-04-114913-3 C0193 定価はカバーに表示してあります。 ◇◇◇

©Hozumi Hirase 2024 Printed in Japan

置き去りにされた
花嫁は、
辺境騎士の
不器用な
愛に
気づかない
著／文《ふみ》野《の》さと
イラスト／小《こ》島《じま》きいち
私が妻だと、バレてはいけない――。
再会から始まる、すれ違い夫婦の物語
結婚式の翌日「必ず迎えに来る」と14歳のリザを置いて領地に去ってしまった夫エルランド。迎えのないまま5年。再び持ち上がった政略結婚から少年の姿で逃げ出したリザを救ったのは、少年が妻だと気づかぬ夫で……
好評発売中！
●角川ビーンズ文庫●

天才と呼ばれながら左遷宣告された聖女ミーティア。しかしミーティアは、過酷な職務から解放されたと喜び旅立つ。そして出会った騎士リオネルと距離を縮めるが、ミーティアには人に明かせぬ過去と神託があって……。

好評発売中！

●角川ビーンズ文庫●

記憶のない霊体として目を覚ましたアンジュは、怪盗・レイヴィンと出会う。王国一の歌姫・セラフィーナを攫うのだという彼をアンジュは手伝うことになるが、レイヴィンは何か大切なことを隠しているようで——。

好評発売中！

●角川ビーンズ文庫●

第二王子ジェイドに婚約破棄を突きつけられ悪役令嬢として断罪されたエリアナ。
気づけば三年前に巻き戻っていた。しかし一度目とどこか違っていて……。
私が忘れているのは誰？　真実を求める逆行恋愛ファンタジー！

×××好評発売中！×××

●角川ビーンズ文庫●

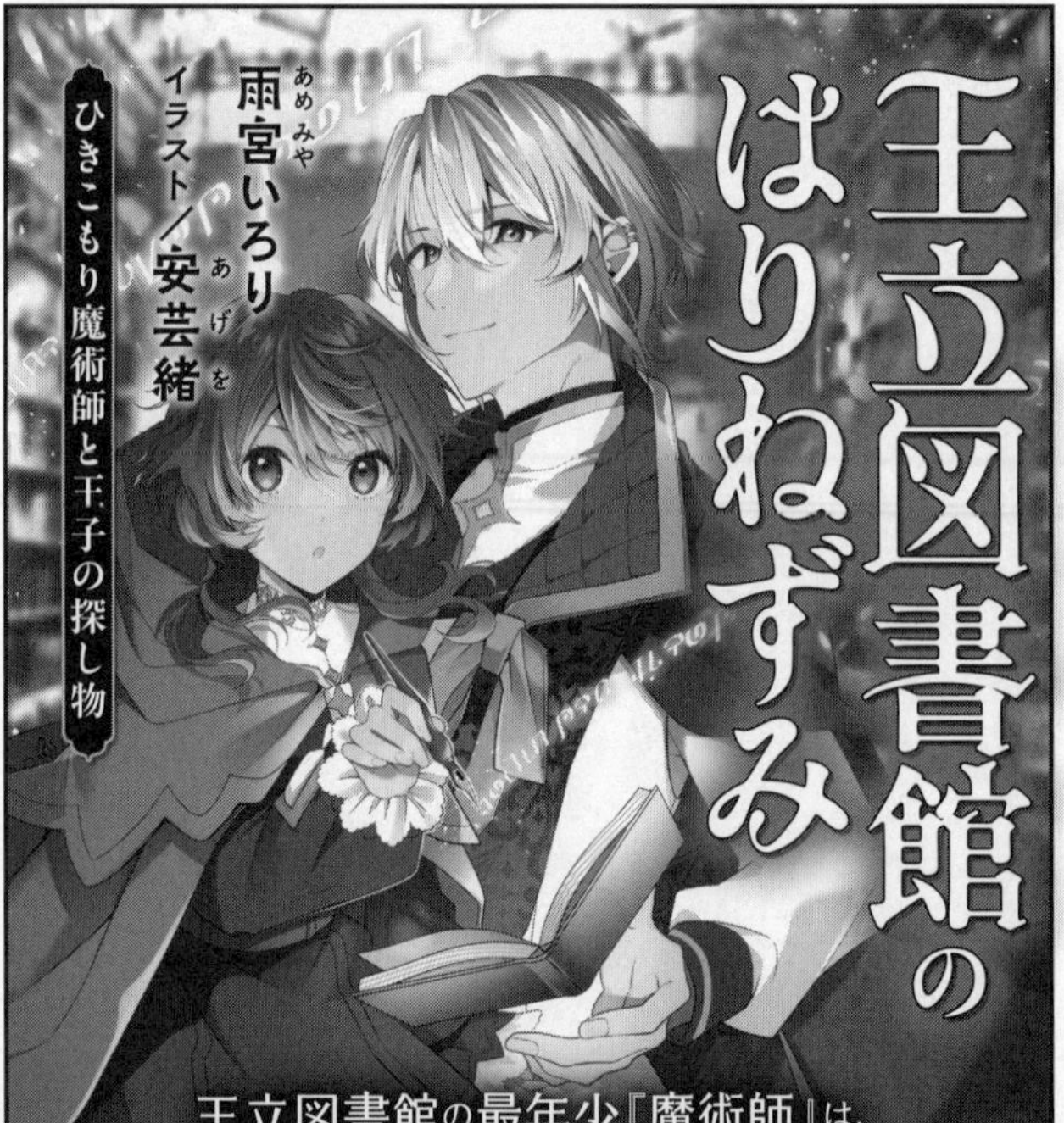

王国の魔法技術の象徴である図書館。そこで最年少『魔術師』として一目置かれている少女・エクシアは、実は大の人見知り。いつも通りひきこもっていたはずが、王子・アイヴァンの探し物を手伝うことになって……？

✦✦✦好評発売中！✦✦✦

●角川ビーンズ文庫●

魔法が使えなくなってしまった《雨の魔女》リル。そんな彼女を「姉の形見の贈り主を捜してほしい」と灰公爵レオラートが依頼に訪れる。断り切れず引き受けるリルだが、どうやら彼には別の目的があるようで——？

…………好評発売中！…………

●角川ビーンズ文庫●

契約婚した相手が鬼宰相でしたが、この度宰相室専任補佐官に任命された地味文官（変装中）は私です。

著／月白《つきしろ》セブン　イラスト／鶏《とり》にく

実はあなたが甘い顔を向けている私、
契約結婚した妻（変装中）ですが!?

周りの恋愛至上主義に嫌気がさし、鬼の宰相と名高いレオンとの偽装結婚を決めたクリスティーヌ。変装＆偽名で文官として働くが、新しい上司は、なんと夫！　私に気付かない彼が甘すぎてドキドキが止まらない!?

好評発売中！

●角川ビーンズ文庫●

死ぬ運命だった
二十歳の誕生日に
「俺を殺せ」と
求婚されました
薄命聖女と不死の狼騎士の
呪われ婚
“死にたい”騎士と“生きたい”聖女——
命懸けの契約結婚はじめます！
著／ゆちば　イラスト／ザネリ
「俺の妻となり、俺の呪いを解き、俺を殺せ」
【死神】の呪いで死ぬ寸前のフェルマータに、
不死の呪いを受けたヴォルフが求婚！
愛を育むことで互いの呪いが解けると言われ、
受け入れるフェルマータだが……？
好評発売中!!!
●角川ビーンズ文庫●

傲慢と悪名高い伯爵令嬢・エレナは、婚約者・オスカーに破談を告げられた直後、不慮の事故で記憶を失ってしまう。婚約者として過ごす最後の10日間、ふたりは初めて、お互いの内面を知り、向き合っていくが——。

・・◆好評発売中！◆・・

●角川ビーンズ文庫●